ABANDONO

OBRAS DA AUTORA PUBLICADAS PELA EDITORA RECORD

Avalon High
Avalon High – A coroação: a profecia de Merlin
Cabeça de vento
Sendo Nikki
Na passarela
Como ser popular
Ela foi até o fim
A garota americana
Quase pronta
O garoto da casa ao lado
Garoto encontra garota
Todo garoto tem
Ídolo teen
Pegando fogo!
A rainha da fofoca
A rainha da fofoca em Nova York
A rainha da fofoca: fisgada
Sorte ou azar?
Tamanho 42 não é gorda
Tamanho 44 também não é gorda
Tamanho não importa
Liberte meu coração
Insaciável
Mordida

***Série* O Diário da Princesa**
O diário da princesa
Princesa sob os refletores
Princesa apaixonada
Princesa à espera
Princesa de rosa-shocking
Princesa em treinamento
Princesa na balada
Princesa no limite
Princesa Mia
Princesa para sempre

Lições de princesa
O presente da princesa

***Série* A Mediadora**
A terra das sombras
O arcano nove
Reunião
A hora mais sombria
Assombrado
Crepúsculo

***Série* As leis de Allie Finkle para meninas**
Dia da mudança
A garota nova
Melhores amigas para sempre?

***Série* Desaparecidos**
Quando cai o raio
Codinome Cassandra

***Série* Abandono**
Abandono

MEG CABOT

ABANDONO

Tradução de
Camila Mello

1ª edição

GALERA RECORD
RIO DE JANEIRO • SÃO PAULO
2013

CIP-BRASIL. CATALOGAÇÃO NA FONTE
SINDICATO NACIONAL DOS EDITORES DE LIVROS, RJ

Cabot, Meg, 1967
C116a Abandono / Meg Cabot; tradução de Camila Mello.
– Rio de Janeiro: Record, 2013.
(Abandono; 1)

Tradução de: Abandon
ISBN 978-85-01-09534-3

1. Ficção americana. I. Mello, Camila. II. Título. III. Série.

13-3335. CDD: 813
CDU: 821.111(73)-3

Título original em inglês:
Abandon

Editoração eletrônica: Abreu's System

Texto revisado segundo o novo Acordo Ortográfico da Língua Portuguesa.

Direitos exclusivos de publicação em língua portuguesa
somente para o Brasil adquiridos pela
EDITORA RECORD LTDA.
Rua Argentina, 171 – Rio de Janeiro, RJ – 20921-380 – Tel.: 2585-2000,
que se reserva a propriedade literária desta tradução.

Impresso no Brasil

ISBN: 978-85-01-09534-3

Irá caçá-la por todas as cidades,
Até que a tenha levado ao Inferno,
De onde a inveja a libertou.

DANTE ALIGHIERI, *Inferno*, Canto I.

Tudo pode acontecer em um piscar de olhos. Tudo.

Um.

Dois.

Três.

Pisque.

Uma menina está rindo com seus amigos.

De repente, uma cratera abre-se no chão. Surge um homem em uma carruagem negra forjada nas profundezas do inferno, puxada por cavalos com patas =de aço e olhos de fogo.

Antes que alguém consiga gritar, antes que a menina consiga fugir, as pavorosas patas a surpreendem.

A menina para de rir e começa a chorar.

Tarde demais. O homem sai da carruagem, segura a menina pelos pulsos e a leva para dentro da cratera.

A vida nunca mais será a mesma para ela.

Mas não se preocupe com a menina. Ela é apenas uma personagem de um livro. Seu nome é Perséfone, e a cena em que é raptada por Hades, deus dos mortos, e levada para viver no Mundo Inferior representa a maneira como os gregos explicavam a mudança das estações. É o que chamam de mito das origens.

O que aconteceu comigo não foi um mito.

Alguns dias atrás, se tivessem me contado sobre uma menina que teve de ir morar com um cara em seu palácio no Mundo Inferior durante seis meses, eu teria gargalhado. Você acha que Perséfone ficou em apuros? Vou dizer quem está em apuros: eu. Bem maiores do que os dela.

Principalmente agora, depois do que aconteceu na outra noite no cemitério. Estou me referindo ao que aconteceu *de verdade*.

A polícia acha que sabe de alguma coisa, é claro, assim como todos na escola. Parece que cada pessoa na ilha tem uma teoria.

Essa é a diferença entre mim e eles. Todos têm teorias.

Eu sei dos *fatos*.

Que diferença faz o que aconteceu com Perséfone? Não foi nada comparado ao que aconteceu comigo.

Na verdade, Perséfone teve sorte, pois sua mãe veio salvá-la.

Ninguém veio me salvar.

Portanto, escute meu conselho: aconteça o que acontecer, não pisque.

Como no outono as folhas caem
Uma a uma, até que o galho
Entregue à terra tudo o que tem.

Dante Alighieri, *Inferno*, Canto III.

Certa vez, morri.

Ninguém sabe ao certo por quanto tempo me fui. Fiquei sem me mover por mais de uma hora.

Estava com hipotermia também, e foi por isso que os desfibriladores e a dose esmagadora de adrenalina me trouxeram de volta quando os médicos me aqueceram.

Pelo menos foi o que disseram. Tenho outra opinião sobre o que me mantém entre os vivos, mas aprendi a não expressá-la.

Viu uma luz?

É a primeira coisa que todo mundo quer saber quando descobre que morri e voltei. Foi a primeira coisa que meu primo Alex, que tem 17 anos, perguntou hoje à noite na festa da mamãe.

— Viu uma luz?

Assim que Alex falou, seu pai, meu tio Chris, deu um tapa atrás da cabeça dele.

— Ai — exclamou Alex, massageando a cabeça. — Qual o problema em perguntar se ela viu uma luz?

— É falta de educação — respondeu tio Chris, seco. — Não se pergunta isso a uma pessoa que morreu.

Tomei um gole de refrigerante. Mamãe não perguntou se eu queria uma festança de boas-vindas a Isla Huesos, mas como dizer não? Ela estava tão animada. Acho que convidou quase todos os seus velhos conhecidos, inclusive a família inteira, que, com exceção de mamãe e de seu irmão mais novo, Chris, nunca havia se mudado da ilha de 3 quilômetros por 6 localizada na costa sul da Flórida. Foi onde todos nasceram.

No entanto, tio Chris não deixou Isla Huesos para estudar, se casar e ter filhos, como aconteceu com mamãe.

— Mas o acidente foi há quase dois anos — disse Alex. — Não é possível que ela ainda fique chateada. — Olhou para mim. — Pierce — disse com sarcasmo —, você ainda fica chateada com o sobre o fato de ter morrido e voltado à vida *há quase dois anos atrás*?

Tentei sorrir.

— Já superei isso — menti.

— Não disse? — falou Alex para o pai. — Então, você viu ou não viu uma luz? — perguntou para mim.

Respirei fundo e repeti o que havia lido na internet.

— Praticamente todos os EQM contam que, quando morreram, viram alguma coisa, geralmente algum tipo de luz.

— O que é um EQM? — perguntou tio Chris e coçou a cabeça. Usava um boné de beisebol da Iscas e Equipamentos Isla Huesos.

— É uma pessoa que teve uma experiência de quase-morte — expliquei.

Senti vontade de coçar a pele embaixo do vestido que mamãe havia comprado para mim. Estava muito apertado no peito. No entanto, achei que não seria educado fazer isso, apesar de tio Chris e Alex serem da família.

— Ah — disse tio Chris. — EQM. Entendi.

Li que os EQM podiam sofrer profundas alterações de personalidade e dificuldade de se reajustar à vida após... bem, após a morte. Contam sobre pastores pentecostais que voltaram da morte e viraram ciclistas; sobre ciclistas radicais que voltaram e foram direto para a igreja mais próxima.

Acho que reagi bem, considerando a minha experiência. O pessoal da Academia Westport para Meninas não acha o mesmo. Dei uma olhada nos documentos que a minha antiga escola nos enviou sugerindo que meus pais encontrassem uma "solução educacional alternativa" para mim — a maneira educada que acharam para dizer que fui expulsa pelo "incidente" na última primavera.

Pierce não se dedica. Por vezes, tem sua concentração dissipada. Quando decide prestar atenção, tende a focar-se demasiadamente em tópicos não pertinentes à aula. Sugerimos testes de variáveis de atenção.

Esse relatório foi escrito logo depois do acidente — que ocorreu mais de um ano antes do "incidente" —, quando eu tinha algumas coisas mais importantes com que me preocupar do que o dever de casa. Aqueles idiotas me tiraram até da peça na qual eu faria o papel principal, *Branca de Neve.*

Como foi que a professora de teatro falou mesmo? Ah, sim: eu estava me identificando um pouco demais com a coitadinha da Branca de Neve depois que a personagem ressuscita.

Não sei mesmo como podia ter evitado isso, porque, além de ter morrido *de verdade*, eu também nasci rica como uma princesa, graças a papai. Ele é o presidente de um dos maiores fornecedores mundiais de produtos e serviços para indústrias de petróleo, gás e armamento (todo mundo já ouviu falar de sua empresa. Ela está em todos os jornais, especialmente nos últimos tempos). Eu também nasci com jeito de princesa, graças a mamãe. Herdei seu porte delicado, cabelo negro e grosso, olhos escuros e grandes...

Infelizmente, também herdei o coração sensível de mamãe. Foi o que acabou me matando.

— Foi como o fim de um túnel? — Alex quis saber. — É o que as pessoas sempre falam sobre a luz.

— Sua prima não caminhou para a luz — disse o pai, preocupado. — Se tivesse feito isso, não estaria aqui. Pare de encher o saco.

— Não tem problema — respondi sorrindo para tio Chris. — Não me importo em responder perguntas. — Na verdade, me importava sim, mas ficar no quintal dos fundos com tio Chris e Alex era muito melhor do que ficar lá dentro com um bando de gente que eu não conhecia. — Algumas pessoas falam que veem a luz no fim do túnel. Nenhuma delas sabe exatamente o que é, mas todas têm teorias.

— Que teorias? — perguntou Alex.

Um trovão lá longe fez um barulho não muito alto. As pessoas dentro da casa provavelmente não ouviram nada além das gargalhadas, da água na cachoeira sobre a piscina e da música que mamãe colocara para tocar — algo parecido com rock.

Mas eu ouvi. O trovão veio logo após um relâmpago. Não foi um relâmpago normal de um dia de calor, apesar de estar quente. Era uma noite abafada de setembro no sul da Flórida, o mesmo clima que fazia em julho em Connecticut, mas aquele trovão fora causado por uma tempestade que estava se formando no mar e que vinha em nossa direção.

— Não sei — respondi. Tentei me lembrar de outras coisas que havia lido. — Alguns acham que a luz é um caminho para outras dimensões espirituais que só os mortos podem ver.

Alex sorriu.

— Maneiro — disse. — Devem ser os portões do paraíso.

— Pode ser — respondi, dando de ombros —, mas os cientistas dizem que a luz é apenas uma alucinação produzida pelos neurotransmissores do cérebro funcionando todos ao mesmo tempo antes da morte.

Tio Chris fez uma expressão triste.

— Gosto mais da explicação do Alex — comentou. — São os portões do paraíso.

Não foi minha intenção fazer com que tio Chris ficasse chateado.

— Ninguém sabe ao certo o que acontece quando morremos — complementei rapidamente.

— Você sabe — retrucou.

O vestido branco ficou mais apertado do que nunca. O que vi quando morri não foi uma luz. Não foi nem parecido com uma luz.

Não gosto de mentir para tio Chris. Sabia que não era para estar falando sobre aquelas coisas, especialmente porque mamãe queria que tudo fosse perfeito naquela noite... Não só naquela noite, mas daquele dia em diante.

Não queria decepcioná-la. Ela fez tudo o que pôde, comprou a casa milionária, trouxe uma amiga de Nova York para decorá-la. Teve a ajuda de um paisagista antenado com técnicas sustentáveis. Ele plantou árvores e flores nativas, como jasmins, para que o ar tivesse o mesmo cheiro daqueles anúncios de revista para perfumes de celebridades. Mamãe comprou até uma motocicleta "de praia" com cesta e buzina — eu ainda não tinha carteira de motorista. Pintou o meu quarto de lavanda e me matriculou na mesma escola que ela própria havia frequentado vinte anos antes.

— Você vai amar, Pierce — dizia. — Você vai ver. Vamos começar do zero. Vai ser ótimo. Sei que vai.

Eu tinha todos os motivos para achar que as coisas *não* iam ser ótimas, mas não falei nada. Mamãe estava tão feliz... Ela até contratou cozinheiros profissionais para a festa para prepararem e servirem coquetéis de camarão, bolinhos de molusco e espetos de galinha. Colocou velas de citronela na piscina para espantar os mosquitos, ligou a cachoeira da piscina e abriu as portas da casa.

— Que brisa agradável — disse mamãe.

Preferiu ignorar as enormes nuvens carregadas no céu escuro. Também preferiu ignorar que tinha voltado para Isla Huesos a fim de aprofundar suas pesquisas sobre colhereiros — pássaros que se parecem com flamingos, mas com bicos no formato de uma colher — logo após o pior desastre ecológico da história americana, que matou a maioria deles.

Ah, ignorou também que sua filha querida havia ressuscitado e não estava muito... normal. Foi por causa disso que o casamento deles foi pelo ralo. Na verdade, o divórcio começou quando eu ainda estava no hospital. Mamãe mandou que papai saísse de casa por "ter deixado" que eu me afogasse. Papai foi morar na cobertura perto do prédio onde trabalhava em Manhattan. Nunca imaginou que ainda chamaria aquele lugar de lar um ano e meio depois.

— É muito melhor esquecer e perdoar, Pierce — papai sempre dizia quando conversávamos. — Aí fica mais fácil seguir em frente. Sua mãe precisa aprender isso.

Falando sério, a expressão "esquecer e perdoar" não faz sentido para mim. Perdoar faz com que paremos de insistir no assunto, o que nem sempre é saudável (é só ver o exemplo dos meus pais).

Contudo, se esquecemos, não aprendemos com nossos erros, o que pode ser fatal.

Quem sabe isso melhor do que eu?

Perdoar? Claro, pai. Mas esquecer? Mesmo que quisesse, não conseguiria, porque tem uma pessoa que não me permite isso.

Não culpo mamãe por querer voltar para a ilha na qual nasceu e foi criada, mesmo que seja um lugar ridiculamente *quente*, frequentemente atingido por furacões e repleto de nuvens formadas por componentes químicos misteriosos — uma imagem parecida com a que eu tinha do Mal saindo da caixa de Pandora e tomando conta da humanidade.

Se alguém tivesse mencionado antes da mudança que o nome do lugar significava Ilha dos Ossos — e *por que* os exploradores espanhóis o batizaram assim —, provavelmente eu nunca concordaria com o plano de "começar uma vida nova em Isla Huesos". Principalmente porque é difícil começar de novo no lugar onde você conheceu a pessoa que fica arruinando a sua vida o tempo todo.

Não tinha como falar sobre *isso* com mamãe. O fato de eu já ter estado em Isla Huesos antes era um grande segredo (não um segredo *ruim*, só um segredo de meninas, como mamãe dizia).

Isso porque papai não suporta a família de mamãe. Acha (não sem motivos) que são um bando de criminosos e malucos, exemplos não muito bons para sua única filhinha. Mamãe me fez prometer que nunca contaria a ele sobre a viagem que fizemos para o funeral do meu avô quando eu tinha 7 anos.

Eu prometi. Não entendia a situação muito bem, então nunca contei nada...

... principalmente sobre o que aconteceu *depois* do funeral, no cemitério. A verdade é que não achei que *tinha* que contar, pois vovó já sabia de tudo. E as avós nunca deixam nada de ruim acontecer com suas netas.

Eu nem conhecia os convidados de mamãe, a não ser ela, Alex e vovó — as mesmas pessoas que se sentaram ao meu lado no funeral do vovô. Isso fazia uma década; era do tempo em que o irmão de mamãe ainda estava na cadeia.

Tio Chris não estava se ajustando muito bem à vida "lá fora". Não sabia como agir, por exemplo, quando um dos garçons vinha encher sua taça de champanhe. Em vez de simplesmente falar "Não, obrigado", tio Chris berrava "guaraná!" e jogava a taça longe, derramando champanhe no pátio todo.

— Não bebo álcool — exclamou tio Chris. — Só guaraná.

— Perdão, senhor — disse o garçom olhando a poça de Veuve Clicquot no chão.

Eu gostava do tio Chris, embora papai achasse que ele acabaria embarcando em um reino obscuro de terror e vingança assim que fosse solto.

Tio Chris estava morando em Isla Huesos com vovó, que criou Alex desde bebê. A mãe dele fugiu depois que tio Chris foi para a prisão. Desde que cheguei, tudo o que vi meu tio fazer foi assistir ao canal de previsão do tempo obsessivamente e tomar guaraná.

Mesmo assim, o pai de Alex me assustava um pouco. Tinha os olhos mais tristes do que o de todas as pessoas que já conheci. Talvez com exceção de uma, mas não queria ficar pensando *nele*. Assim como não queria ficar pensando sobre o dia em que morri.

Algumas pessoas estavam dificultando meus planos.

— Nem todo mundo que morre e volta — eu disse cuidadosamente a tio Chris — tem exatamente a mesma experiência...

Foi nesse exato instante que vovó veio descendo as escadas da varanda dos fundos, fazendo barulho com seus saltos altos. Ao contrário de tio Chris e Alex, ela se arrumara para a ocasião. Usava um vestido bege de tecido fino e um cachecol que havia tricotado.

— Achei você, Pierce — disse com tom irritado. — O que está fazendo aqui fora? Essas pessoas todas estão esperando para conhecê-la. Vamos, quero que fale com o padre Michaels...

— Maneiro — comentou Alex, alegre. — Será que ele sabe?

— Sabe o quê? — perguntou vovó, surpresa.

— O que foi a luz que Pierce viu quando morreu — respondeu Alex. — Eu acho que foi a porta do paraíso, mas Pierce falou que os cientistas dizem que é... O que dizem mesmo, Pierce?

Engoli em seco.

— Uma alucinação — respondi. — Os cientistas dizem que tiveram os mesmos resultados em testes com pessoas que não estavam morrendo, mas que estavam sob efeito de drogas ou de choques no cérebro. Algumas dessas pessoas também viram uma luz.

— É *isso* que você está fazendo aqui fora? — indagou vovó, chocada. — Blasfemando?

Depois que morri e voltei, minhas notas ficaram muito ruins. Foi quando minha consultora na Academia Westport para Meninas, a Sra. Keeler, recomendou que meus pais encontrassem alguma atividade fora da escola que me interessasse. Crianças que fracassam na escola podem ter sucesso na vida se descobrirem alguma coisa que estimule o "engajamento", segundo a Sra. Keeler.

Acabei encontrando uma coisa com a qual queria me "engajar". Uma coisa que me fez ser expulsa da Academia Westport para Meninas e que me trouxe para Isla Huesos, que algumas pessoas chamam de paraíso.

Tenho certeza de que essas pessoas não conhecem minha avó.

— Não — disse Alex, rindo. — Blasfemar seria dizer que a luz vem do meio das pernas de uma mulher que está parindo você. É claro que isso não seria uma blasfêmia se eu fosse hinduísta.

Vovó parecia ter mordido um limão.

— Bem, Alexander Cabrero — respondeu com um tom ácido —, você não é hinduísta. E talvez devesse se lembrar que quem paga aquele lixo que você chama de carro sou eu. Se quiser que eu continue pagando, é melhor começar a ser mais respeitoso.

— Desculpe, senhora — murmurou Alex olhando a poça de champanhe no chão. Seu pai fez o mesmo depois de remover o boné.

Vovó se volta para mim tentando amenizar sua expressão.

— Enfim, Pierce — disse. — Por que não vem conhecer o padre Michaels? É claro que não vai se lembrar dele do funeral de seu avô, você era muito nova, mas ele se lembra de você e está muito feliz porque vai fazer parte da nossa pequena paróquia.

— Sabe qual o problema? — respondi. — Não estou me sentindo muito bem. — Não estava mentindo, o calor estava demais. Queria abrir alguns botões do meu vestido apertado. — Preciso de ar.

— Então entre — disse vovó, surpresa. — Temos ar-condicionado. Ou teríamos, caso sua mãe não tivesse aberto todas as portas...

— O que foi que fiz agora, mãe? — Mamãe apareceu na varanda e pegou um camarão da bandeja do garçom que estava passando. — Ah, Pierce, você esta aí. Já estava me perguntando se tinha desaparecido também. — Observou meu rosto. — Querida, está tudo bem com você?

— Ela disse que precisa de ar — respondeu vovó, ainda surpresa —, mas está em pé aqui fora. Qual o problema dela? Tomou o remédio hoje? Você tem *certeza* que Pierce está pronta para voltar à escola, Deb? Sabe como ela é. Talvez...

— Ela está bem, mãe — interrompeu mamãe. — Pierce... — disse virando-se para mim.

Levantei a cabeça. Os olhos dela pareciam estar mais escuros por causa da luz da varanda. Estava bonita e jovial; vestia jeans branco e uma bata de seda. Estava perfeita. Tudo estava perfeito. Tudo ficaria bem.

— Tenho que ir — falei controlando o choro de pânico que estava preso em minha garganta.

— Então vá, querida — respondeu mamãe inclinando-se na varanda. Tocou minha testa como se quisesse checar se eu estava com febre. Tinha o mesmo cheiro de sempre, aquele perfume materno. Seus cabelos negros e longos tocaram meus ombros quando me beijou. — Tudo bem. Só não se esqueça de ligar o farol da bicicleta para que as pessoas a vejam.

— O quê? — Vovó parecia não acreditar. — Você a está deixando ir dar uma volta de bicicleta? Mas estamos no meio de uma festa para *ela*.

Mamãe a ignorou.

— Não pare em lugar algum — disse para mim. — Não saia da bicicleta.

Eu me virei para Alex e para tio Chris sem falar nada. Eles me observavam sem acreditar no que viam. Fui direto para o jardim lateral onde minha nova bicicleta estava parada. Não olhei para trás.

— E Pierce... — disse mamãe.

Meus ombros ficaram tensos. Será que ia mudar de ideia por causa do que vovó disse?

Não. Tudo o que falou foi:

— Não demore. Tem uma tempestade vindo para cá.

Quando o vi no vasto deserto,
"Tem piedade de mim", supliquei,
"Sê o que for, sombra ou homem!"

DANTE ALIGHIERI, *Inferno*, Canto I.

Todos querem acreditar que existe alguma coisa — alguma coisa incrível — esperando por eles no outro lado. O Éden. Valhala. O Paraíso. A próxima vida — melhor do que esta, se tiverem sorte.

Eu já *estive* no outro lado. Sei o que existe lá. Não é o paraíso — pelo menos não no começo. É uma verdade que tenho que carregar sozinha, pois só coisas ruins aconteceram às pessoas com as quais compartilhei o que sei. Por isso, às vezes preciso sair depressa antes de falar ou fazer alguma coisa da qual vá me arrepender mais tarde. Caso contrário, coisas ruins podem acontecer.

Ele pode acontecer.

Mamãe entendeu. Não sobre ele — ela não sabe —, mas sobre a minha necessidade de sair. Foi por isso que me deixou ir. Enquanto descia pelo monte ao lado de nossa nova casa e sentia a brisa gelada batendo em meu cabelo, só conseguia pensar em vovó.

— Homem? Que homem?

Foi o que ela respondeu outro dia quando estávamos em sua casa. Eu me levantei do sofá, no qual estava assistindo ao canal do tempo com tio Chris, e a segui até a cozinha para perguntar sobre o funeral do vovô... especificamente sobre o que acontecera no cemitério depois do enterro.

— Você sabe quem — respondi. — O homem sobre o qual lhe falei. O que tinha um pássaro.

Desde aquele dia, não tivemos nenhuma oportunidade de falar sobre o que acontecera. Primeiro, porque era um segredo entre meninas, entre mim e mamãe; depois, porque nunca mais encontrei com vovó, graças a meu pai.

Com o passar dos anos, o que aconteceu de fato naquela tarde no cemitério acabou ficando como um sonho. Talvez tenha sido *mesmo* um sonho. Como aquilo pode ter acontecido de verdade? Era impossível.

Então eu morri.

E percebi que o que vi no cemitério naquele dia não foi apenas um sonho, mas sim a coisa mais importante que já aconteceu na minha vida — pelo menos até que meu coração parasse de bater.

— Vá lá fora brincar um pouco — disse vovó. — Sua mãe está ocupada agora. Chamo você quando tudo estiver pronto.

Mamãe e vovó foram falar com o sacristão do cemitério após o funeral para assinar os documentos da sepultura de vovô.

Talvez eu estivesse um pouco inquieta. Acho que derrubei alguma coisa na mesa do sacristão. Deve ter sido isso. Assim como meu primo Alex, sempre fui um pouco desatenta.

Ao contrário de Alex, meu problema fazia com que prestassem menos atenção em mim, e não mais. Achavam que uma menina não se meteria em tanta confusão.

Lembro que mamãe olhou para mim enquanto ajudava vovó a preencher os formulários. Ela me deu um sorriso com os olhos cheios de lágrimas.

— Tudo bem, querida — disse. — Pode ir lá fora. Fique por perto. Está tudo bem.

Fiquei por perto. Naquele tempo, sempre obedecia mamãe. Achei a pomba branca a alguns metros do escritório do sacristão. Estava mancando por entre as tumbas. Uma de suas asas se arrastava no chão; estava visivelmente quebrada. Corri atrás dela e tentei pegá-la com as mãos. Sabia que mamãe poderia ajudar, ela adorava pássaros.

No entanto, não deu muito certo. O pássaro entrou em pânico e tentou voar até a cripta mais próxima, onde bateu contra os tijolos e ficou parado. Fui até ele e percebi que estava morto.

Naturalmente, comecei a chorar. Já estava triste por causa do funeral do vovô e por ter sido expulsa do escritório do sacristão porque me comportara mal. Para completar, uma pomba morta.

Foi quando o homem apareceu. Para mim, uma criança, ele parecia ser incrivelmente alto, quase um gigante, mesmo quando se ajoelhou ao meu lado e perguntou por que eu estava chorando.

Hoje, acho que ele era apenas um adolescente, nem era homem feito. Mas, por ser tão alto, e por estar vestido todo de preto, pareceu ser muito mais velho do que devia ser.

— Eu t-tentei ajudar — respondi chorando e apontando para a pomba. — Ela estava machucada. Mas aí eu a assustei e piorei tudo. Agora ela está morta. Foi um a-a-acidente.

— É claro que foi um acidente — respondeu o rapaz pegando a pomba com cuidado.

— Eu não quero ir para o inferno — lamentei.

— Quem disse que você vai para o inferno? — perguntou ele, surpreso.

— É para onde vão os assassinos — contei chorando. — Minha vó me disse.

— Mas você não é uma assassina — disse ele —, e acho que você ainda não precisa se preocupar com o que vai acontecer depois que morrer.

Eu não devia falar com estranhos. Meus pais já haviam me avisado isso mil vezes. Porém, aquele estranho parecia ser legal, e mamãe estava logo ali, dentro da sala. Eu estava segura.

— Vamos achar um caixão para ela? — perguntei, apontando para a pomba. Já sabia tudo sobre enterros depois daquela tarde. — Quando morremos, temos que ficar dentro de um caixão para que ninguém nunca mais nos veja.

— Só algumas pessoas precisam disso — respondeu o estranho com uma voz meio seca —, outras não precisam. E sim, acho que podemos colocá-la em um caixão. Ou posso fazê-la viver de novo. O que você prefere?

— Você não pode fazer um pássaro morto viver de novo — respondi. Fiquei tão surpresa com a pergunta que esqueci que estava chorando. Ele estava fazendo carinho no pássaro, que definitivamente estava morto. Sua cabeça pendia por cima dos dedos do rapaz. O pescoço estava quebrado. — Ninguém consegue fazer isso.

— Eu consigo — respondeu —, se você quiser.

— Eu quero — sussurrei.

Ele passou a mão pelo pássaro. Um segundo depois, a cabecinha se levantou. Com olhos brilhantes, a pomba voou em direção ao céu azul. Suas asas batiam forte.

Fiquei tão animada que berrei:

— Faça de novo!

— Não dá — falou se levantando. — Ela já se foi.

Pensei um pouco. Peguei a mão do estranho e o puxei.

— Você pode fazer isso com vovô? Eles acabaram de colocar ele ali... — Apontei para a cripta no outro lado do corredor.

— Não — respondeu ele com educação. — Desculpe.

— Mas mamãe ficaria tão feliz! Vovó também. *Por favor?* É só um segundo...

— Não — respondeu um tanto alarmado. Ajoelhou-se ao meu lado novamente. — Como você se chama?

— Pierce — respondi —, mas...

— Bem, Pierce — disse ele. Seus olhos tinham a mesma cor das lâminas dos meus patins de gelo em Connecticut. — Seu avô ficaria orgulhoso de você, mas acho melhor deixá-lo onde está. Sua mãe e sua avó ficariam um pouco assustadas se o vissem andando por aí depois de tê-lo enterrado, você não acha?

Não tinha pensado naquilo, mas ele devia ter razão.

Foi aí que vovó veio procurar por mim. O homem a viu. Eles devem ter se visto, pois trocaram um "boa tarde" educado. O homem se virou e, antes de se despedir de mim, foi embora.

— Pierce — disse vovó ao meu lado —, você sabe quem ele é?

— Não — respondi.

Contei tudo o que sabia sobre ele, inclusive o milagre que tinha feito.

— E você gostou dele? — perguntou vovó quando acabei minha narrativa incessante.

— Não sei — respondi.

Fiquei surpresa com a pergunta. Ele havia feito um pássaro morto voltar a voar! Mas não quis fazer o mesmo com vovô, e isso era um ponto negativo.

Vovó deu o primeiro sorriso do dia.

— Vai gostar — disse.

Pegou minha mão e me levou para o carro, onde mamãe e Alex esperavam.

Lembro-me de ter olhado para trás. Não havia qualquer sinal do homem, apenas flores vermelhas em galhos retorcidos e negros em uma árvore que parecia um toldo acima de nós. O vermelho parecia fogos de artifício no céu azul claro...

Mas agora vovó estava reagindo da mesma forma que todas as outras pessoas reagiam quando eu contava o que tinha visto quando morrera — não vira uma luz, e sim um homem. Ela passou a insistir que eu havia imaginado a coisa toda.

— É claro que não tinha nenhum homem no cemitério ressuscitando pássaros — disse outro dia na cozinha balançando a cabeça. — Onde já se viu isso? Sabe de uma coisa, Pierce? Estou preocupada com você. Fica sempre sonhando acordada. Sua mãe é bonita *e* inteligente, e viu só o que aconteceu com ela? A beleza é uma maravilha até que certas pessoas decidam acabar com sua alegria...

— Vó — intercedi, tentando não aumentar o tom de voz —, como pode me dizer que o homem não estava lá se a senhora mesma me perguntou se...

— Espero mesmo que nessa nova escola as coisas deem certo, Pierce — interrompeu vovó —, porque você conseguiu estragar tudo na última escola, não foi? — Jogou uma bandeja cheia de sanduíches em meus braços. — Agora leve isto para o seu tio antes que ele morra de fome. Ele não comeu nada desde o café da manhã.

Saí da casa dela naquele instante — depois de dar os sanduíches a meu tio, é claro — e fui para a minha casa de bicicleta. Senti que era melhor ir embora antes que alguma coisa terrível acontecesse. Coisas horríveis aconteciam quando eu ficava enfurecida. Eu não tinha culpa. Era melhor sair antes que ficasse pior.

Antes que *ele* aparecesse.

Agora, lá estava eu na bicicleta novamente, mas, dessa vez, sem destino certo. Só precisava sair de perto... de vovó. Das perguntas. Dos barulhos da festa. Do som da água batendo na piscina... principalmente, daquela piscina...

Ao contrário do "incidente" que acontecera na minha antiga escola, o acidente foi culpa minha. Eu tropecei no meu próprio cachecol, bati a cabeça e fui parar no fundo da piscina que tínhamos em Connecticut.

Estava tentando resgatar um pássaro machucado... Sim, outro pássaro.

Este último sobreviveu sem a ajuda de um estranho no cemitério de Isla Huesos.

Eu não tive a mesma sorte.

A temperatura da água me paralisou tanto quanto a pancada que levei na cabeça. Meu casaco e minhas botas logo ficaram encharcados; meus braços e minhas pernas ficaram muito pesados para que eu pudesse fazer qualquer movimento, muito menos para que nadasse. A rede que cobria a piscina — papai esquecera de consertá-la — afundou comigo e me envolveu. Fiquei sem poder me mexer, como se estivesse sendo abraçada por uma jiboia.

Estava muito longe da escada e dos degraus da piscina. Não tinha como nadar até eles, ainda mais com o peso das roupas e da rede, que me puxava para baixo. Se tivesse conseguido chegar aos degraus, duvido que conseguisse ter força para emergir.

Tentei o máximo que pude. É incrível o que uma menina de 15 anos consegue fazer quando está desesperada para sobreviver, mesmo com um hematoma subdural.

Papai estava no meio de uma conferência no escritório, lá do outro lado da casa. Esquecera que mamãe estava na biblioteca terminando sua dissertação sobre o acasalamento de colhereiros rosados, e que eu não estava nem na casa da Hannah, minha melhor amiga, nem no abrigo para animais, onde era voluntária. A empregada estava de folga.

Também se esquecera de nos avisar que os rebites que seguravam a cobertura da piscina tinham enferrujado durante o inverno. Não que fizesse muita diferença — pelo menos não para mim — se papai tivesse nos lembrado disso, ou se não estivesse em uma conferência. Não tive como gritar por socorro. As pessoas não se afogam na vida real como nos filmes. Quando meu cérebro, dentro do crânio contundido, se tocou de que eu estava em perigo, o peso de toda a água que havia engolido por causa do choque térmico — era fevereiro em New England — já tinha feito com que meu corpo afundasse como uma pedra.

Depois do pânico e da dor iniciais, tudo ficou calmo lá embaixo. Só conseguia ouvir meus próprios batimentos cardíacos e o som das bolhas de ar vindo da minha garganta... E ambos ficavam cada vez mais baixos e escassos.

Não sabia, naquele momento, que estava morrendo.

A luz da tarde que brilhava através das folhas que boiavam na superfície da água fazia lindas formas ao meu redor no fundo da piscina. Lembrei-me da maneira como a luz batia nos vitrais da igreja onde o funeral do vovô havia acontecido. Mesmo que não pudesse falar sobre isso, nunca me esqueci daquele dia e de como mamãe e vovó choraram durante a cerimônia...

Também não me esqueci de como vovó apertou minha mão quando fomos para o cemitério, nem do vermelho intenso das flores nas árvores em contraste com o azul do céu....

... vermelho como as pontas do meu cachecol, que ficou flutuando ao redor de meu rosto enquanto eu morria no fundo da nossa piscina.

Talvez tenha sido por isso que pisei no freio na bicicleta quando as vi novamente, fugindo da festa — não as franjas do cachecol, mas as flores. Não percebi que havia pedalado até o cemitério. Meus pés me levaram até lá inconscientemente.

Eu sabia o porquê disso, é claro. Não era a primeira vez que acontecia.

Já havia passado pelo cemitério de bicicleta mais de uma vez desde que chegara a Isla Huesos — mamãe até incluiu o local em um pequeno passeio de "orientação" que fizemos quando cheguei. Todos os caixões ficavam em criptas e cúpulas acima do solo, o que fazia com que o cemitério fosse um dos pontos mais visitados da cidade. Se enterram os mortos em um lugar onde há enchentes e furacões frequentemente, os esqueletos acabam emergindo. Você corre o risco de achar os seus queridos antepassados pendurados em árvores e cercas, ou na praia, que nem em um filme de horror.

— É por isso que — informou mamãe — os exploradores espanhóis que encontraram este lugar há quinhentos anos o batizaram de Isla Huesos... *Ilha dos Ossos*. Quando chegaram, a ilha estava coberta de ossos humanos, provavelmente porque uma tempestade desenterrou os restos dos índios enterrados.

Embora tivesse andado de bicicleta pelo cemitério várias vezes, nunca consegui achar a árvore que vi quando tinha 7 anos. Não até a noite da festa.

"Não pare em lugar algum", dissera mamãe. "Não saia da bicicleta. Tem uma tempestade vindo para cá."

Agora, em pé na frente da tal árvore, pude ver que a tempestade que se aproximava não era apenas a chuva que mamãe temia.

Era alguma coisa muito, muito pior.

A maioria das flores havia caído da árvore. Secas e retorcidas, estendiam-se aos meus pés como um tapete vermelho, sussurrando entre si enquanto o vento brincava com elas e as espalhava para mais longe.

O túmulo embaixo da árvore não parecia tão diferente do que vi no dia do funeral do vovô. O reboco ainda estava caído em algumas partes, revelando tijolos tão vermelhos quanto as flores aos meus pés.

A diferença era que agora eu conseguia ler o nome gravado acima dos portões de ferro na entrada da cúpula.

Sem data. Apenas um nome.

HAYDEN.

Não notei o nome quando tinha 7 anos. Havia muitas outras coisas em minha mente. Da mesma forma que não reconheci a árvore nas várias outras vezes que passei por ali.

"Não tinha homem algum, Pierce."

Não foi só vovó que falou isso na cozinha outro dia, mas também todos os psiquiatras aos quais meus pobres pais me obrigaram a ir depois do acidente. Eles não conseguiam acreditar nos bilhetes que recebiam das professoras o tempo todo dizendo que o rendimento de sua preciosa filha não estava na média.

É comum que pacientes que perderam a atividade elétrica do coração ou do cérebro por certo tempo digam que tiveram uma alucinação enquanto estavam inconscientes.

No entanto, de acordo com os médicos, era vital para a minha saúde mental lembrar que aquilo fora *apenas um sonho*.

Sim, foi muito realista. Só que algumas coisas que li nos livros na escola, ou que vi na TV, até mesmo anos antes, se pareciam muito com as visões que tive durante minha experiência de quase-morte. O que explica isso, se nunca contei a esses autores o que aconteceu durante o funeral do vovô?

Era importante levar isso em consideração, assim como o fato de eu ter conseguido controlar minhas ações enquanto a morte acontecia. Isso era chamado de sonho lúcido. Se o que acontecera comigo tivesse sido real, eu não teria conseguido escapar do meu captor.

Sendo assim, não precisava me preocupar; ele não ia voltar para me pegar porque era fruto da minha imaginação.

Eu me encontrei com vários psiquiatras e concordei com tudo. Eles tinham razão. É claro que tinham.

Todavia, por dentro, me sentia com tanta...

... *pena* deles.

Porque as paredes atrás daqueles médicos tinham tantos diplomas e certificados, alguns da mesma escola onde meus pais queriam que eu estudasse. E era isso que me deixava mais triste. Meus pais não conseguiam ver que isso não fazia diferença. Todos aqueles diplomas e certificados.

E aqueles médicos ainda não tinham a menor ideia do que estavam falando.

Porque eu tinha provas. Sempre tive. Em pé na frente da árvore, abri os primeiros botões do vestido apertado que mamãe tinha sugerido que eu usasse na festa e peguei minha prova. Podia tê-la mostrado a qualquer momento. "Sonho lúcido? É mesmo? E como o senhor explica isto, doutor?"

Mas nunca o fiz. Mantinha a prova sempre dentro da camisa, porque, apesar de não acreditarem em mim, aqueles médicos fizeram de tudo para me ajudar. Pareciam boas pessoas.

Não queria que nada de mal acontecesse a eles.

Descobri da pior forma que coisas ruins acontecem às pessoas que se interessam demais pelo meu colar. Depois disso, nunca mais o mostrei. Nem mesmo a vovó, quando falou aquilo na cozinha. Não faria diferença para ela.

Foi só quando parei ali na frente da árvore, perto de onde nos encontramos, que percebi que talvez *eu* tivesse feito coisas ruins acontecerem.

Porque eu havia retornado. Não apenas do mundo dos mortos, mas ao lugar onde tudo começou.

O que eu estava fazendo ali? Será que estava louca como todos diziam em Connecticut? Precisava sair daquele lugar. Estava *sozinha à noite em um cemitério.* Era melhor correr. Todos os pelos do meu corpo estavam em pé, me mandando ir embora.

Mas é claro que agora era tarde demais. Alguém estava vindo, esmagando as pétalas secas enquanto se aproximava.

Ossos. Era esse o som que as flores faziam quando eram pisadas. O som de ossinhos se quebrando.

Meu Deus. Por que mamãe me contou aquela história? Por que eu não tinha uma mãe normal que contava histórias normais sobre fadas e sapatinhos de cristal em vez de histórias sobre ossos humanos espalhados na praia?

Nem precisei me virar para ver quem era. Eu sabia. É claro que sabia.

Ainda assim, o grito que soltei quando me virei e vi seu rosto foi alto o suficiente para acordar os mortos.

Vinha em minha direção
Com cabeça erguida e fome extrema,
De modo que o ar parecia temê-lo.

DANTE ALIGHIERI, *Inferno*, Canto I.

Ele ficou tão chocado quanto eu.

— O que você está fazendo aqui?

Sua voz soou como o trovão que se aproximava a cada relampejar sobre as palmeiras, onde as nuvens da tempestade colidiam.

Tentei falar alguma coisa, mas a voz não saía.

Bem, a surpresa não deveria ter sido tão grande, visto que uma parte de mim já sabia que aquele momento estava por vir desde que ouvi mamãe dizer as palavras *Isla Huesos*. Estava esperando que aquilo acontecesse logo, por mais estranho que possa parecer. Por qual outro motivo minha cabeça teria mandado meus pés pedalarem até o cemitério?

Minha cabeça, não. Meu coração. Aquela agulha de 10 centímetros que enfiaram no meu peito pode até ter feito meu coração funcionar de novo, mas ele ainda está em pedaços.

Tossi e tentei falar novamente. Rezei para que ele não percebesse o quanto estava nervosa. Meus joelhos tremiam embaixo do vestido.

— Des... desculpe — disse — pelo grito. Você me assustou. Eu não estava... Não ia... Minha mãe e eu acabamos de nos mudar para cá. — A última frase foi dita com uma pressa incoerente. — Para Isla Huesos. Ela quer começar a vida de novo aqui por causa do... Bem, você sabe.

Minha voz sumiu. Não gostava de ficar falando sobre o que tinha acontecido na minha antiga escola em Westport.

E qual o objetivo em contar? Ele tinha estado lá.

Ele me encarou. Sua expressão deixava bem claro que não estava feliz em me ver. Claro, eu tinha acabado de dar um berro na cara dele. Esse tipo de coisa geralmente não atrai a simpatia dos outros. Principalmente dos meninos, imagino.

— Não é culpa minha — falei. Meu coração batia tão rápido no peito que eu mal consegui escutar o vento nas palmeiras, ou os grilos e cigarras no meio das criptas que emergiam das sombras ao nosso redor. — Ela quer salvar os pássaros. O que eu podia fazer?

Minha voz estava completamente diferente. Bem, era de se esperar. Que menina conseguiria falar normalmente com uma pessoa como ele a encarando? Era tão alto — um 1,90m ou 95, quase 30 centímetros a mais do que eu — e seus bíceps e ombros eram muito largos. Teria sido um ótimo atacante em qualquer time de futebol americano do país... Eu tinha sofrido "acompanhando" meu pai a vários jogos, então já conseguia identificar o tipo físico adequado.

Só que nenhum treinador aceitaria trabalhar com ele devido aos seus problemas de comportamento, que eram bem óbvios. O jeans escuro, a camiseta preta justa, as botas pretas de militar, os dedos cheios de cicatrizes — não só os dedos — eram indicações nítidas de que não jogaria limpo. Até mesmo seu cabelo, caído em ondas grossas e longas em torno do rosto e do pescoço, parecia alertar para algo *obscuro*.

Exceto os olhos. Eram cinzentos como as nuvens no céu, sempre queimavam com uma intensidade luminosa que era difícil de esquecer... E, acredite, eu tentei.

Todavia, seus olhos agora estavam diferentes, estavam apagados e vazios, como buracos de bala. Eram quase como... Bem, como olhos sem vida.

Fiquei me perguntando o que acontecera para causar essa diferença. Certamente, *eu* não tinha culpa. Não era esse tipo de garota.

Sua voz, por outro lado, não estava sem vida. Estava cheia de sarcasmo.

— Eu quis dizer — explicou — o que você está fazendo *aqui*, agora, à noite? No cemitério. Tão tarde.

Engoli a saliva.

Claro. É claro que ele sabia o que eu estava fazendo em Isla Huesos. Sempre sabia onde eu estava e exatamente o que estava fazendo. Devia ter visto meu avião aterrissando. Devia ter me visto tirando as malas da esteira e mamãe me ajudando a colocá-las no carrinho. Será que nos vira lutando para colocá-las dentro da SUV da mamãe? Que gentileza ter oferecido ajuda.

Dava para sentir a raiva saindo em ondas de seu corpo. Eu sabia que o machucara uma vez (mas ele tinha me machucado primeiro. Sequestro é crime. Eu pesquisei).

Considerando que ele havia aparecido *duas vezes* para salvar minha vida — ou pelo menos era essa sua intenção —, achei que tivesse me perdoado. No entanto, seus olhos não mostravam nem uma faísca de carinho, muito menos de remorso pelo que tentara fazer comigo. Então acho que eu tinha me enganado.

— Olhe — respondi.

Minha voz estava um pouco rouca de raiva. Ele não tinha o direito de ser tão estúpido. Ele me deu um susto, eu berrei.

Ele sabia o tempo todo que eu estava morando na ilha e nem foi me dizer oi? Não que eu fizesse questão, pois toda vez que ele aparecia, alguém se machucava. Mas mesmo assim...

— Eu estava na área então achei que devia vir aqui para ter certeza que está tudo tranquilo. — Dizer isso me colocou em um caminho sem volta. Por que não segui o conselho da mamãe e fiquei na bicicleta? — Que está tudo bem entre nós.

Ele continuou me encarando.

— Está tudo bem entre nós — repetiu.

— Que bom — respondi. Aquilo estava sendo mais horrível do que eu tinha imaginado. Minha reputação de imaginar um pouco demais não era à toa. — Já esqueci o que você fez comigo. E só queria ter certeza que você entende que o que fiz com... o que aconteceu quando eu... *você sabe*. Quando eu fui embora. Não foi pessoal.

— Ah, eu entendo — disse. O tom de voz era tão frio quanto o olhar. — Você foi bem impessoal. Tomou uma decisão e agiu. — Deu de ombros e cruzou os braços. — Sem nem pensar nas consequências.

Mexida pela lembrança daquele dia — *Você foi bem impessoal. Tomou uma decisão e agiu* —, senti lágrimas vindo aos olhos.

Meu Deus. Será que eu ia *chorar* na frente dele? Mamãe queria que tudo fosse perfeito... Bem, essa *cena* estava perfeita.

— Eu tinha *apenas* 15 anos — respondi tentando me manter calma, sem sucesso. Já havia ensaiado aquela conversa tantas vezes na minha cabeça, devia conseguir ser mais fria. O problema era que as conversas com ele nunca aconteciam da maneira que eu as imaginava. — Quem está pronto para aquele tipo de comprometimento sendo tão *nova*?

— E 17 é melhor para você? — perguntou, sarcástico.

Chocada, comecei a chorar.

— O quê? *Não!*

— Bem, para uma pessoa que insiste em dizer que não está pronta para morrer, você tem um comportamento bem estranho.

Observei seus olhos sem vida.

— O que você quer dizer com *isso*?

— Que a maioria das pessoas que dão algum valor à vida não ficam passeando em cemitérios à noite. Mas é claro que *você* é diferente.

Os 19 acres de extensão do cemitério de Isla Huesos não tinham câmera de segurança ou guardas. O sacristão ia para casa exatamente às 18 horas, como me informou certa noite depois de me expulsar e trancar os portões (e ainda brigou comigo por usar "um local de veneração como via pública").

Sendo assim, caso ele *realmente* decidisse me levar para o seu mundo — o que certamente tinha o poder de fazer —, ninguém viria me socorrer. A não ser que algum bêbado estivesse dormindo no meio dos túmulos, ouvisse o meu berro e fosse ligar para a polícia.

Boa noite. Hoje faz dez anos do misterioso desaparecimento da adolescente de 17 anos Pierce Oliviera, que sumiu sem deixar rastros na pequena Isla Huesos, na costa da Flórida, enquanto passeava de bicicleta em uma noite quente de setembro...

— Você está me *ameaçando*? — retruquei com as mãos na cintura tentando parecer mais corajosa do que era. Na verdade, estava apavorada.

Não percebi que ele havia chegado mais perto enquanto falava — esquecera que ele conseguia pisar sem fazer barulho, como um gato. Dessa vez, as folhas secas no chão não deram indicação dos passos. Ele já estava a apenas 15 centímetros de mim.

Quanto mais perto, mais forte batia o meu coração. Não só por temer o que ele estava planejando fazer comigo, mas porque comecei a notar todas as pequenas coisas que o faziam tão atraente. De perto, seus olhos eram claros na mesma intensidade com que os meus são escuros... Só que os meus olhos têm um brilho *quente*, com tons leves de âmbar e mel — como ele mesmo havia descrito em um momento afetuoso entre nós.

Pensando bem, isso não era um elogio, porque tanto âmbar quanto mel eram substâncias pegajosas, traiçoeiras para os pequenos insetos.

Seus olhos tinham o extremo oposto — tons de aço, um dos metais mais resistentes que existem.

Era difícil não perceber isso quando seu rosto estava tão perto do meu.

— Ameaçando você? — repetiu abaixando a cabeça para olhar para mim. — De que maneira? O que posso fazer contra você? Você não está morta. Não mais.

Controlei a respiração para que minha pulsação não ficasse fora de controle. O que ia acontecer era óbvio:

Ele ia me dar um beijo...

... ou talvez não. Meu coração deu um pequeno pulo de frustração.

Eu me enganara achando que ele estava olhando para meus lábios. Na verdade, seu foco de atenção estava um pouco mais abaixo... no ponto onde eu havia desabotoado o vestido. Gostaria de acreditar que ele estava atraído pelas minhas formas femininas — e tinha motivos para pensar assim —, mas, naquela noite, o que o deixou tão interessado foi o que estava dentro do vestido, pendurado no cordão de ouro que não tirei desde que morri.

O objetivo do cordão era proteger a quem o usasse. Ou pelo menos foi isso que ele me disse. A joia não me ajudara muito naquela noite — nem em outros momentos, pelo que me lembrava.

Foi só ali, na frente dele, no cemitério, sentindo seu hálito suave em meu rosto, que me dei conta de que nunca perguntara se podia trazer o cordão de volta para este mundo. Não tinha sido exatamente um roubo, pois ele me havia me dado.

Mas tenho certeza que era um presente que trazia algumas condições, e uma delas era que eu ficasse em seu mundo e...

Bem, isso não acontecera.

Sem nem pensar nas consequências, disse ele.

Meu estômago doeu e eu dobrei os braços para esconder a pedra e tudo o mais que estava protegido pelo meu vestido.

— *Você ficou com o cordão* — sussurrou ele.

Sua voz não soava mais como um trovão. Tinha o mesmo som de quando nos conhecemos, quando ele foi tão gentil e me deixou tão segura.

— É claro que sim — disse sentindo-me confusa por ele estar surpreso.

O que estava achando, que assim que me livrasse dele eu jogaria o cordão fora?

Mordi os lábios. Acho que ter guardado o presente mostrava que eu não queria me livrar das memórias daquele dia... e dele. Acho que *realmente* fui um pouco tola por não ter jogado o cordão no mar, que nem a senhora do *Titanic*. Qualquer outra garota teria feito isso. Na verdade, a maioria das meninas teria vendido o cordão, considerando o quanto ele valia, pelo que me contaram depois.

Não fiz nem um nem outro. O que isso significava?

Nada. Certamente, não indicava que eu tinha sentimentos por ele. Teria que ser louca *mesmo* para que isso fosse verdade, considerando o que ele tinha feito comigo. Ai, tomara que ele não ache que foi isso que me fez guardar o cordão.

No entanto, por que a ideia de devolver o presente me fazia sentir... um pouco nauseada? Devia estar me sentindo aliviada.

Relutante, puxei a corrente. O diamante redondo e multifacetado — cinza como as nuvens, do tamanho de um uva grande — saiu de seu esconderijo e brilhou, mesmo em uma noite escura como aquela. As nuvens ainda não tinham coberto a lua.

Quando viu o que eu estava fazendo, ele reagiu como uma pessoa que abre as janelas lacradas de uma casa que foi protegida contra furacões. Todo o ar defensivo desapareceu de sua expressão. Até os olhos sem vida pareceram estar vivos.

Tinha razão em estar surpreso por eu ainda ter o presente: quem fica usando um lembrete do dia em que *morreu*? Talvez fosse bom voltar aos psiquiatras e contar a verdade.

Mas de que isso serviria? Poderia até *me* ajudar, mas com certeza não os ajudaria.

— Hum — murmurei, hesitante. *Não hesite*, disse a voz de minha mãe dentro da minha mente. Nem ela sabia de onde aquele cordão vinha. Contar a ela só faria com que achasse que sou louca, como os outros achavam. — Você... o quer de volta?

Fazer a pergunta quase me matou. Contudo, era chegada a hora, disse para mim mesma. Novo começo.

Esse tempo todo, eu escondera o presente dentro da blusa e tentara proteger os outros. Porém, sendo honesta comigo mesma, eu estava tentando proteger *o cordão* também. Porque amava tanto aquele objeto que chegava a ser ridículo. Fiquei apaixonada pela pedra desde que a vira pela primeira vez, quando ele me dera.

Por outro lado, não queria as *consequências*. Não para mim. Nem para ele. Para ninguém.

Passei o cordão pela cabeça sem me importar com os fios de cabelo que ficaram presos. Tentei fazer isso da forma mais habilidosa e sensível possível. Na Academia Westport para Meninas — de onde eu fui mandada embora, eu sei, mas e daí —, tudo o que ensinavam era a termos habilidade e sensibilidade em relação aos outros em situações difíceis. Foi por isso que meu pai insistiu que eu fosse para lá desde o jardim de infância. Ouviu alguns clientes falarem sobre a escola e torceu para que ela me fizesse ficar diferente dele.

Por enquanto, os resultados não foram muito positivos.

Não hesite.

Entreguei o cordão a ele, com cabelo e tudo.

— Tudo bem — falei. Eu me xinguei em silêncio por ainda estar com a voz trêmula. E os dedos. Será que ele estava percebendo isso, assim como as lágrimas nos meus olhos, iluminadas pelo luar? — Pode ficar com ele. Sei que não devia ter trazido o seu presente. Peço desculpas por qualquer... consequência que possa ter acontecido. Mas foi tudo muito rápido. Você sabe disso. Enfim — acrescentei tentando trazer algum humor para iluminar a situação —, pelo menos agora você não vai precisar mais ficar me seguindo.

Se havia alguma coisa *precisamente* errada para se dizer naquele momento, eu a dissera. Em um instante, as janelas que se abriram quando ele viu que eu tinha guardado o cordão se fecharam novamente em seu rosto e em seus olhos.

Arrancando o pingente da minha mão, ele perguntou:

— *Seguindo* você? É isso que acha que faço?

Olhei para ele, surpresa pela resposta. Grande trabalho de habilidade e sensibilidade. E humor.

— Eu lhe dei isso. — Ele balançou o colar na frente do meu rosto. Sua voz profunda bateu em mim como as gotas da chuva que, pelo cheiro, já estavam caindo na orla. — Porque, como achei que tinha explicado de forma clara, ele protege a pessoa de qualquer mal... Talvez deva adicionar que proteção é uma coisa que você parece precisar mais do que o resto das pessoas, porque toda vez que a vejo, você está em alguma situação de risco. Mas visto que não quer que eu — ou o cordão — fique em sua vida, tenho um conselho. Pare de vir aqui. *E não use o cordão*

Ao dizer *não use o cordão*, ele se virou e o jogou longe — *o meu lindo cordão* — com toda a força. Ele foi voando pelo céu noturno e parou em algum lugar no meio da vasta escuridão dos 19 acres do cemitério de Isla Huesos.

Eu não devia ter sentido como se ele tivesse jogado meu coração fora.

Mas senti.

Governa todos os lugares, e lá impera;
Eis sua cidade e seu trono imenso;
Ó, feliz dos que elege para seu reino!

DANTE ALIGHIERI, *Inferno*, Canto I.

Depois daquele dia no cemitério com a vovó, só voltei a vê-lo quando estava morta.

É claro que falei a primeira coisa que qualquer pessoa diz quando abre os olhos depois de bater a cabeça, afundar-se em uma piscina e perder a consciência.

— Onde estou?

Não estava mais no fundo da piscina... apesar de ainda estar vestindo as mesmas roupas, que estavam úmidas e grudadas em meu corpo, como uma segunda e gelada pele. Também não estava em uma maca ou em uma ambulância.

O lugar era uma caverna subterrânea vasta que parecia não ter fim. Ficava às margens de um lago onde ventava muito.

Não estava sozinha.

— Nome?

Um homem alto como uma torre vestido de preto, ao ouvir minha pergunta, se virou para mim e levantou o *tablet* que tinha em mãos.

Estava muito tonta para ter qualquer reação, então apenas respondi:

— Pierce Oliviera.

— Você fica ali — disse o homem após escrever o meu nome.

Olhei para onde ele apontou. Percebi que estávamos no meio de uma multidão — em sua maioria composta por velhinhos, mas algumas pessoas tinham a minha idade, ou eram até mais novos — e todos tinham a mesma expressão triste que eu.

Só não estavam ensopados e zonzos por terem levado uma pancada na cabeça.

Entretanto, assim como eu, todos estavam sendo encaminhados por homens altos vestidos de preto para duas filas. Esses homens tinham a mesma aparência dos seguranças que pediam para ver as identidades nas portas das boates de Nova York, segundo a descrição das meninas mais velhas da escola. Eram musculosos, carecas, vestiam couro preto e tinham muitas tatuagens. Em outras palavras, eram assustadores.

Ao contrário da minha melhor amiga, Hannah, nunca tive coragem de tentar entrar nessas boates, pois era menor de idade. Não tinha identidade falsa. Mal sabia onde estava o meu documento de verdade.

Sendo assim, nem pensei em desobedecer as ordens daquele homem. As filas se estendiam até dois deques na beira do lago. Uma delas era extremamente longa. A outra era um pouco menor. Ele apontou para a menor.

— Fique na sua fila — grunhiu. Era uma ordem.

Fui rapidamente, sem falar nada, para o final da fila menor. Estava muito assustada para emitir qualquer som.

Fui parar atrás de uma velhinha bem pequena e fofa. Toquei seu ombro e a chamei.

— Com licença, senhora.

Ela se virou. Tinha o rosto mais enrugado que eu já tinha visto. Devia ter mais de 100 anos.

— Sim, querida. Nossa, você está toda molhada!

— Estou bem — menti. Tremia tanto que meus dentes estavam batendo. — Estou tentando descobrir onde estamos. A senhora sabe?

— Ah, sim, querida — respondeu com um sorriso largo —, estamos indo para o barco.

Fiquei sem saber o que responder. Aquilo era um sonho? Se fosse, como é que eu estava conseguindo sentir as gotas de água escorrendo pelos meus dedos quando torcia o cachecol?

— Para onde vai esse barco? — perguntei.

— Ah, não sei — disse a velhinha com outro doce sorriso. — Ninguém dá informações. Mas acho que deve ser para algum lugar maravilhoso, porque veja como aquelas pessoas na outra fila estão loucas para entrar nesta.

Apontou para a fila mais longa, que estava a uns 10 metros de nós.

Era verdade. As pessoas naquela fila, que deviam ter escutado as mesmas coisas que a velhinha escutou, quase brigavam para conseguir entrar na nossa fila. Alguns daqueles homens carecas e tatuados, vestindo jaquetas de couro preto, tinham de segurar essas pessoas, como seguranças em um show de rock tentando conter os fãs descontrolados.

— Ei — disse o cara que estava atrás de mim. Era mais velho do que eu, mas não tanto quanto a velhinha. Devia ter uns 20 anos. — Vocês conseguem pegar sinal? — Estava segurando um celular. — Estou sem sinal.

Apalpei os bolsos do meu casaco. Estavam vazios. É lógico que eu não estava com o meu celular. Era assim que a maioria dos meus pesadelos começava.

— Foi mal — respondi —, eu não...

Foi quando o vi. O homem alto vestido de preto — botas pretas, luvas de couro preto, casaco de couro preto — galopando em direção ao tumulto em um cavalo negro enorme.

Eu o reconheci imediatamente, mesmo que tantos anos tivessem se passado. Senti uma onda de alívio. Finalmente, um rosto familiar.

Talvez por isso nem pensei duas vezes — nem mesmo quando vi todos se afastando para abrir espaço — e saí da fila para ir falar com ele.

— Querida, eu não faria isso se fosse você — exclamou a velhinha.

— Não tem problema — disse sem nem olhar para trás —, eu o conheço!

— Louca — murmurou o rapaz atrás de mim (eu não fazia ideia que escutaria isso tantas vezes mais tarde). — Deve estar tentando se matar.

Eles não entenderam. Nem eu.

Não naquele momento.

Nem todo mundo gosta de cavalos, pensei enquanto corria atrás dele na areia. É por isso que o pessoal da fila, ao contrário de mim, ficou com tanto medo.

O cavalo não era que nem o da minha amiga Hannah, um Double Dare cuja placidez — ele empacava até nos trotes mais lentos — levava Hannah a preferir ficar mais tempo jogando basquete na escola, ou a procurar os amigos de seu irmão mais velho no shopping, ou até a ir em boates do que ficar no estábulo. O bicho era tão plácido que não interessava mais.

Aquele cavalo, por outro lado, parecia ser um desafio só de olhar, imagine chegar perto dele.

Deve ter sido por isso que ele se assustou.

Só falei "Ei" para tentar chamar a atenção do cavaleiro — ele estava berrando para que as pessoas ficassem em suas filas e todos pareceram compelidos a obedecer por causa do tom duro de sua voz.

Não imaginava que um tom tão severo pudesse vir daquela pessoa gentil que eu havia conhecido — aquele que fizera o passarinho ressuscitar no dia do funeral de vovô. Fiquei paralisada de medo...

... até que, no meio do nada, patas negras como carvão estavam a centímetros da minha cabeça. O cavalo recuou bufando de raiva.

Eu me abaixei, temendo por minha vida, e tapei o rosto com os braços para proteger meus olhos. Um segundo depois, as patas explodiram no chão de novo espalhando areia para todos os lados, e eu me encolhi para me proteger.

Foi aí que um som mais alto do que todos os trovões que eu já havia escutado ecoou na caverna. Não soube ao certo se foi um trovão de verdade ou o corpo do cavalo caindo. Uma de suas patas traseiras havia escorregado na areia.

Uma voz masculina berrou alguma coisa. Eu ainda estava agachada para escapar da morte. Olhei para cima e percebi que o berro viera do cavaleiro. Gritou o nome do cavalo — Alastor, foi o que entendi — e estava batendo as botas nos estribos enquanto o cavalo se reerguia.

Nesse momento, percebi com um choque físico quase tão forte quanto o causado pela reação violenta do cavalo que aquilo não era um pesadelo. Se fosse, eu teria acordado naquele instante e não estaria sentindo o gosto da areia.

E o homem que eu havia conhecido no funeral de vovô não estaria em pé na minha frente, olhando para mim com olhos prateados que não tinham nem um traço de reconhecimento... ou de humanidade.

Percebi que havia alguma coisa diferente nele, além da voz horrível. Não, não era *ele* quem estava diferente.

Era *eu*.

Não tinha mais 7 anos de idade.

No entanto, ele era exatamente o mesmo. O cabelo negro. Os olhos brilhantes. A altura impressionante — só não se parecia mais com um gigante, como antes.

Como isso era possível, se tantos anos haviam se passado desde o nosso último encontro?

— Você está bem? — perguntou com uma voz mais assustadora do que o trovão que ecoou na caverna, uma voz mais alta e mais autoritária.

— A-acho que sim — respondi resistindo ao ímpeto de ficar de pé e sair correndo. Com o coração na garganta, estiquei a mão para que ele me ajudasse. Sua pele era quente e seca, o extremo oposto da minha. — *Você* está bem?

Ele olhou para mim com uma expressão incrédula. O olhar ardente pareceu varrer o meu corpo.

— Se *eu* estou bem? — perguntou. — Você podia ter sido pisoteada e ainda pergunta se *eu* estou bem?

— Ele não machucou você? — perguntei.

Dei uma olhada nervosa para o cavalo, que batia no chão a alguns metros de nós. Um dos guardas estava tentando segurá-lo. Devia ser da raça Clysdesdale. Misturada com o diabo.

O cavaleiro não parecia estar muito interessado em discutir os possíveis ferimentos causados pelo incidente que eu tinha provocado.

— Estou bem — retrucou —, mas você precisa aprender a obedecer ordens. Consegue entender a expressão "Não saiam de suas filas"?

Largou a minha mão e segurou o meu braço. De repente, começou a me levar de volta para a fila. Não para a mesma onde eu estava.

Para a outra.

Tentei falar alguma coisa. Tentei mesmo. Mas acho que a ficha finalmente começou a cair. Só consegui ficar observando. Seus olhos tinham exatamente a mesma cor das estrelas marciais que papai ganhou de um cliente japonês. Quando papai abrira a caixa do presente, a cor das lâminas me lembrou alguma coisa distante.

Foi só naquele instante que consegui entender que coisa era.

Ele.

— Não mexa nisso — alertou papai.

Eu nem queria... até que ele disse aquilo.

Fiquei com uma compulsão estranha, querendo pegar uma das estrelas na gaveta onde papai as guardou. Queria jogá-la contra o tronco da velha árvore no jardim. Papai teve que usar uma pinça para pegar as estrelas, pois ficavam lá no fundo da caixa. Ele acabou trancando as estrelas no cofre do escritório — só as tirou quando tentou jogá-las na árvore também para ver se conseguia fazer o que fiz. Para sua infelicidade, não conseguiu.

Agora, pela primeira vez, entendi de onde vinha minha compulsão em tocar nas estrelas marciais do papai, apesar de ele ter me dito para não fazer isso.

— Nem precisa ficar me olhando assim — alertou meu captor. — Não vai funcionar. Trabalho nisso há muito tempo. Conheço todos os truques. Ficar me fuzilando com esses grandes olhos castanhos não vai dar em nada, posso garantir.

Pisquei. Estava falando comigo? É claro que sim. Eu era a única pessoa que ele estava arrastando de volta para a fila.

Truque? Como assim?

Não sei ao certo como consegui formular palavras, ainda mais uma frase completa, sob aquele olhar ameaçador.

Mas acho que quando você está completamente encharcada, desesperada, aterrorizada e sozinha, acaba percebendo que não tem nada a perder.

— Eu n-não sei do que você está falando — gaguejei. Não conseguia controlar nem minha voz nem meus dedos trêmulos. — N-não estou fazendo truques. Não quis irritar seu cavalo. E peço desculpas se você se machucou, mas preciso falar com você...

— Tarde demais — disse ele com voz seca e olhando em frente. — E já ouvi todas as desculpas que pude ouvir hoje. Depois que decido, não tem volta. Não faço exceções... Nem mesmo para meninas como você.

— Entendo — disse, mesmo sem fazer a mínima ideia do que ele estava falando. Que decisão? E meninas como eu? Eu devia estar patética com aquelas roupas ensopadas. Meu cabelo devia estar um nó só. Foi isso que ele quis dizer? — Mas não era isso o que eu queria dizer...

A outra fila — a agitada — estava cada vez mais perto. Eu não estava gostando nada daquilo. Não havia senhoras fofas naquela fila, nem pessoas tentando pegar sinal no celular.

Em vez disso, as pessoas estavam se estapeando e agarrando-se pelos cabelos, tentando passar pelos guardas e ir para a outra fila.

Um segundo depois, uma corneta soou e as coisas pioraram. Uma barca — grande como a que meus pais e eu tomávamos para chegar à ilha de Martha Vineyard, em que cabiam centenas de pessoas e seus carros — estava vindo em direção ao deque que ficava perto da minha antiga fila.

Uma onda de ansiedade invadiu a caverna. O tumulto era quase insuportável. Uma das pessoas na fila rebelde conseguiu sair e veio correndo em nossa direção. Perdi o pouco equilíbrio que tinha. Meu captor teve de me abraçar para evitar que eu caísse.

— Eu fico no lugar dela — berrou o homem — se ela estiver vindo para esta fila!

Um dos guardas o pegou antes que ele pudesse ir mais longe. Berrando, o homem foi arrastado de volta para a fila.

— Mas não é justo — berrou. — Por que não posso ficar no lugar dela?

O estranho do cemitério, vendo essa cena, olhou para mim.

— De onde você veio? — perguntou, suspeitando.

— É isso que estou tentando falar para você — respondi com os olhos cheios de lágrimas. — Não se lembra de mim?

Ele balançou a cabeça, mas me segurou com menos força.

— Sou *eu* — disse. Eu sempre estava chorando quando nos encontrávamos. Que raiva. Se bem que isso podia ajudá-lo a se lembrar. — Do cemitério em Isla Huesos, do dia do enterro do meu avô. Você fez com que um passarinho voltasse a viver...

Ele mudou de atitude. A expressão dura sumiu de seu olhar. De repente, ele voltou a ser a pessoa simpática que conheci.

— Era *você*?

Até sua voz mudou e ficou quase humana.

— Era — respondi sorrindo, apesar das lágrimas. Finalmente conseguira tocá-lo. Talvez, quem sabe, as coisas ficassem bem de novo. — Era eu.

— Pierce — respondeu. Quase dava para ver a memória dele voltando. — Seu nome era... Pierce.

Fiz que sim com a cabeça. Chorava tanto que tive de limpar as lágrimas.

— Pierce Oliviera.

Foi tão bom ouvi-lo dizer meu nome naquele lugar horrível. Que bom ter alguma coisa familiar quando tudo ao meu redor estava tão ruim. Tive de me controlar para não abraçá-lo. Afinal de contas, não tinha mais 7 anos.

E ele não era mais aquele tio gente boa que fazia mágica com passarinhos.

Era por isso que eu estava mantendo distância.

— Acho que alguém se enganou — falei. Ele me soltou e pegou um *tablet* no bolso do casaco. Era igual ao *tablet* dos guardas. Dava para ver que estava procurando meu nome. — É por isso que estou feliz de ter encontrado você. Não acho mesmo que eu devia estar aqui. Sem querer ofender, mas este lugar... — as palavras saíram antes que eu pudesse me conter — nem sei onde estou, mas é *horrível*. Você é o gerente ou alguma coisa desse tipo?

Senti que era, mas não deixei de criticar a gerência na cara dele. Era um mau hábito que herdei de papai, que não tinha pudor algum em mandar voltar um bife ou um vinho.

— Porque eu acho que preciso de algumas informações — continuei enquanto ele lia sei lá o quê no *tablet*. — Não têm placas aqui dizendo onde estamos nem a hora do próximo barco, e eu não acho que vamos todos caber naquela barca ali. E está *muito* frio, o celular não pega e... — Cheguei mais perto para que os guardas não escutassem o meu próximo comentário. Se bem que o barulho dos protestos e das correntes da âncora da barca que tinha acabado de atracar me protegiam. — Esses caras que estão organizando as filas são muito estúpidos.

— Perdão — respondeu. Colocou o *tablet* de volta no bolso, tirou o casaco e o colocou em mim. Puxou a gola do casaco — e a mim — para mais perto. — Melhorou?

Fiquei um pouco chocada por ele não ter captado o que eu estava dizendo — mas estava inegavelmente mais aquecida. O casaco pesava uma tonelada e estava superquente por causa do calor de seu corpo. Fiz que sim com a cabeça. Ele continuou segurando a gola.

Foi estranho estar assim, tão perto. Definitivamente, não era um tio gente boa. Era, na verdade, um jovem quase da mesma idade que eu.

E explodindo de sexualidade.

Era melhor ter ficado na fila. Todos estavam se organizando para entrar no barco que, olhando mais de perto, parecia ser bem confortável.

— Não estou falando só de mim — continuei, mais devagar. — *Todo mundo* aqui está em desespero. Também estão encharcados e com frio. — Apontei para a fila de pessoas que não iam entrar na barca. — O que está acontecendo com eles?

Ele olhou para a direção que apontei e para mim. Ainda segurava a gola do casaco, mantendo-o confortável em meus ombros.

— Não precisa se preocupar — disse. Sua expressão ficou séria de novo e os olhos ficaram cinzentos, como se não quisesse falar sobre isso. — Tem um barco vindo para eles também.

— Mesmo assim, eles merecem ser mais bem tratados — respondi. Eu me encolhi quando outro homem tentou ir para a fila da barca atracada. Um guarda usou a força para controlá-lo. — Não é culpa deles...

Ele se aproximou ainda mais, bloqueando minha visão da barca.

— Quer ir para outro lugar? — perguntou. — Algum lugar longe daqui? Algum lugar mais quente?

— Ah — murmurei sentindo-me aliviada. Ele percebeu que alguém tinha se enganado e ia resolver tudo. Eu ia voltar para casa. — Quero, *por favor*.

Fechei os olhos. É isso que os humanos fazem, principalmente quando acabaram de chorar.

Todavia, quando abri os olhos de novo, não estava em casa. Também não estava mais na margem do lago.

Achei que seria o fim do pesadelo, mas foi só o começo.

"Cabe a ti tomar outra estrada",
Respondeu ele quando viu meu pranto,
"Se quiseres escapar deste lugar selvagem."

DANTE ALIGHIERI, *Inferno*, Canto I.

Em vez de em casa ou nas margens do lago, eu estava em uma sala longa e de decoração elegante.

O cavalo não estava lá. Nem os guardas. A praia ao redor do lago havia sumido. Todas as pessoas que estavam nas filas também sumiram.

No entanto, o vento que batia era o mesmo. As longas cortinas feitas de tecido branco transparente moviam-se levemente. Estavam presas nos elegantes arcos ao longo de um dos lados da sala.

O vento foi a única coisa que reconheci. Todo o resto — a cama branca com dossel de madeira escura no canto do quarto, o par de cadeiras imperiais e a mesa de jantar ao lado de uma lareira enorme no outro canto, todos os quadros medievais que estavam nas paredes de mármore branco e até mesmo o divã branco no qual eu estava sentada — nunca tinha visto na minha vida.

Eu estava sonhando. Tinha que estar.

Mas tudo parecia ser muito real. O som da água na fonte do lado de fora, o tapete de pele macia embaixo dos meus pés descalços, o cheiro de madeira queimada na lareira... Era tudo tão real quanto antes.

Mais real ainda era *ele*, sentado ao meu lado no divã.

— Está melhor assim? — perguntou.

Sua voz não tinha mais o som de trovão. Era exuberante, como o tapete no qual enterrei os pés assim que me levantei.

Que foi o que fiz assim que ele falou.

O que estava acontecendo? Trêmula, levantei uma das mãos para tirar o meu cabelo — que já estava seco — da frente do rosto e vi uma coisa branca. Olhei para baixo.

Não estava mais vestindo o casaco dele, nem as minhas roupas molhadas e frias. Estava usando uma espécie de camisola. Não era como aquelas que usam no hospital. Era justa no busto e tinha uma saia que quase batia no chão. Era parecida com as roupas das donzelas nas tapeçarias presas nas paredes. Era o figurino perfeito para ir aos bailes que as senhoras de alta classe davam na Academia Westport para Meninas.

Essa parte só podia ser sonho.

Mas então, por que eu estava conseguindo sentir meu coração batendo tão forte no peito?

Ele se levantou junto comigo. Ficou me olhando com uma expressão que, para mim, pareceu ser de preocupação.

— Não era isso o que você queria? — indagou. — Está quente e seca agora. Você disse que queria sair de lá.

Olhei para ele, boquiaberta, sem saber o que dizer.

Eu era uma estudante de Connecticut que piscara os olhos e tinha ido parar no quarto de um cara de 18, 19 anos de idade.

Será que ele percebia o quanto isso era estranho?

— Aqui é bem seguro para você — disse ele.

Sempre achei que estava segura no quintal da minha casa. Veja no que deu.

— Não estou entendendo — respondi quando consegui retomar a voz. Minha fala foi mais patética do que nunca. Precisava me sentar. Certamente, estava tendo um infarto ou alguma coisa do tipo. — O que está acontecendo? Onde estamos? Quem é *você*?

Acho que o fato de eu conseguir falar alguma coisa deve ter dado a impressão de que estava bem, porque ele andou até a mesa.

— John — respondeu em tom casual por cima dos ombros largos. — Meu nome é John. Não falei na última vez? Achei que tinha.

John? O nome dele era *John*?

Talvez eu tivesse batido a cabeça com mais força do que imaginei, ou estivesse com amnésia, sei lá. Talvez estivesse em uma festa à fantasia — isso explicaria meu vestido — e talvez aquele cara fosse um dos amigos do irmão de Hannah cujo nome não me lembrava direito.

Só que nada disso explicava o que havia acontecido no cemitério.

John. Meu nome é John.

— Como... como você fez isso? — perguntei com voz trêmula. — Em um minuto estávamos lá, no lago, e no outro...

— Ah. — Deu de ombros. — É um bônus do meu trabalho, eu acho. — Puxou uma das cadeiras, que se pareciam com tronos. — Você deve estar cansada. Não quer se sentar? E tenho certeza de que está com fome.

Só percebi que precisava comer quando ele falou sobre isso. Só de olhar a pilha de pêssegos, maçãs frescas e uvas cintilantes nas tigelas prateadas — sem mencionar as taças de cristal com água cristalina, tão gelada que dava para ver pingos caindo, como suor... Não era fácil ficar parada, ainda mais com aquela sensação de desequilíbrio.

Mas papai havia me alertado sobre situações como aquela. Talvez não *exatamente* daquele jeito, mas havia me instruído a não aceitar comida ou bebida de estranhos.

Principalmente jovens estranhos do sexo masculino. Mesmo que fossem conhecidos.

— Trabalho? — perguntei sem sair do lugar. Minha mente mal conseguia entender o que estava acontecendo, porque era muita coisa ao mesmo tempo e tudo muito rápido. — Que trabalho? Não estou entendendo. Você ainda não me falou onde estou exatamente. E quem eram aquelas pessoas?

— Ah, lá fora? — Os olhos cinzentos se voltaram para mim. Não estavam mais com uma expressão tempestuosa e só demonstravam... bem, arrependimento. Foi a única palavra na qual consegui pensar. — Peço desculpas pelo que aconteceu. Eu acusei você... Isso foi imperdoável da minha parte. É que nunca conheci uma garota como você. Pelo menos não em muito tempo.

— Uma garota como eu? — repeti. Lembrei-me do que tinha dito quando me arrastou para a outra fila, a cheia de pessoas afobadas. — O que você quer dizer com isso?

— Nada — respondeu rapidamente. — Só quis dizer que não conheço pessoas da sua... natureza.

— O que sabe sobre a minha natureza? — perguntei. Minha voz ainda tremia. Tinha certeza de que estava ficando histérica, mesmo que não estivesse mais encharcada, e mesmo que a sala fosse bem mais quente do que o lago. — Você mal me conhece. Eu tinha 7 anos na última vez que nos encontramos. Você nem me reconheceu antes de eu falar quem era, e, mesmo assim, teve que olhar na sua maquininha. O que estava escrito sobre mim...

— Foi um elogio — insistiu soltando a cadeira na qual queria que eu me sentasse. Andou em minha direção, palmas das mãos à mostra como se eu fosse um pônei nervoso. — E você não mudou tanto assim. Ainda tem os maiores olhos que já vi. E são calorosos, sabia? Como mel.

Seus olhos, não pude deixar de notar, tinham a mesma cor das tigelas com frutas.

— *Você* mudou — falei.

Não foi um elogio, e ele pareceu perceber. Deve ter percebido mesmo, porque a cada passo que ele dava em minha direção, eu dava um para trás... até encostar no divã. Não tinha mais para onde ir. Eu o encarei com o coração na garganta. Onde foi que me meti? Não devia ter deixado que me tirasse da praia.

— Na verdade, não mudei nada — disse ele. Estava tão perto de mim que dava para sentir o calor de seu corpo. — Nem você, que continua pedindo favores aos outros. Na última vez que a vi, você queria que eu ressuscitasse um pássaro. Depois, o seu avô. E lá fora você ficou falando sobre os outros. *Eles* estão molhados e *eles* estão com frio. *Eles* merecem ser mais bem tratados. Foi o que você disse. Estava tudo bem *comigo*? Foi isso que quis saber quando meu cavalo quase a esmagou. Se *eu* estava bem. Você tem noção de quantas vezes ouvi essa pergunta desde que cheguei aqui?

Engoli em seco. Seu rosto estava a centímetros do meu. O cheiro de madeira queimada era muito forte. Não sei se vinha dele ou da lareira. Ou de ambos.

— Não sei — respondi.

— Nenhuma — disse. — E olha que trabalho aqui há algum tempo. Todos dizem "*Eu* estou molhado. *Eu* estou com frio". Nunca perguntaram sobre a *minha* saúde. Você é diferente. Você se importa. Não apenas com pássaros e cavalos, mas com pessoas. E, por isso — continuou, inclinando-se ainda mais para baixo —, acho que várias pessoas devem gostar de você.

Por um momento, achei que fosse me beijar. Tive quase certeza que ia. Sua boca estava muito perto da minha, e ele estendeu um de seus braços longos e musculosos, como se fosse me abraçar.

Eu já tinha ouvido falar sobre amor à primeira vista. O que me falou sobre eu achar que ele havia mudado era verdade: ele tinha uma aparência marcante, cabelos negros caindo pelo rosto em contraste com os olhos claros. Não era bonito, mas se você o visse no shopping ou em outro lugar não conseguiria desviar o olhar.

Pelo menos eu não conseguiria.

Não me beijou. Em vez disso, pegou um objeto na prateleira acima da minha cabeça. Era uma caixinha de madeira. Depois disso, levantou uma de minhas mãos e disse:

— Venha sentar-se comigo. Só por um segundo.

Meu coração ainda batia forte por eu ter achado que ia me beijar. Não que eu quisesse. Não queria nem me sentar com ele. Só não quis ser mal-educada, e ele começou a me puxar de volta para a mesa.

O que podia fazer? Seria indelicado me recusar a acompanhá-lo. Ele não havia feito nada para me machucar, exceto berrar comigo por fazer seu cavalo escorregar e quase se ferir, e por ter saído da fila. Era o dono do lugar, fosse o que fosse. Eu era uma convidada. Tinha de fazer o que ele pedisse.

Ainda assim, falei da forma mais educada possível quando aceitei a cadeira que ele puxou para mim.

— Escute, foi um prazer e espero que dê tudo certo com seu trabalho ou... hum, com a atividade que você pratica. Muito obrigada por tudo. — Que horas eram? Não fazia ideia. Não havia relógios. A luz por trás das cortinas transparentes era rosada, assim como no lago. A caverna toda era tomada por um brilho rosa. Era hora do almoço? Ou do jantar? Não fazia ideia. — Pelo convite para comer com você. Adoraria ficar, mas...

Enquanto eu falava, ele colocou a caixinha que pegou na prateleira na minha frente e abriu a tampa.

Lá estava.

Minha voz sumiu. Olhei para a caixa. Não sou fã de joias, mas, dessa vez, era diferente.

— Gostou? — perguntou. Ele parecia estar... nervoso. Isso era estranho, considerando que ele era uma pessoa segura, talvez até autoritária. — Você não precisa ficar com ele se não se sentir confortável ou se não gostar.

A pedra bateu de leve em cima do meu esterno.

É claro que fiz que sim com a cabeça quando perguntou se eu havia gostado. Fiquei sem palavras de tanto desejo.

E aí, naturalmente, ele veio para trás da cadeira e colocou o cordão no meu pescoço.

Nunca tinha visto uma coisa tão linda. A pedra tinha cor de nuvens com chuva... cinza nas pontas e tão azul no meio que ficava quase preta. Era o oposto dos diamantes brancos e das safiras azuis da Tiffany que as meninas da escola ganhavam de aniversário.

"Cinza", ouvi as meninas dizendo. "Cinza é tão *você*."

— Combina com você — disse ele com a voz de trovão de novo. Tossiu para limpar a garganta. — Pensei nele assim que a vi lá embaixo. Só que nunca pensei... Bem, nunca pensei que você fosse mesmo você, ou que gostaria de vir aqui comigo.

Não tinha a mínima noção do que ele estava falando. Em cima do tecido da camisola, a pedra tinha exatamente a mesma cor da água da enseada de Long Island em um dia chuvoso. Lembrei-me da vista da janela do meu quarto.

— Você sabe alguma coisa sobre cores de diamantes? — perguntou. Balancei a cabeça; ainda não conseguia falar por causa da beleza do presente. Ele fez que sim com a cabeça e explicou. — Há diamantes de todas as cores que se pode imaginar. Rosa, amarelo, vermelho, verde, preta, cinza... Mas são muito raros. Os tons de azul, como o dessa pedra, são os mais cobiçados. Muitos homens já mataram por diamantes azuis. Pedras como essa estão enterradas em camadas tão profundas da Terra que são quase impossíveis de se achar. Acharam só uma ou duas, e são muito menores do que essa.

Esticou a mão por trás da cadeira e tocou a pedra.

Eu ainda não estava entendendo o que havia acontecido comigo. Mas entre todas as coisas que aconteceram — bater a cabeça, lutar na piscina, acordar em um mundo estranho com um céu rosado feito de pedras, encontrar um cara que eu havia conhecido quando tinha 7 anos e que, além de ter o poder de ressuscitar pássaros, podia transportar meninas de um lugar para o outro magicamente — *aquilo* foi o que me tirou do sério: o fato de ele invadir o meu território corporal tranquilamente como se tivesse o direito.

Tenho certeza que ele não notou as minhas bochechas pegando fogo de repente.

Continuou falando como se nada tivesse acontecido. Considerando que vivia em companhia de cavalos, homens enormes tatuados e meninas de 7 anos, era bem capaz que não *percebesse* que alguma coisa estava errada.

Mas isso não fez com que eu me sentisse confortável.

— Li que esse diamante tem propriedades especiais — disse. — Parece que protege a pessoa do mal, e pode até ajudar a detectá-lo. O que é bom, porque o mal geralmente usa os disfarces mais inocentes. Às vezes, nossos melhores amigos podem não ter boas intenções. E nunca suspeitamos, nem remotamente... até que seja tarde demais.

Falava com uma amargura que sugeria que tinha passado por experiências ruins.

— Não consigo pensar em mais ninguém — continuou, parecendo um pouco distraído — que precise dessa pedra mais do que você.

Ainda não tinha noção do que ele estava falando.

Só sabia que a pedra, que fiquei observando enquanto ele a segurava com dedos cheios de calos, estava fazendo uma coisa estranha... O centro negro estava tomando um tom pálido de cinza, a mesma cor do pelo na barriga de um gatinho.

As coisas estavam indo muito rápido para mim. Nunca tinha sequer ido ao cinema com um menino. Todos os esforços de Hannah para atrair a atenção dos amigos de seu irmão — eu acabava sendo arrastada junto — nunca deram certo.

E, agora, eu estava com um cara incrivelmente sexy que me dera um cordão de presente, e eu nem sabia onde estavam as minhas roupas.

Passei a cabeça por debaixo do braço dele e pulei da cadeira.

— Bem, muito obrigada, John, mas é melhor eu ir embora porque minha mãe com certeza está procurando por mim. Deve estar preocupada. Você sabe como são as mães. Então se puder me falar como faço para ir para casa, eu vou.

Uma parte de mim sabia que não ia adiantar, mas eu tinha que tentar. Talvez tivesse um táxi por ali. Meu pai sempre me disse que, se eu precisasse pegar um táxi, ele pagaria mesmo que fosse vindo de Nova Jersey.

— E aí — continuei — você pode voltar a fazer o que... você... faz...

Minha voz sumiu quando vi a expressão no rosto dele passar de distraída para muito séria.

— O quê? — falei. Não gostei *nada* daquela expressão. — O que foi?

— Mil desculpas — disse. Seu rosto estava franzido. — Pierce, achei que você soubesse.

Ouvi uma voz interna me lembrando de como eu havia tropeçado e batido a cabeça, caído da piscina e me afogado, e que minhas roupas estavam molhadas, e...

Morta. Era a palavra que me vinha à cabeça. Eu estava morta.

Parei de escutar.

Acho que alguma parte de mim sempre soube. No entanto, ouvi-lo falar a palavra — *morta, eu estava morta* — foi o maior choque de todos. Pior do que a batida na cabeça. Pior do que o choque na água. Pior do que ficar deitada no fundo da piscina sabendo que meu pai não viria para me salvar, e pior do que morrer por causa de um passarinho. Um *passarinho*!

Um pássaro que não estava nem machucado, apenas adormecido por causa do frio. O bicho voou assim que eu caí na lona que cobria a piscina. Eu o vi enquanto me afogava.

Morta. Eu estava morta.

Muitas coisas começaram a fazer sentido. Era por isso que os telefones das pessoas não funcionavam. Os aparelhos estavam mortos.

Assim como elas.

Senti-me congelada. O corpo todo. Como se ainda estivesse no fundo da piscina naquela água muito, muito fria.

Eu tinha apenas 15 anos. Havia algumas horas, estava falando com Hannah no telefone. Planejávamos ir ao shopping para ver um filme. Eu conseguira convencê-la a pedir a sua mãe que nos levasse de carro ao estábulo para que visitássemos os cavalos...

Mãe! Minha mãe nem sabia onde eu estava. Tinha de avisá-la sobre onde eu estava.

— Eu... — Minha língua e meus lábios eram as únicas partes do corpo que não estavam congeladas. — Obrigada — disse a ele, interrompendo suas explicações. John ainda estava falando. Sabe-se lá o que dizia. Parecia estar nervoso de novo. — Muito obrigada por tudo. Mas tenho que ir agora. Adeus.

Virei-me de costas para ele e comecei a andar em direção às cortinas transparentes e ao jardim. Ele deu um passo rápido e bloqueou meu caminho.

— Sei que é chato — disse —, mas não é assim que funciona. Uma vez aqui, você não pode sair, entende?

Balancei a cabeça.

— Mas tenho que ir — respondi. — Tenho que avisar à minha mãe que estou bem, morta — acrescentei. Como será que ela ia receber essa notícia?

— Sua mãe está bem — assegurou-me colocando uma das mãos sobre meu ombro nu e me empurrando de volta para a sala. — Já disse, você não pode sair. E acho que deve se sentar de novo. Você acabou de levar um choque.

— Como assim não posso sair? — Eu me virei de novo para encará-lo. De repente, não me sentia mais tão vaga. — E aquelas pessoas todas lá no lago? Estão indo embora, não estão?

Ele deu de ombros.

— De certo modo, sim. Estão indo para o destino final.

— O que é isso? — perguntei.

— São as recompensas — respondeu com amargura.

— É para onde o barco as está levando? — perguntei. — Não era para eu estar entrando naquele barco? O que está saindo?

Minha voz sumiu quando vi sua expressão. Estava mais sério do que nunca.

— O que já se foi, você quis dizer — respondeu.

As palavras pareceram ecoar pela sala, apesar de não terem ecoado.

— Espere — falei. — O quê?

— O barco se foi — respondeu. — Perguntei se você queria ir a algum outro lugar, você disse que sim, por favor.

E agora o barco se foi. Você me escolheu em vez de ir para o barco, e agora é aqui que vai ter que ficar. Olhe, você parece não estar muito bem. Acho que devia sentar-se. Não quer comer nada? E beber? Quer um chá quente?

Trovões berraram dentro da minha cabeça, não lá fora. De repente, estava congelada de novo, apesar do fogo que queimava na enorme lareira.

— Você está me dizendo que vou ter que ficar aqui com você para sempre porque você me fez *perder o barco*? — indaguei.

Ele era tão alto que tive de esticar meu pescoço para olhar seu rosto. O que vi ali — o músculo batendo em suas bochechas, o queixo teimoso — me fez sentir tanto medo quanto senti no lago, mesmo quando percebi que havia tristeza em seus olhos prateados, apesar da determinação em seu rosto...

Nada disso conseguiu conter as lágrimas que estavam descendo pelo meu rosto ou o meu pulso descontrolado.

— E o outro barco? — perguntei. Minha voz soou aguda até para mim mesma. — O barco das pessoas da outra fila?

— Você não quer ir para onde aquele barco vai — disse John sem rodeios. — Por que acha que todos queriam ir para a sua fila?

Não dava para acreditar que aquilo estava acontecendo.

— Tudo bem — disse lutando para ficar calma apesar de sentir meu coração na garganta. — O fato de não ter entrado no meu barco significa que não passei para o meu destino final, certo? E você consegue ressuscitar os mortos. Foi o que fez com o pássaro, então vai fazer comigo. Vai me trazer de volta à vida. É sua obrigação, já que me prejudicou fazendo com que eu perdesse meu barco. Então me ressuscite. *Agora*, John.

Sua expressão continuou obstinada, da mesma forma que seus olhos continuaram tristes.

— Não posso — disse.

— Não pode? — Minha voz ficou presa em um soluço de choro. — Ou não vai fazer?

Olhou para o outro lado.

— Não vou fazer — respondeu.

Senti como se meu coração estivesse sendo contraído de novo, como aconteceu quando eu estava na piscina.

— *Por que não?*

— Porque — ele parecia procurar por uma resposta — é contra as regras.

— Não é você quem faz as regras? — perguntei.

Que horrível. Aquilo era a pior coisa que já havia acontecido comigo. Pior do que morrer.

— Não — respondeu. Dava para ver que estava tentando se conter. Não estava tendo mais sucesso do que eu ao tentar controlar as lágrimas. Lá longe, um trovão rugiu. Dessa vez, não foi em minha cabeça. — Não faço.

— Então quem faz?

A figura dele começou a se dissolver na minha frente. Não porque ele sumiu, mas por causa das lágrimas que ameaçavam cair. Limpei os olhos, furiosa.

— Não sei — disse ele. Parecia estar cansado. — Está bem? Você acha que gosto disso? Não acha que eu gostaria de ir embora para ver a *minha* mãe? Também não posso.

Ouvi-lo dizer que gostaria de encontrar com a mãe não estava me ajudando a conter o choro. Nem achei que uma pessoa como ele teria mãe. Mas é claro que tinha. Não era o mesmo com todas as pessoas?

— Por que não?

— Por causa das Fúrias — disse de maneira direta, como se isso explicasse muita coisa. — Acredite, elas fazem de tudo para que as consequências sejam as piores que você possa imaginar para os que quebram as regras. E não apenas por quebrá-las. Mas por tudo o que acharem que... — Parou de falar e olhou para mim, depois baixou o olhar e balançou a cabeça. — Bem, acredite em mim. Foi por isso que lhe dei o colar. Ele vai lhe avisar se alguma das Fúrias estiver por perto. Assim você vai saber quando estiver fazendo alguma coisa que pode lhe trazer problemas com elas, mesmo que seja sem querer.

Quando olhou para mim de novo, seus olhos estavam claros. Mais claros do que as estrelas marciais do papai. Mas sua voz era gentil.

— Eu lhe prometo, Pierce, que, em breve, você vai perceber que aqui não é tão ruim. Você tem tudo o que pode querer. Todos o confortos de um lar...

Foi a pior coisa que ele podia ter dito. Todos os confortos de um lar... a não ser tudo — *tudo* — o que eu amava.

Eu não estava mais congelando. Estava derretendo. As lágrimas começaram a cair em pingos grossos e rápidos. Tudo, incluindo ele, desapareceu da minha frente.

— Desculpe. — Escondi o rosto com as mãos. Era terrível. Estava morta e ainda ia ser torturada? — Não posso ficar aqui. Não *posso*.

— Não — disse ele. Agora o som do trovão pareceu vir de cima de nossas cabeças. — *Não chore.*

Ao dizer isso, esticou uma das mãos para tocar meu ombro — tentando me confortar, eu acho —, mas fui para longe de seu toque, me encolhi como se me queimasse, e fui para perto da lareira, onde entrei em colapso.

Para sempre? Ficaria presa com ele para sempre?

E por quê? Por causa de uma *regra* arbitrária? Por uma coisa chamada de Fúria? Ele tinha que estar brincando. Dava para imaginar o que meu pai diria se estivesse ali. *Não sabe quem eu sou?*, berraria.

Apesar de me sentir completamente anestesiada por dentro, dava para sentir o calor das chamas nas minhas costas. Como podia estar morta se ainda conseguia ter sensações? *Como?*

Um segundo depois, John estava ao meu lado.

— Aqui. Beba isso. Vai ajudar.

Colocou uma xícara de alguma coisa quente em minhas mãos.

Mas eu não conseguia beber.

Ele se sentou ao meu lado. Depois de um tempo, notei que estava falando de novo.

— Sei que parece ruim agora, mas vai melhorar, prometo. Logo, não agora, mas em breve, você não vai nem se importar. Ou, pelo menos, não vai se importar tanto. Não é o mesmo que não se importar nem um pouco, eu sei, mas pelo menos não vai estar sozinha. Isso é o importante. Essa foi a pior parte. Ficar aqui sozinho por tanto tempo.

Ele estava falando sobre o *quê*? Levantei meu olhar magoado e examinei a sala até chegar na cama. Foi só aí que percebi como era enorme. Feita para duas pessoas, na verdade.

Ai, meu Deus.

Fique longe da piscina no inverno, Pierce. Mesmo com a cobertura, não é seguro.

Era o preço que eu estava pagando por não dar ouvidos à minha mãe.

Nunca achei que fosse ser *tão* caro.

Não deve ter sido coincidência que, naquele exato momento, eu tenha visto uma porta aberta depois dos arcos ao lado da cama. Através da porta, consegui ver um longo corredor decorado com elegantes candelabros presos nas paredes. Duas escadas de pedra saíam dali. Uma levava para cima, outra para baixo.

Tive a certeza de que não havia notado aquilo antes porque não estava usando o colar. John mesmo havia me dito que a pedra protegia contra o mal.

Já estava funcionando.

Só havia uma pergunta na minha cabeça: qual escada me levaria para o lugar mais longe dali?

Só teria que tomar essa decisão quando chegasse a hora.

— Bem — disse. Se não o distraísse de alguma maneira, nunca conseguiria ter uma chance de fugir. — Acho que você tem razão. Estou... estou sendo boba.

Ele me encarou e pareceu estar chocado com a mudança abrupta de atitude.

— Sério? — perguntou. — Você... está falando sério?

— Claro — respondi.

Consegui até fingir um sorriso choroso.

Peguei a xícara como se fosse realmente beber o que ele havia me dado.

Foi quando ele fez uma coisa que nunca havia feito antes na minha presença. Uma coisa terrível. Uma coisa que mostrou que, apesar do que havia dito sobre a minha natureza, não me conhecia nem um pouco.

Ele sorriu.

E então eu fiz uma coisa que ainda faz com que meu coração fique contorcido dentro do peito sempre que me lembro dessa cena. Uma coisa que ainda assombra os meus sonhos. Algo que não acredito que fiz e que, até hoje, gostaria de não ter feito.

Todavia, tive que fazer. Aquela cama, a maneira como *ele* estava sentado ao meu lado, e... Bem, que outra escolha tive?

É que quando me lembro daquele sorriso, meu coração ainda se quebra um pouco.

Eu era muito jovem, estava com medo. Não sabia mais o que fazer, portanto fiz a primeira coisa que me veio à cabeça. Uma coisa que tenho certeza que meu pai — até minha mãe e a Academia Westport para Meninas — gostaria que eu fizesse.

Joguei a xícara de chá quente no rosto dele.

E saí correndo.

Então minha alma, que ainda corria,
Virou-se para rever a passagem
Da qual nenhum humano jamais saiu.

DANTE ALIGHIERI, *Inferno*, Canto I.

Peguei a escada que descia achando que ela me levaria de volta ao lago. Lembro-me nitidamente, como se fosse ontem, que, a cada passo, meu coração parecia explodir.

Mais tarde, essa sensação foi descrita pelos psiquiatras como um efeito da adrenalina.

Quando voltei à consciência, estava olhando para minha mãe. Vi sua expressão mudar de agonia e tristeza para esperança e alegria quando respondi como um robô às perguntas do médico da emergência.

Sim, eu sabia quem eu era. Sim, eu sabia quem minha mãe era, em que ano estávamos e quantos dedos o médico estava mostrando.

Estava viva. Conseguira fugir daquele lugar.

Fugir *dele*.

Tudo pareceu acontecer em um borrão depois disso. A cirurgia do hematoma. Minha recuperação. Os médicos. Os psiquiatras.

O divórcio.

Porque é claro que não foi papai quem me salvou. Foi mamãe. Quando chegou em casa da biblioteca, ela me chamou, procurou por mim e finalmente percebeu que eu havia desaparecido. Foi ela quem entrou na piscina e me puxou para fora. Foram os lábios *dela* que ficaram azuis ao tentar soprar vida para dentro do meu corpo congelado durante os 12 minutos até que a ambulância chegasse. Foi o cabelo *dela* que ficou congelado, como estalactites, contra o meu rosto.

Papai só percebeu o que estava acontecendo quando ouviu as sirenes da ambulância que mamãe chamou pelo celular. Ele ainda estava na conferência.

— Mas foi bom — sempre dizia papai — que a água estivesse tão fria! Caso contrário, você não estaria viva. Foi só por isso que conseguiram reanimar você quando esquentaram seu corpo.

Na verdade, ele tem razão. Graças à temperatura gélida da água, minha recuperação foi completa.

Eram minhas "questões" psicológicas que precisavam de atenção. Em especial quando, ao assinar os papéis para a minha saída do hospital após a cirurgia, mamãe perguntou:

— Ah, querida, estava querendo lhe perguntar uma coisa. Onde você arrumou isto?

E colocou o colar no meu colo.

O colar. O que *ele* me dera.

— Onde você achou isto? — perguntei segurando o colar. Torci para que meu horror não ficasse evidente.

— Eles trouxeram com o resto das suas coisas enquanto a preparavam para a cirurgia — disse. — Depois que a reanimaram. Disseram que você estava com ele no pescoço embaixo do casaco. Quase falei que era um engano, que isto não é seu, porque nunca vi este colar antes. É seu? Pegou emprestado da Hannah ou alguma coisa assim?

— Hum, não. Foi um... presente — respondi.

Como era possível? Como o colar voltara à vida comigo? Todos os médicos com os quais conversara sobre o que tinha visto quando morri — meu neurologista, o cirurgião, até os médicos que vieram no fim de semana para checar como eu estava — me garantiram que fora só um sonho horrível e tenebroso...

O colar indicava que não fora um sonho. Indicava que...

— Presente? — Mamãe estava distraída com os formulários. Era papai quem geralmente fazia essa parte, mas ela o banira do hospital. Ficava tão chateada só de vê-lo, que já o tinha mandado sair de casa. Eu ainda não sabia disso. — Presente de quem? — perguntou mexendo nos formulários.

Não sei se tive sabedoria para responder porque estava segurando o colar ou porque sabia que não valia a pena contar a verdade.

— De um amigo. — Foi tudo o que disse. Olhei para as profundezas meio azuis, meio cinzentas da pedra. Eu estava muito aborrecida para dizer mais do que aquilo.

O colar provava que fora real. Aquilo fora real. *Ele* fora real.

Ainda bem que não contei a verdade para mamãe. Ainda bem que ela estava tão distraída com o divórcio que não falou mais sobre o colar. Ainda bem que sempre usei o diamante dentro da blusa. Fiquei muito confusa sobre o que sua existência significava em relação ao meu chamado "sonho lúcido", portanto não falei com ninguém sobre isso.

Bem, exceto o que mencionei a Hannah quando voltei para a escola. Até isso revelou-se um grande erro, então aprendi a ficar de boca fechada.

No entanto, esse erro não foi tão grande quanto o que cometi uma ou duas semanas depois, quando mamãe foi "impedida" de me pegar no médico pelos advogados de papai. Enquanto esperava por ela, saí do consultório e acabei indo até uma joalheria que já tinha visto no mesmo quarteirão do prédio do meu médico. Enquanto olhava os quartzos cinzentos à venda, devo ter puxado o meu diamante inconscientemente e começado a brincar com ele, pois o homem atrás do balcão o viu e comentou sobre sua beleza.

Muito encabulada, tentei colocá-lo de volta dentro da blusa, mas já era tarde. Ele perguntou se podia dar uma olhada de perto, pois nunca tinha visto uma pedra tão incomum.

O que fazer? Deixei que ele a olhasse, mas mantive o cordão em volta do pescoço, como sempre. Nunca o tirei desde que mamãe o devolveu a mim. Não sei por quê. A pedra me fascinava. Parecia nunca ter uma única cor, estava sempre mudando. Quando o homem atrás do balcão a segurou, ela mudou de prateado pálido para roxo intenso, avermelhado.

Quando me dei conta, o vendedor já estava dizendo que *tinha* que mostrar a pedra a seu chefe, que estava lanchando nos fundos. Ele ia *amar*.

Não sei o que achei que ia acontecer... ou por que tive uma vontade tão grande de correr.

Devia ter escutado os meus instintos. Devia ter escutado o que a pedra estava tentando me dizer.

Mas não.

O assistente desapareceu e o joalheiro veio limpando a boca com um guardanapo. Nesse momento, vi que mamãe havia estacionado no outro lado da rua.

— Na verdade — falei, sentindo-me aliviada, já que a chegada de mamãe era uma desculpa para ir embora —, chegou a minha carona. Tenho que ir. Desculpe...

O joalheiro mais velho já estava segurando o meu pingente, portanto fiquei sem saída... presa do outro lado do balcão por uma corrente de ouro.

O resto da cena aconteceu muito rápido.

Alguma coisa ficou fria no olhar do joalheiro quando ele tocou a pedra. Quanto mais ele se inclinava para vê-la, mais nervosa eu ficava... e mais escuro o centro do diamante tornava-se. Meu coração começou a bater forte.

Apesar de não poder virar a cabeça para olhar para a rua porque o joalheiro me pegara literalmente pelo pescoço, eu poderia jurar que *ele* estava em pé do lado de fora da loja olhando para nós através da vitrine.

— Você tem alguma noção do que é isto que está usando no pescoço, minha jovem? — indagou o joalheiro e começou a falar coisas bizarras sobre diamantes. — É um azul cinza intenso. Se não me engano, custa algo entre cinquenta e 75 milhões de dólares. Talvez mais, se sua origem for confirmada. Esta pedra se parece muito com uma que já vi em algum lugar.

O que eu poderia responder? A pedra estava marrom. Toquei a corrente com gentileza na esperança de que a largasse.

— Desculpe — disse —, tenho que ir mesmo...

— Você não devia ficar andando na rua com isto — interrompeu o joalheiro. — Este colar devia ficar em um cofre. O certo seria eu confiscá-lo, para seu próprio bem. Onde o conseguiu? Seus pais sabem que você tem isto?

O acidente tinha acontecido havia apenas um mês. Todos na escola já estavam me tratando de forma diferente porque eu tinha ficado meio estranha desde que voltara do mundo dos mortos. Perdera todo o interesse em ir ao shopping e em trabalhar com o grupo de resgate de animais que tanto amava. Falei aquela coisa estranha para Hannah, que sempre a protegeria do "mal" (falei isso por causa do cordão, é claro, mas ela não sabia). Em breve, perderia o papel de Branca de Neve na peça da escola.

Eu mesma estava me colocando em um caixão de vidro.

Ainda assim, consegui falar ao joalheiro, com voz vacilante, que o colar era uma herança de família, muito obrigada pela preocupação. Falei também que minha mãe estava esperando no carro lá fora e que eu tinha de encontrá-la naquele instante. Na verdade, estava com mais medo da ideia de sair da loja e dar de cara com *ele* do que de ficar na loja com o joalheiro irritadiço.

Foi quando ouvi os sinos na porta da loja tocarem atrás de mim indicando que alguém havia entrado.

Meu coração se afundou. Por favor, *não*.

— Não acredito em você — disse o joalheiro sem rodeios. — Na verdade, só para você saber, meu assistente está lá nos fundos falando com a polícia neste instante.

Estão a caminho. Então sua mãe, *se* estiver esperando lá fora, do que sinceramente duvido, visto que é lógico que você roubou isto, pode entrar e juntar-se a nós para ver a filha sendo presa por roubo.

Mamãe não teve a oportunidade de fazer isso. John estava na loja.

As paredes ao meu redor começaram a ficar cor de sangue.

— Com licença — disse John com sua voz profunda.

O som não tinha nada a ver com a butique pequena e luxuosa. Ele parecia totalmente inadequado ali; se era ameaçador por causa de sua altura, ficava mais ainda com a jaqueta preta de couro e a calça jeans que estava usando.

Achei que fosse desmaiar. O que ele estava fazendo ali? Tinha vindo me buscar porque eu quebrara as regras? Fora por isso que a pedra tinha ficado preta, para me avisar?

O joalheiro olhou para ele, irritado.

— Meu assistente vai lhe atender em um segundo, senhor — falou.

— Não, obrigado — respondeu John como se recusasse comida no avião. — Largue a menina.

Os olhos do joalheiro se arregalaram levemente, mas ele não me largou.

— O *quê*? — disse o joalheiro, indignado. — Você conhece esta moça? Porque ela...

Foi quando John — sem demonstrar raiva, irritação, nem nada parecido com isso — pegou a mão que estava me prendendo, como se fosse sentir sua pulsação.

Só que ele não estava verificando o pulso do joalheiro. Não era algo nem perto disso

O joalheiro se engasgou e abriu a boca. A expressão fria de seus olhos foi embora e passou a mostrar medo.

Eu não sabia — naquele momento — o que John estava fazendo. Minha mente ainda estava confusa por causa da presença dele.

No entanto, reconheci a tensão perigosa de sua mandíbula e o olhar determinado. O joalheiro não tinha como reconhecer essas expressões. A ansiedade que senti não tinha mais nada a ver com a minha própria segurança.

— John — disse. Tirei o pingente da mão do joalheiro e já estava saindo de perto do balcão. Não conseguia parar de olhar para o rosto do joalheiro, que já estava sem cor. — Por favor. Não sei o que você está fazendo, mas pare. Está tudo bem. Sério.

Não estava tudo bem. Era óbvio que não estava nada bem.

Mas acabou sendo a coisa certa a dizer, pois John — depois de me dar uma olhada como se quisesse checar se eu estava falando a verdade — largou o pulso do joalheiro.

Assim que o fez, o velho respirou fundo e andou para trás com uma das mãos sobre o coração.

Não era o único, eu mesma estava com a mão sobre o coração depois do olhar reprovador de John... Foi um segundo antes de o assistente do joalheiro aparecer na porta dos fundos e dizer:

— Tudo bem, Sr. Curry, a polícia já está vindo... *Meu Deus do céu!*

Aí — covarde que sou —, dei meia volta e saí correndo da loja. Ouvi os sinos da porta tocando.

O que mais podia fazer? Ficar ali de bobeira até que os policiais chegassem?

Entrei direto no carro da mamãe.

— Pierce — disse ela desligando o celular. Ficou surpresa quando me joguei no assento, tremendo. — Achei você. Estava tentando te ligar. Esqueceu o celular de novo? Você não atende. Onde...

— Dirija — eu disse sem fôlego. — Apenas dirija.

— O que aconteceu? Não gostou do novo médico? A mãe de Jennifer McNamara disse que...

— Não é isso. Vamos embora logo.

As horas que se seguiram foram de agonia. Fiquei esperando a polícia — ou *ele* — aparecer na minha porta. Com certeza alguém tinha visto o carro e anotado o númer da placa. E se houvesse câmeras de segurança na loja do Sr. Curry?

Mas a polícia não veio.

Nem John.

Lia o jornal todos os dias, até a sessão de óbitos, mas não achei nada sobre o joalheiro. Descobri o porquê quando voltei a passar pela loja. Havia uma placa dizendo ALUGA-SE na vitrine. Quando falei com a vendedora da loja ao lado, ela me disse que ouvira dizer que o Sr. Curry estava se recuperando de um infarto e que havia se mudado... possivelmente para a Flórida. Ela achava que ele tinha netos lá.

E graças a *Deus*, porque todo mundo no quarteirão odiava aquele velho ranzinza, e talvez finalmente colocassem uma loja de sapatos decente ali, e aquele vestido ficaria *tão* fofo em mim, eu não gostaria de experimentá-lo?

Pelo que entendi, o assistente do joalheiro estava muito ocupado prestando os primeiros socorros ao Sr. Curry quando a polícia chegou. Nem se lembrava que haviam ligado por causa de uma menina que *talvez* tivesse um colar roubado... Que se dane o cara de jaqueta de couro que desaparecera tão misteriosamente quanto ela.

Talvez tenha sido por isso que nunca mais mostrei meu colar a ninguém.

Desde então, ficou difícil não sentir que John estava... me vigiando. Talvez até me protegendo com ciúme demasiado, principalmente depois do que acontecera na escola com Hannah e o Sr. Mueller.

O que nunca consegui entender foi *por quê*. Por que ele se importava? *Eu havia fugido dele.*

Quando tacou o colar no labirinto de criptas no cemitério de Isla Huesos, não foi porque queria a pedra de volta.

Eu devia ter ido procurar pelo cordão. Devia, mas não fui.

Porque, quando ele levantou o braço para jogar o cordão, eu vi — como era de se esperar de uma pessoa que foi expulsa da Academia Westport para Meninas — que havia entendido tudo errado.

Não era problema meu, é claro. Não mais. Ele fez questão de atestar isso jogando o meu presente bem longe. Só que eu havia resolvido recentemente que ia começar a me interessar pelos problemas dos outros. Era parte do "novo começo" que mamãe queria que tivéssemos na ilha.

E os problemas dele sempre foram meus também. Foi ele quem começou isso tudo. *Ele* sempre vinha até *mim* — pelo menos nas primeiras vezes.

Portanto, não dava para ir procurar pelo meu colar. Eu tinha de ficar no meu mundo. Não tinha escolha, na verdade.

Foi por isso que, naquela noite no cemitério, fiquei imóvel enquanto ele jogava o cordão e fiz apenas uma pergunta:

— O que houve com o seu braço?

Ah, que tarefa árdua é descrever
Como era a selvagem floresta
Que renova o medo em minha mente.

DANTE ALIGHIERI, *Inferno*, Canto I.

Ele olhou para mim como se me achasse louca — o que não era muito diferente da reação das pessoas em geral.

— *O quê?*

Parecia ainda estar furioso. Um sinal claro disso foi quando seu peito começou a subir e descer como se ele tivesse acabado de correr. Eu devia ter pensado melhor antes de fazer o que fiz: estiquei uma das mãos e passei os dedos pela cicatriz que só vi quando ele ergueu o braço para jogar meu colar fora. Era como uma cobra que começava na parte interna do braço e ia para dentro da gola da camisa.

Não devia ter dito:

— Esta cicatriz é nova.

Mas disse mesmo assim.

Ele se afastou como se meus dedos fossem uma cerca eletrizada, como se eu estivesse tentando eletrocutá-lo.

— Pare com isso — disse ele com raiva. — Não é nada.

— Não acho que não seja nada — disse, preocupada. Comecei a juntar as peças e não estava gostando da figura que estava formando. — É uma consequência?

Ele apertou os olhos. Dava para sentir o calor de seu corpo e o cheiro do qual me lembrava tão bem — uma mistura de fumaça de madeira queimada com alguma coisa que me fazia lembrar o outono.

— Não sou um pássaro — disse ele com voz perigosa. — Não preciso de ajuda, nem de você nem de ninguém. Sua mãe sabe onde você está agora?

Engraçado ter mencionado a minha mãe, porque era a voz dela que eu estava escutando. A voz implorava para que eu dissesse o que não tinha dito quando o vira pela última vez, naquele dia terrível na escola... Aquilo que ele não me deixou dizer, pois fora embora antes que eu pudesse falar.

Bem, ele teve que ir. A polícia estava chegando. De novo.

Não que minha mãe soubesse alguma coisa sobre ele. Achava o mesmo que os psiquiatras (e agora a vovó): que não era real.

Mas se soubesse o que eu sabia, ia *exigir* que eu dissesse alguma coisa. Era claro que eu *precisava* falar agora mais do que nunca, pois o meu julgamento inicial sobre John não estava equivocado.

Ele era uma coisa selvagem, como a pomba branca machucada, e precisava muito da ajuda de alguém, mesmo contra sua vontade.

Apesar de minha ajuda acabar machucando-o ainda mais, pelo menos eu tinha que *tentar*.

Então, disse o que provavelmente deveria ter dito há muito tempo:

— Desculpe.

Seus olhos ficaram ainda menores.

— O quê? — disse.

— Desculpe — repeti mais alto — pelo que fiz com você no dia em que morri. Se houve... consequências. Principalmente para você.

Ele não respondeu. Continuou me olhando como se fosse *eu* que tivesse distúrbio de personalidade. Que tipo de pessoa dá um colar cuja pedra muda de cor, como o céu — ora fica cinza como uma manhã de fevereiro, ora preta como a noite — a uma garota? E depois joga esse colar assim no chão em um cemitério quando ela tenta educadamente devolver o presente porque suspeitava que alguém estivesse sofrendo *consequências* por sua causa?

Por que *eu* era a única pedindo desculpas? Seria bom que ele também fizesse isso de vez em quando.

E, sim, ele compensou parte disso tudo quando me salvou na joalheria e, depois, na escola com o Sr. Mueller.

Mas mesmo assim. Perdi tanto. Sim, tive minha vida de volta, mas e todas as outras coisas que *não* voltaram? O casamento dos meus pais e Hannah, por exemplo. Não fazia nem um dia inteiro desde minha volta do hospital quando minha melhor amiga de então, Hannah Chang, me deu um fora porque eu disse que não ia mais brincar de "Prenda a respiração ao passar pelo cemitério ou espíritos do mal vão entrar na sua alma". Comecei a achar a brincadeira idiota, assim como ir ao shopping e ficar torcendo para ver os amigos do irmão dela; assim como brincar com Double Dare.

Aos 15 anos de idade, já estávamos meio velhas para brincar dessas coisas.

Não ajudou muito dizer a ela que não precisava se preocupar com mais nada. "Posso ver o mal agora, Hannah. Vou protegê-la."

Não me surpreende que tenha me chamado de maluca. Foi o que *todos* da escola começaram a dizer depois disso.

Acho que não posso culpá-los. Por que não chamariam de louca uma pessoa que dizia ver o mal e podia proteger os amigos? Ainda mais quando essa pessoa falhara de maneira tão espetacular exatamente na tentativa de proteger uma amiga.

Sei que Hannah só me chamou de louca porque ficou preocupada. Deve ter achado que voltei do hospital depois do meu acidente um tanto... mentalmente instável.

Ela pediu desculpas depois, e vi que foi sincera. Os amigos às vezes acabam se separando, disse. Assim como aconteceu entre ela e Double Dare. Simplesmente não tinha mais tempo para cavalos, explicou. Passou a se interessar por outras coisas, como basquete. E meninos.

Eu disse que tudo bem. Já estava muito imersa no meu caixão de vidro para ligar — para ela, para o mal do qual jurei protegê-la e até mesmo para o fato de todos acharem que eu era insana.

Foi só no ano seguinte que percebi como havia estragado tudo.

Já era tarde demais para Hannah, é claro.

Sabia que não tinha como colocar a culpa *disso* em John. As princesas só esperam pela ajuda de príncipes em contos de fada. Na vida real, elas têm que sair de seus caixões e se virar sozinhas.

E em qual conto de fadas *John* seria considerado um príncipe encantado? Ele era o *oposto* disso. Era um príncipe aterrorizante.

Talvez... ele não conseguisse ser de outro jeito.

Eu também não podia evitar ser quem era, ou reagir da forma como reagi quando tinha 15 anos.

— Não estou pedindo desculpas só por causa do que você fez por mim na joalheria e na minha antiga escola — expliquei. Por que era *tão* difícil achar a coisa certa para dizer mesmo estando mais velha?

Dessa vez, em vez de inclinar a cabeça, ele apenas moveu uma das sobrancelhas. Isso não ajudava muito. Sua expressão ainda era impossível de decifrar.

— Não tem nada a ver com isso. — Ele continuou em silêncio. — Não que eu não seja grata. Eu sou grata. Foi mal por não ter agradecido na hora. As coisas ficaram meio... agitadas depois que você se foi.

Agitada não era a palavra adequada para descrever o incêndio que John deixou no dia em que apareceu na Academia Westport para Meninas.

— E é por isso — disse ele — que você e sua mãe estão aqui agora. Para um novo começo.

— Exatamente — respondi. — Então não vou precisar de você na minha nova escola. E, para sua informação, eu já tinha a situação completamente sob controle na Westport antes de você aparecer.

Ambas as sobrancelhas se ergueram.

— Tinha mesmo — insisti. — Não precisava da sua ajuda. A câmera era para isso...

Assim que falei a palavra *câmera*, ele levantou a mão tão rapidamente que o gesto foi um borrão. Quando me dei conta, ele tinha agarrado a parte inferior do meu braço. Não machucou, mas o apertão não era gentil. Ele me puxou para perto.

A sombra que cobria aqueles olhos finalmente sumiu — por um segundo.

— Que câmera? — indagou.

— A câmera — murmurei começando a achar que não devia ter mencionado isso — que estava dentro da minha mochila...

— Você está me dizendo que tinha *planejado* tudo? — perguntou. — Aquilo que aconteceu com o seu professor naquele dia foi de propósito? *Quis* que ele fizesse aquilo com você?

Talvez John *não* estivesse me seguindo, porque senão saberia de tudo.

— Bem — respondi com boca seca —, sim. — Continuei falando antes que John explodisse de raiva, o que percebi que ia acontecer logo. — Era a única maneira de ter provas de como o Sr. Mueller era, porque ninguém acreditava que ele e Hannah tinham...

Não consegui mais falar porque, quando olhei para o rosto de John, sua boca estava fechada em uma linha tensa... como a linha do meu coração quando fui para o mundo dele.

Sabia que isso não era bom. As coisas estava muito, muito ruins.

— Mas não era minha intenção que fosse tão longe — disse rapidamente. — Assumi toda a responsabilidade por tudo o que aconteceu naquele...

Ele apertou meu braço.

— Como você foi capaz de se colocar em uma situação tão perigosa? — perguntou. — E por uma coisa tão *idiota*? Você faz alguma ideia do que poderia ter acontecido?

Bem, sim. Fazia... agora. Naquela ocasião, não tinha a mínima noção, senão não teria feito aquilo.

Tentei fingir que não era nada sério.

— Cara, não foi tão...

— *Você não devia ter se metido naquela situação* — disse com os dentes rangendo. — E não devia estar aqui agora.

E então, do nada, ele começou a me arrastar para longe da cripta.

— As portas do cemitério ficam trancadas à noite — falou.

Os botões de flores explodiam sob o peso de suas botas.

Nem escutei o que ele disse. É verdade que, certa vez, conseguira escapar dele — e da morte. Mas isso tinha sido por causa do desfibrilador e da injeção de adrenalina que me deram no mundo real... Ou foi isso que os médicos disseram. Minha fuga não tivera nada a ver com o que *eu* tinha feito no mundo dele, disseram. Porque o mundo dele não era real.

Era, sim. Eu sabia muito bem que era.

— Como você conseguiu entrar aqui? A cerca tem 2 metros, com farpas no topo — murmurou como se falasse consigo mesmo.

Não quis dizer nada para não irritá-lo ainda mais, porém não foi difícil escalar a cerca com a ajuda de uma daquelas latas de lixo gigantes que tem em Isla Huesos.

E não era minha culpa que a família da Dolores Sanchez, Esposa Querida de Rodrigo, tivesse escolhido colocar seu túmulo tão perto da cerca, o que fez com que eu tivesse um solo perfeito onde cair.

Seria arriscado explicar que, mesmo se a polícia tivesse entendido o que vira na fita — o que não acontecera —, não teria como encontrá-lo para fazer um interrogatório. O Departamento de Polícia da Westport não sabia onde ele morava. Acho que ninguém além de mim sabia.

Mas *eu* tinha algumas perguntas para ele. Como soube que tinha que aparecer naquele dia com o Sr. Mueller, bem na hora em que precisei dele? Tinha sido mesmo por causa do colar, como ele disse balançando o pingente na minha cara? Foi assim que ficou sabendo sobre o joalheiro?

Por que se prestara a isso, já que era evidente que me odiava por causa do que eu tinha feito?

Aquele momento não parecia ser o certo para falar sobre essas coisas.

— Nada disso é culpa minha, sabe — falei enquanto ele me puxava tão rápido que achei que fosse perder um chinelo. Se bem que essa era minha menor preocupação.

— É mesmo? — respondeu virando-se para mim. — Como pode nada disso ser sua culpa?

— Tudo o que fiz foi morrer — falei —, e aí, quando tive a oportunidade de não estar mais morta, resolvi voltar. Não foi pessoal. Não teve nada a ver com você.

Ele fitou o horizonte.

— Certo — disse.

— Como assim? — indaguei sentindo-me incomodada pelo tom. — Já falei, estava com medo. Não quis machucá-lo. Foi por isso que vim aqui hoje, para pedir desculpas. Quero ser sua amiga e lhe ajudar. Acabei de devolver o cordão. Não sei mais o que posso fazer.

— Vou lhe dizer o que pode fazer — disse parando abruptamente. Me segurou nos ombros, mas, novamente, não foi para me beijar. Foi só para me encarar mais de perto. — Me deixe em paz.

Meus olhos se encheram de lágrimas. Era *isso* que queria de mim? Que eu me afastasse dele? Aquela conversa estava se tornando um desastre maior do que quando morri, só que eu ainda estava respirando.

— Eu adoraria fazer isso — respondi. Tudo o que consegui ouvir além do timbre profundo e frustrado de sua voz foi o meu coração batendo na orelha. *Idiota. Idiota. Idiota,* parecia me dizer. — Só que toda vez que tento, você aparece de novo e age como um... como um...

— Como o quê? — indagou. Parecia estar me desafiando a falar.

Não, disse a voz de minha mãe na minha mente. *Não fale.*

— *Um imbecil.*

Eu soube, assim que as palavras saíram pela minha boca, que isso não era uma coisa nem inteligente nem sensível de se dizer. Principalmente quando eu estava tentando fazer a coisa certa porque teríamos que morar na mesma ilha, e, afinal de contas, ele *salvara* a minha vida, pelo menos no dia do Sr. Mueller.

Bem, talvez não a minha vida, mas salvara alguma coisa.

No entanto, acabei piorando tudo ao tentar me desculpar.

Como se não bastasse ter dito aquilo, levantei uma das mãos e toquei a nova cicatriz que vi em seu braço direito.

Não pude evitar. Nunca consegui ficar longe de coisas machucadas.

Lá estava: o erro final da noite.

Seus lábios se contorceram de forma estranha, provando que eu tinha razão quanto a uma coisa: ele nunca seria o príncipe encantado de ninguém.

— Bem, não precisa mais se preocupar com isso — disparou, afastando as mãos como se eu tivesse veneno —, porque você não vai mais me ver depois desta noite.

Percebi várias coisas. Primeiro, seus olhos não estavam mais mortos. Estavam tão vivos quanto fios elétricos, e tão perigosos quanto eles também.

Minha segunda percepção veio mais devagar. Olhei para as mãos que me seguravam. Algumas mechas dos meus cabelos estavam presas em seus dedos, que não eram macios e delicados como os de pessoas da nossa idade. A maioria de nós não tinha outra ocupação a não ser digitar mensagens ou segurar controles de videogames.

As mãos de John já haviam trabalhado em tarefas pesadas. Eram mãos de um lutador.

Mas não apenas de um lutador.

E sim de quem matava.

Inconscientemente, eu já devia saber disso há algum tempo, mas a ficha só caiu naquela noite.

No entanto, naquela altura dos acontecimentos, já era tarde demais.

No meio da jornada da vida,
Encontrei-me em uma floresta escura,
Pois o caminho correto havia se perdido.

DANTE ALIGHIERI, *Inferno*, Canto I.

Quando cheguei em casa, mamãe disse:

— Ah, oi, querida. Ainda bem que voltou antes da tempestade. Parece que vai chover a qualquer minuto. O passeio foi bom?

— Foi — respondi.

Fiquei de costas para ela e fechei a porta. Passei a corrente *e* tranquei a fechadura.

Acionei o alarme e digitei nosso código, que era composto por nossas iniciais, mais o ano em que a universidade da mamãe ganhou um campeonato. Mamãe estava lidando muito bem com o fato de eu não ir para *nenhuma* universidade, muito menos para aquela na qual conhecera meu pai.

— Hum, querida — disse mamãe com uma expressão engraçada. — O que você está fazendo?

— Segurança — respondi. Meu coração ainda estava ricocheteando nas paredes do peito. Assim que subi na bicicleta, fui direto para casa. Nem parei para prender a bike ou desligar os faróis, como pude notar quando dei uma olhada no jardim para ver se tinha alguém me seguindo. — Segurança em primeiro lugar.

— Minha filha — disse mamãe digitando o código e desligando o alarme —, alguns de nossos convidados ainda estão aqui. Que tal esperarmos para acionar o alarme *depois* que forem embora? Pode ser?

Concordei, ainda olhando pela janela. Eu *não* ia lá fora só para desligar a luz da bicicleta. Ela podia ficar piscando a noite toda; por mim tudo bem. Era só comprar uma nova lâmpada se a velha queimasse. Valia a pena. E daí se roubassem? Era só pedir que papai comprasse outra. Isso tudo era culpa dele mesmo. Era o que mamãe dizia.

Nunca mais ia sair de casa. Não enquanto *ele* estivesse na ilha.

— Querida? — chamou mamãe. — Você está bem?

— Claro, mãe — respondi fechando as cortinas. — Estou ótima. Está se divertindo na sua festa?

— É sua festa, filha — falou sorrindo —, e estou adorando. É tão bom rever todo mundo. Acho que até o tio Chris se divertiu...

— Que bom, mãe — interrompi. — Olhe, estou muito cansada. Vou dormir.

Queria me esconder embaixo das cobertas e não sair nunca mais.

— Puxa — disse mamãe, frustrada. — Não quer dar boa noite a todos? Seu tio Chris ficou esperando para lhe ver antes de ir embora com a vovó e o Alex. E acho que Alex quer saber se você precisa de mais alguma informação sobre a escola amanhã. Achei muito fofo da parte dele.

Só de lembrar que a escola ia começar no dia seguinte, fiquei com vontade de roer todas as unhas. Mas mamãe tinha pagado uma pedicure e manicure especial para a volta às aulas, então era melhor evitar isso.

— Sabe o que é? — expliquei. — Estou exausta. Deve ter sido a movimentação com a festa. Agradeça ao Alex, mas eu o vejo amanhã de manhã quando vier me pegar para ir à escola. Boa noite, mãe.

Subi correndo antes que ela falasse alguma coisa.

Ele tinha destruído os portões do cemitério.

Arrebentara o cadeado com um só golpe de sua bota negra. Depois, quando os portões se quebraram, ele me empurrara para fora.

— Vá embora — dissera com sua voz infernal. — Está me ouvindo, Pierce? Vá embora e não volte mais. Aqui não é seguro para você. A não ser que queira morrer mesmo. Para sempre.

Um raio acendera as nuvens assim que ele disse isso. Um trovão, tão alto que achei que o céu fosse se partir em dois, abafara o som dos portões voltando a se fechar. Sem olhar para trás, corri para onde tinha acorrentado minha bicicleta. Estava muito agradecida por ter escapado.

Agora, enquanto deixava a água do chuveiro cair em mim tão quente que quase queimava, tive que me perguntar: aquilo aconteceu mesmo? Como pode ter acontecido? Ninguém tinha força suficiente para abrir aqueles portões trancados com um só chute — e os portões de aço negro no cemitério de Isla Huesos eram enormes, largos o suficiente para um carro fúnebre passar, e tão grossos e fortes quanto a cela de uma cadeia.

Ninguém que fazia parte *deste* mundo conseguiria.

Não queria pensar nisso.

Não conseguia pensar em outra coisa.

Eu tinha mesmo visto John... falado com ele... tocado nele... sido tocada *por* ele? Olhei a pele dos meus braços onde aqueles dedos assassinos tinham estado. Era incrível, mas não deixaram nenhuma marca. Eu era capaz de jurar que os dedos tocaram até os meus ossos.

Não tinha mais o colar para provar a mim mesma que tudo fora real. Eu o perdera de verdade — *para sempre,* como ele disse — porque jamais ia colocar os pés naquele cemitério de novo. Talvez um turista o encontrasse. O cordão acabaria sendo vendido on-line ou em uma casa de penhores.

Saí do banho e me enrolei em uma das toalhas grossas e brancas que o decorador de mamãe tinha escolhido. Balancei a cabeça. Não fazia diferença. Eu sabia o que tinha visto e sentido. Não precisava de uma joia como prova, nem para mim nem para ninguém.

Vê-lo só piorara as coisas. Meu pedido de desculpas se desfizera no ar, como uma pinhata em uma festa de aniversário de criança.

Por outro lado, não recebi nenhum pedido de desculpas. Então por que dar tanta importância? Os meninos realmente sabiam ser idiotas, pelo que pude observar. Mamãe com certeza concordava. Foi por isso que fez as malas e nos trouxe para Isla Huesos, porque eu não era a única coisa que ela amava e que papai deixara morrer por ser negligente.

"Isla Huesos, Deb? Sério?", ouvi papai perguntando a ela certo dia quando foi me deixar em casa depois de um de nossos últimos almoços. Eram visitas determinadas pelo juiz, mas eu não me importava com isso. Nenhum dos dois sabia que eu estava escutando atrás da porta. Sabia que fazer isso era errado, mas que outro jeito de descobrir o que estava havendo?

— Você acha que foi *isso* que o consultor quis dizer quando sugeriu que ela fosse para um lugar mais adequado?

— Não deve ser pior — disse mamãe — do que Connecticut.

— Você não pode colocar a culpa pela história do professor em mim, Deb — disse papai defendendo-se. — Essa foi toda sua. Eu ouvi você dizendo que ela devia aceitar as aulas de apoio com ele...

— Pode parar — disse mamãe. Agora *ela* parecia estar na defensiva. — Vou levá-la para casa. Fim de papo.

— É claro que vai. Para salvar os pássaros.

— Alguém tem que fazer isso — respondeu severamente.

— Não vai fazer diferença, Deb — garantiu papai. — Não vai dar certo. Acho mais provável que você esteja indo porque *ele* está disponível de novo.

Mamãe ficou furiosa.

— Achei que você tinha coisas mais importantes para fazer do que olhar o status de relacionamento dos meus ex-namorados na internet.

— Eu gosto de saber dos seus hábitos de acasalamento — disse papai —, assim como você faz com os colhereiros.

— Os colhereiros — retrucou mamãe — não estão mais se acasalando. A maioria deles está morrendo. Graças a *você*.

— Ah, pelo amor de Deus, Deborah. Você acha que eu fiz *aquilo* de propósito também?

— Aquilo e outras coisas que eu poderia mencionar — falou mamãe. — Aquele vazamento de óleo não teria acontecido se você estivesse prestando atenção.

Ui.

Papai não tinha como negar, por mais que eu soubesse que ele queria. Era um dos motivos pelos quais estava sempre na TV. A companhia de papai tinha sido pelo menos parcialmente culpada pela devastação da economia local de centenas de comunidades no Golfo ou ao seu redor, incluindo Isla Huesos. Os turistas não queriam passar férias em um lugar no qual seus jet skis alugados passariam por manchas de óleo. As noivas não queriam nuvens de poluição no fundo de suas fotos de casamento. Os esportistas não pescariam em uma área na qual tanta vida marinha tinha sido dizimada graças aos produtos que a companhia do papai jogara no mar.

— É totalmente seguro — dizia papai nos programas de TV. — Tudo foi testado!

No entanto, certa vez, um jornalista ofereceu camarões supostamente pescados nas águas onde os produtos da empresa foram usados e o desafiou a comer, visto que era tão seguro. Papai ficou vermelho e disse que seu médico o instruíra a não comer camarão por causa do colesterol.

Ele não tinha colesterol alto.

Fiquei curiosa para saber quem era o *ele* que papai mencionou. Não queria incomodá-la com coisas desnecessárias, pois ela já tinha muitos problemas na cabeça — os colhereiros, a mudança, tio Chris e, é claro, eu.

Foi por isso que, quando abri a cortina do meu quarto antes de ir dormir e achei ter visto um homem em pé ao lado da piscina, achei melhor não falar nada para ela.

Os convidados já tinham ido embora e mamãe já estava dormindo. Nesse meio-tempo, a tempestade chegou com força total. Como sempre acontecia em Isla Huesos, que ficava tão longe do continente, a energia elétrica tinha acabado.

Nosso sistema de segurança não adiantava de nada.

A chuva caía com tudo. Nossa pequena piscina em formato de rim estava quase transbordando e o vento sacudia as palmeiras como se fossem jornais.

Mas quando um raio fez com que a escuridão do jardim se transformasse em luz do dia — por um segundo —, pude jurar ter visto John lá fora olhando para mim.

Só podia ser ele. Quem mais conseguiria entrar?

Papai concordara em me deixar viver fora do estado se mamãe me colocasse em uma escola adequada às minhas "necessidades especiais" *e* se comprasse uma casa em uma comunidade fechada — ele sabia o quanto isso feria as inclinações liberais da mamãe.

A Dolphin Key era a única comunidade fechada de Isla Huesos. Havia um segurança no posto 24 horas na entrada, que era a única via para entrar e sair da rua.

As paredes espanholas que cercavam nossa nova casa tinham quase 4 metros de altura. Não tinha como subir nelas sem uma escada.

Todavia, as paredes e o segurança não tinham como deter John.

Por que ele se daria ao trabalho de ficar lá fora na chuva quando me mandara ir embora e deixá-lo em paz? Sem mencionar o fato de eu tê-lo chamado de imbecil na cara dele.

Por que me preocupara em pedir desculpas pelo que havia feito? Ele fez muito pior. Por que não conseguia odiá-lo como deveria?

Talvez porque John fosse como um dos pássaros da mamãe: uma coisa selvagem. Não conseguia evitar ser como era. Eu nunca conseguiria falar direito com ele. Como papai costumava dizer, por que tentar?

Até porque, ao fugir, eu com certeza quebrara as "regras" sobre as quais John falara de maneira tão misteriosa. Certamente, teria que ser punida, talvez por ele... ou pelas Fúrias que ele mencionara. Não há como escapar da morte. Li tudo sobre isso depois do meu acidente. Um dia, a morte *vai* lhe encontrar.

Quando outro raio clareou o jardim um segundo depois, a figura não estava mais lá. Talvez nunca tivesse estado. Talvez tivesse sido fruto da imaginação fértil que todos me acusavam de ter.

Fechei as cortinas e voltei para a cama. Que idiotice. Era para eu estar me sentindo bem. Devolvera o colar que havia recebido de maneira errada, falara todas as coisas que senti que devia falar. Literalmente, me livrara de tudo que estava preso no peito. Estava começando de novo, como mamãe.

John até aceitara meu pedido de desculpas! Podia ter sido meio ranzinza, mas aceitara. Também ia seguir em frente, o que ficou claro quando jogou o colar no outro lado do cemitério e me falou para ficar longe dele.

E, mais tarde, quando dei uma olhada na bicicleta pela janela do banheiro e vi que alguém tinha passado a corrente nela e desligado a lanterna, disse a mim mesma que devia ter sido tio Chris, ou talvez Alex, quando saíram da festa. Sem chances de ter sido John. Por que ele faria uma coisa legal dessas para mim quando deixara bem claro que me odiava e que queria me ver longe?

Eu me senti ainda *pior* quando deitei. Por quê? Não senti que as coisas estavam resolvidas, senti apenas... *medo*, era essa a palavra certa. Desde que pisei na ilha, era só o que sentia — uma pressão na nuca, como se alguma coisa fosse acontecer, alguma coisa ruim.

Uma coisa ruim já havia acontecido! Eu o *vira*. Estava tudo acabado!

Estava tendo dificuldade para dormir. Por que não conseguia aderir ao programa "um novo começo" de mamãe?

Quando disse obrigada a Alex na manhã seguinte assim que entrei no carro, ele perguntou por que estava agradecendo.

— Pela minha bike — respondi. — Não foi você quem a trancou ontem à noite quando saiu da minha casa? E desligou a lanterna também?

— Hum — disse ele. — Não. Quando fui embora... Acho que foi assim que chegou em casa, porque sua mãe falou que você tinha subido. Obrigado por se despedir, falando nisso. Ah, e obrigado por ir embora e me deixar sozinho com a vovó. Foi superlegal. Então, quando fui embora sua bike já estava presa e as luzes estavam apagadas. Achei que você tinha feito isso.

— Não — falei sentindo frio de repente. O ar-condicionado do carro ao qual vovó se referira como lixo estava quebrado. Tivemos que dirigir com as janelas abertas, e já fazia 27 graus lá fora. — Não fui eu.

— Hum — disse. — Que estranho. Mas não é o mais estranho. — Buzinou para chamar a atenção de alguns turistas que estavam no meio da rua tirando fotos das árvores. — Cara, o que essas pessoas acham, que estão no meio da Disney? Tem gente que mora aqui de verdade, sabiam? — Buzinou mais.

— O que é o mais estranho? — perguntei assim que os turistas saíram do meio da rua e Alex acelerou. Acho que não queria ouvir a resposta.

— Ah. Tinha várias pétalas de flores mortas na entrada da sua casa. Um monte. E isso foi *antes* da tempestade, então não foram levadas pelo vento. Achei meio estranho, porque não tem aquele tipo de flor na sua rua. Então como foram parar ali? Enfim. — Ligou o rádio. — Está pronta para a escola?

Engoli a saliva.

— Não.

Não posso contar como lá entrei
De tanto sono que me tomou no momento
Em que abandonei o verdadeiro caminho.

DANTE ALIGHIERI, *Inferno*, Canto I.

Mamãe me inscreveu em um programa conhecido nacionalmente (e foi isso que fez com que papai aceitasse. Caso contrário, disse ele, eu iria para um intercâmbio na Suíça) chamado Novos Caminhos.

O Novos Caminhos era recomendado para alunos "agitados": meninos como Alex, cujo pai estava em liberdade condicional e cuja mãe estava desaparecida desde que ele nascera. Alex foi forçado a morar com a avó, que era dona da única loja de costura da ilha, Loucos por Costura. Sim, a situação era muito ruim.

O Novos Caminhos também servia para meninas como eu, que morreram e voltaram à vida agindo diferente.

Fala sério. Novos Caminhos: seja lá qual for a sua doença, nós curamos você (esse não era o slogan oficial).

— É muito bem recomendado — foi o que mamãe me falou durante o verão inteiro. — Você ainda vai para aulas normais, que nem todo mundo. Só vai ter um pouco de supervisão extra durante o ano com assistentes sociais nas áreas de comportamento cognitivo e aconselhamento. Eles sabem *mesmo* o que estão fazendo, Pierce. Eu não teria inscrito você se não acreditasse que podem ajudar.

Hum, pensei, mas não falei, a escola de Isla Huesos não teria me aceitado se eu não tivesse me inscrito no Novos Caminhos por causa do que aconteceu com o Sr. Mueller.

Enfim. Se minha outra opção era um intercâmbio com alunos ricos e problemáticos na Suíça, o que podia fazer? Que venha o Novos Caminhos!

Pelo menos os conselheiros do Novos Caminhos — especialmente Jade, que me foi designada — me receberam muito bem, apesar de saberem o que eu tinha feito (ou o que dizem que fiz) com um professor na outra escola. Jade parecia não estar assustada quando conversávamos em nossos encontros de orientação. Sempre olhava nos meus olhos, sorria bastante e até me oferecia as balas que ficavam em uma jarra sobre sua mesa. Percebi que meu colar nunca ficava de uma cor diferente quando estava no consultório dela. Ficava sempre em um tom de cinza estável e tranquilizador... da mesma cor do pelo de um galgo.

No entanto, não me senti tranquilizada quando cheguei no meu primeiro dia da única escola com ensino médio em Isla Huesos, para onde centenas de estudantes iam de ônibus vindos de ilhas vizinhas — há mais de 1.700 ilhas na costa da Flórida, segundo mamãe informou certo dia quando listava as várias formas de destruição do ecossistema causada pela companhia do papai. — Não tive que olhar para o meu colar (que, de qualquer maneira, não estava mais comigo) para sentir o clima.

Fiquei surpresa, apesar das instruções cuidadosas de Jade em relação ao que esperar. Nunca tinha visto tantos alunos, principalmente tantos *meninos*, juntos em tantos prédios... Eram quatro alas enormes ao todo, todas conectadas por um pátio central pavimentado — a quadra, como chamava Jade. Havia mesas de piquenique no centro.

Ali, explicou Jade, era onde almoçaríamos todos os dias. A cafeteria era *do lado de fora*. Isso não fazia sentido algum para mim, independentemente de quantas vezes Jade repetisse a informação.

Apenas os alunos mais velhos podiam sair do prédio para almoçar. Eu era mais velha, mas como sairia? Não tinha carteira de motorista. O estado de Connecticut concordara com o meu neurologista que não era boa ideia me deixar dirigir. Dei uma olhada no teste on-line para o estado da Flórida porque Jade sugeriu. Havia ainda *mais* perguntas do que no questionário de Connecticut. Não ia dar certo.

— Nos encontramos na quadra para o almoço. Vamos pegar um hambúrguer — disse Alex no caminho para a escola.

Todavia, quando veio a hora do almoço, é claro que não o encontrei. Ele não me disse onde devia encontrá-lo. Era típico dele fazer isso. E também bem típico de mim esquecer de perguntar.

Escolhi dois refrigerantes com bastante cafeína, um saco de amendoim, um pacote de batatas e um pacote de biscoitos doces na máquina. Fui me esconder na biblioteca para comer. Pareceu ser a coisa mais segura a fazer. Foi lá que Jade me encontrou.

— Pierce — disse puxando uma cadeira ao meu lado. — Estava procurando você.

— Estou aqui — respondi. Que bobeira, era claro que eu estava lá. Tirei os fones de ouvido. — Tudo bem?

— Tudo — disse Jade —, e você? Estou vendo que não conseguiu ir comer na cafeteria.

— Hoje não — falei. — Talvez amanhã.

Não sabia o que responder. Ia falar que não tinha mais o meu colar para me proteger? Não que achasse que precisava de seus poderes protetores, na verdade. Só não tinha certeza de que não precisava.

— Ah, tranquilo, eu entendo — disse Jade. Tinha o cabelo bem escuro e várias tiras de couro em volta do pescoço e dos punhos. A tatuagem em um dos punhos dizia *Cuide-se antes de se detonar* com letras rebuscadas. — Mas se quiser conversar, talvez sobre aquilo que aconteceu com o seu professor na outra escola, ou sobre aquela amiga que morreu... qualquer coisa. Você sabe onde me encontrar.

Sabia mesmo. Os consultórios do Novos Caminhos ficavam na ala D, que também era onde eu tinha todas as aulas. Conveniente.

E sério... *qualquer coisa*, Jade? Que tal sobre o cara que encontrei na noite anterior no cemitério? Podemos falar sobre ele? Porque eu o encontrei outras vezes, exatamente quando "aquilo aconteceu com o meu professor" na outra escola. Quando "aquela amiga" morreu.

Ou pelo menos quando tentei dar um jeito em sua morte.

E ele acabou mandando o professor para o hospital.

— Obrigada — respondi sem mencionar detalhes. — Vou fazer isso.

Jade me olhou com uma expressão engraçada, entre sorriso e dúvida.

— Ei — disse tocando uma de minhas mãos —, estou falando sério. Nada do que aconteceu na sua outra escola é culpa sua, sabia?

Congelei quando me tocou. Não só porque a bibliotecária estava olhando para nós com ar reprovador do outro lado da sala... Se bem que tenho quase certeza que ela não estava gostando da nossa conversa na zona silenciosa da biblioteca, nem do meu almoço naquele lugar.

— Sim — respondi. — Eu sei.

Será que ela estava de brincadeira?

Jade fez que sim com a cabeça.

— Que bom — disse. — Lembre-se disso. Até lá, tente se divertir, está bem? Sei que tem passado por muitas coisas, mas se dê um tempo. Isto aqui não é nada mais que uma escola.

Imprimi um sorriso no rosto.

— Claro — concordei. Talvez ela fosse a louca, e não eu. A equipe do Novos Caminhos havia conversado conosco sobre esses estereótipos. Explicaram que não existem coisas do tipo "louca" ou "normal". Tais palavras não são *terapeuticamente benéficas*. — Vou tentar.

— Legal, é assim que se fala. — Jade se levantou. — O sinal toca daqui a cinco minutos. Venha falar comigo depois da escola. Tenho mais daquela bala que você gosta. A vermelha. Ah, vai ter uma assembleia no auditório às duas. Não perca. Vai ser épico.

Piscou e saiu. Épico, ao contrário de *louca* ou *normal*, era uma palavra que os membros do Novos Caminhos amavam. Principalmente Jade. *Cuide-se antes de se detonar*.

Era claro que minha experiência na escola de Isla Huesos ia ser nadar ou morrer afogada.

Já sabia como era morrer afogada. Decidi que não custava nada tentar nadar.

Quando cheguei no auditório para a assembleia, o burburinho era ensurdecedor. O salão de duas mil cadeiras estava lotado de alunos se cumprimentando depois de um verão sem se ver. Havia meninas berrando e se abraçando. Usavam unhas enormes e coloridas nas pontas — o que era considerado *over* no Norte... pelo menos de acordo com as fofocas que ouvi na Academia Westport para Meninas antes de ser expulsa. Havia também meninos cheios de tatuagens que usavam lenços na cabeça. Batiam os punhos e as mãos, e alguns se cumprimentavam de maneiras até mais agressivas. Eram tantos alunos falando tão alto em um salão tão grande que fiquei tentada a colocar os fones no ouvido só para não ficar louca. Ou sei lá qual a palavra terapeuticamente benéfica para "louca".

Sabia que não podia fazer isso. Prometi a mim mesma que ia me engajar durante aquele ano. Se não fizesse isso, como evitar que outra menina morresse?

Tudo bem, fui um desastre ao tentar ajudar uma amiga, mas enfim... Eu tinha várias vantagens em Isla Huesos que não tinha em Connecticut. Pelo menos ali eu não era invisível, como infelizmente fui por muito tempo na outra escola. Já dava para notar a diferença porque um menino vestindo camisa branca abriu a porta do auditório para mim.

Nem consegui acreditar naquilo.

— Pode passar — disse ele, educadamente.

Não sei o que me espantou mais: o fato de ele ter sido a primeira pessoa com quem falei o dia todo — além de Jade — ou o fato de ele ser tão tranquilizadoramente gato.

Parecia um membro de uma *boy band*. Era alto, tinha olhos azuis, sorriso amigável revelando um conjunto de dentes perfeitamente brancos, um bronzeado que dava para ver que era resultado de uma vida saudável ao ar livre. Não era uma beleza artificial, eu via por meio de seu cabelo castanho bem claro com mechas loiras naturais.

Para compor o conjunto, usava um short cáqui e uma polo branca que deixava os bíceps à mostra.

Inacreditável.

Meu chute era que praticava *kite surfing*. Não dava para ter aqueles bíceps — nem o bronzeado — velejando normalmente.

— Obrigada — respondi, sem sorrir.

Uma brisa veio do mar e carregou o papel cor-de-rosa com o meu horário que estava em cima da bolsa.

— Pode deixar — disse ele soltando a porta —, eu pego para você.

— Não precisa — respondi.

Queria que fosse embora. Ele era que nem a cafeteria ao ar livre: não dava para entender.

Tarde demais. Ele já havia pego o papel, que tinha ido parar em cima de uma lixeira com um adesivo que dizia ESTE LIXO É EXCLUSIVO PARA LATAS E GARRAFAS.

— Então, Pierce Oliviera — falou dando uma olhada no meu horário antes de devolvê-lo. Soltou uma risada. — Ala D, né?

Eu não fazia ideia do que ele estava falando. Acho que percebeu pela minha expressão, pois logo se alegrou e explicou.

— É tranquilo, não se preocupe. — Comentário estranho. Parecia Jade me falando para eu me dar um tempo.

Pelo menos ele não me disse para relaxar. Odeio quando as pessoas me falam para relaxar. — Novos Caminhos, né?

Olhei para ele. Como sabia? Estava tão na cara assim? Tinha sido tão cuidadosa ao me vestir. Era o meu primeiro dia em uma escola pública, o que significava que era a minha primeira vez sem uniforme... Primeiro dia de escola vestindo *o que eu quisesse*. Será que tinha mandado mal?

— Todo mundo na ala D é do Novos Caminhos — explicou. — Não que seja uma coisa ruim. O Novos Caminhos é ótimo. Vários dos meus amigos já foram para lá. É um programa muito bom. Muito bom me...

Inclinei-me para a frente, peguei o papel e o coloquei na bolsa. Ele estava me deixando nervosa. Quanto mais atraentes as pessoas eram, mais nervosas me deixavam.

Talvez porque as pessoas atraentes também costumavam ser engajadas, e pessoas engajadas me tiram do sério. Como conseguiam manter suas roupas tão impecáveis? A camiseta daquele cara era tão branca. Como podia não ter derramado nada nela? Não era normal. A única coisa boa — até aquele momento — em não ter que usar uniforme era que pelo menos podia usar camisetas pretas para que as manchas não aparecessem.

John nunca usava branco. Para mim, era uma coisa boa.

Ah, sim, não era mais para pensar nele.

— Tenho problemas em controlar minha raiva — informei ao cara. Todo mundo ia acabar descobrindo mesmo, melhor avisar logo.

— Ah, isso nem é tão ruim — respondeu mostrando seus dentes reluzentes. — Tipo, você ainda é Pierce Oliviera. Isso é bom, não é?

— É — disse retribuindo o sorriso. Jade havia me falado para imitar o comportamento das pessoas ao meu redor quando não soubesse como reagir. — Acho que sim.

Você ainda é Pierce Oliviera? Como assim? Aquele sorrisinho significava "Você é parente do Zack Oliviera"? Ou "O irmão da sua mãe é o cara que ficou anos na cadeia"? Ou "Você não é aquela menina que fez aquela coisa com um professor"?

Não dava para saber. Talvez os três. Talvez não fosse nada daquilo. John não devia ter jogado meu colar fora.

Devia, sim. Ele era um babaca. Estava tudo acabado entre nós. Eu estava em um Novo Caminho.

Apontei para as portas do auditório.

— Você vai...

— Ah, sim, claro.

Ele se inclinou e abriu a porta de novo. Um murmúrio ensurdecedor veio lá de dentro.

— Obrigada — falei, e andei para longe dele.

Continue andando, disse a mim mesma. Isso foi o que Jade chamaria de interação positiva. Foi épico.

Ou talvez não. Quando vi o menino de camisa polo pela segunda vez no auditório, ele me olhou de novo e sorriu. Estava com alguns de seus amigos. Todos sorriram para mim. Duas meninas com cabelos de chapinha (era um milagre ter cabelo liso na Flórida) começaram a me olhar feio. Batiam nas teclas de seus aparelhos celulares com suas unhas de pontas brancas. Achei incrível conseguirem digitar e olhar para alguém ao mesmo tempo. Era um outro nível de multifuncionalidade.

— Ala D — disse uma delas para mim, rindo como se fosse um megainsulto.

Por que as pessoas daquele lugar tinham obsessão com a ala D?

Torcendo para não ter um ataque de pânico — a pressão na nuca estava mais forte do que nunca —, olhei em volta procurando Alex, sem sucesso. Entretanto, reconheci uma menina de uma das minhas aulas. Estava no consultório do Novos Caminhos na semana anterior. Lembrei-me dela porque... Bem, era um pouco difícil esquecê-la. Além disso, notei que sempre que ela estava por perto, meu colar ficava roxo. Não sabia o que isso significava, mas ela estava sentada no final de uma das fileiras e havia vários lugares vazios ao seu redor.

— Tem alguém aqui? — perguntei.

Ela me ignorou. Demorei alguns segundos para perceber que não estava me dando um gelo. Estava com fones de ouvido. Não deu para ver de cara porque seu enorme cabelo preto encaracolado, com fios roxos aqui e ali, escondia as orelhas.

Estava olhando para a tela do celular quando toquei em seus ombros.

— Ah, desculpe. — Moveu as pernas para que eu passasse.

— Obrigada — respondi e me joguei em um assento ao seu lado.

Devia ter adivinhado, é claro, que ia ser assim. Não só por causa da noite anterior — ainda não tinha cem por cento de certeza de que aquilo acontecera, mesmo depois da história que Alex contara sobre as flores, que, por causa da tempestade, não estavam mais lá quando acordei —, mas também porque eu era a única pessoa na escola que não estava usando uma saia curtíssima. A minha, de acordo com o livro do estudante que eu e mamãe lemos — especialmente a parte *Código de vestimenta dos alunos* —, não tinha comprimento menor do que exatos 10 centímetros acima do meu joelho, assim como especificava o manual.

Como ia saber que essa regra não era cobrada — principalmente em relação a "barrigas de fora e calças muito baixas" — se não havia conhecido ninguém da minha idade em Isla Huesos antes daquele dia? O tempo que não passei andando de bicicleta no cemitério na semana anterior ao início das aulas à procura de John, passei vendo TV na casa da vovó com Alex e seu pai.

E Alex, um menino típico, respondeu "Sei lá, roupas" quando mamãe perguntou o que as meninas costumavam usar na escola.

A aluna ao meu lado — lábios *e* sobrancelhas com piercings — voltou a se concentrar na tela do telefone assim que me sentei. Algumas pessoas acham que é falta de educação prestar atenção no que os outros estão fazendo. Eu não. Para os outros, podia até parecer que eu estava bisbilhotando... Ainda mais porque eu mesma não tinha um celular.

Na verdade, Tim, o diretor do programa Novos Caminhos, pegara o meu antes da aula. Disse que eu poderia recuperá-lo no final do dia. Achou que eu me focaria mais em "interagir" se não pudesse ficar on-line.

Nem me dei ao trabalho de argumentar. Sabia, pelas minhas experiências na escola no ano anterior, que tudo o que ele dizia era verdade.

Eu havia falado para a minha melhor amiga, Hannah, que a protegeria do mal no dia em que voltei do acidente

Mas não o fiz. Em vez disso, chateada por ela ter me chamado de louca, ainda chocada pelo que vira John fazer na joalheria e preocupada com a possibilidade de ele voltar e fazer o mesmo comigo, eu simplesmente havia me trancado em um caixão de vidro e esperado que um lindo príncipe viesse me salvar.

Foi por isso que não percebi o mal. Não o mal do tipo que as pessoas gostam de fingir que é real, o tipo que elas contam nas histórias de fantasmas e sobre o qual fazem filmes de terror. O mal *real* que circulava pelos corredores da Academia Westport para Meninas procurando pela vítima mais meiga e inocente que pudesse encontrar.

Quando finalmente percebi que *não há* príncipes no mundo — que tudo dependia de mim... que *sempre* dependera de mim —, era tarde demais.

Hannah estava morta.

E, ao contrário do que acontecera comigo, ela não voltaria a viver.

Meu estado de letargia foi rompido
Por um trovão, de modo que despertei
Como quem à força é acordado.

DANTE ALIGHIERI, *Inferno*, Canto IV.

Para falar a verdade, sou grata ao Sr. Mueller, que começou a dar aulas na Academia Westport para Meninas no ano passado, quando eu estava entrando no ensino médio. Ele foi o primeiro a me dar uma coisa que eu desconfiava que nunca ia ter: aquele interesse fora da vida escolar em me "engajar" sobre o qual a Sra. Keeler havia conversado com meus pais depois do acidente.

O Sr. Mueller conseguira popularidade muito rápido tanto com alunos quanto com os pais na Academia Westport para Meninas depois de ter sido contratado como o novo treinador de basquete — e depois de levar o time às finais estaduais.

Como se isso não bastasse, começou também a oferecer aulas extras de reforço gratuitas a suas alunas "especiais"... mesmo às que, como eu, já haviam tentado todas as aulas "alternativas" em função do que finalmente diagnosticaram como desordem de déficit de atenção e de hiperatividade, caracterizada predominantemente por distração excessiva.

Claro, sendo o único instrutor bonito em uma escola de meninas — sem mencionar que era um treinador atlético —, o Sr. Mueller seria popular de qualquer maneira.

Mas as aulas de reforço grátis ajudaram.

Eu parecia ser a única pessoa na escola inteira que suspeitava do Sr. Mueller e de suas motivações desde o princípio. Talvez porque uma das expressões favoritas do meu pai era "Não existe refeição grátis". Ninguém se sacrifica *tanto* assim, especialmente quando tudo o que recebia em troca eram biscoitos caseiros das mães em sinal de gratidão.

Certo dia, um pedaço de biscoito caiu no meu joelho e o Sr. Mueller se inclinou sobre a minha carteira, onde eu estava resolvendo um problema de álgebra muito difícil. Foi quando percebi uma coisa estranha, além de seu rosto muito bonito e da aparente abundância de tempo livre.

— Opa — disse o Sr. Mueller pressionando o pedaço de biscoito contra o meu joelho. Levou o dedo até a boca, chupou o pedaço de biscoito e olhou para mim. — Desculpe!

Talvez uma menina que não tivesse morrido e sido seguida por um cara muito alto e de olhos prateados que tentara forçá-la a viver com ele tivesse apenas pensado *Hum... esse professor realmente gosta de biscoito.*

Eu, no entanto, senti como se tivesse recebido um choque elétrico.

E não de uma maneira romântica, tipo *Nossa, ele me tocou!* As outras meninas da sala podiam suspirar por ele, mas eu definitivamente não, e também não queria que me tocasse. Não queria nem que tocasse em pedaços de biscoitos que caíssem na minha perna.

Só vi o resultado quando cheguei em casa.

O Sr. Mueller tocou na perna da Pierce Oliviera e depois lambeu o dedo. Que SEXY!!!

Isso teve milhões de comentários nas várias redes sociais por onde a mensagem circulou, tipo *Ela é muito sortuda* e *O que ela fez para merecer esse PRESENTE?* e *Quem é essa tal de Pierce Oliviera?*

Esses comentários conseguiram perfurar o meu caixão de vidro. Fizeram-me sentir desconfortável, não só porque desenterraram fantasmas antigos (estava evitando ir para a coordenação, e com sucesso), mas porque o Sr. Mueller perguntou — na frente de *todo mundo* — um ou dois dias depois se eu gostaria de começar a ter aulas particulares.

As coisas só pioraram.

O Sr. Mueller acabou de perguntar para a Pierce Oliviera se ela quer ter aula particular com ele. Que sorte! Ele é TÃO gostoso!!!

— Não estou entendendo — disse mamãe. — O Sr. Mueller falou na reunião de pais que lhe ofereceu aulas particulares porque você está mal em muitas matérias, mas você disse não. Por quê?

— Já tenho professores particulares — respondi.

E tinha mesmo. Papai contratara um para cada matéria. Não que ajudasse. Eu teria de prestar atenção no que diziam para que fizesse efeito.

— Mas o Sr. Mueller parece ser tão gente boa — disse mamãe.

Eu devia ter dito alguma coisa naquele instante. *Mãe, ele não é gente boa,* eu devia ter dito.

O problema é que ela não teria acreditado em mim. Achar ele bizarro não provava nada. Ainda mais porque mamãe não era a única que achava que o Sr. Mueller era um presente de Deus para a Academia Westport para Meninas. *Todas* as mães davam cartões e potes de biscoito caseiro para que suas filhas os entregassem como presente a fim de mostrar o quanto gostavam dele — e a temporada de basquete já tinha acabado há um tempão.

O Sr. Mueller sempre brilhava de alegria quando achava presentinhos na mesa. Dizia "Meninas! Não precisava" com voz contida, mas dava para ver que estava encantado.

Até que a minha ex-melhor amiga, Hannah Chang — que não falara comigo o verão todo, que virara a número um do time de basquete e que era uma das alunas particulares mais entusiasmadas do Sr. Mueller —, deixou um bilhete na mesa dele que o fez franzir o rosto.

Sei disso porque Hannah estava na sala de estudos onde eu tinha aula com Sr. Mueller e ela se sentava na minha frente. Eu a vi escrevendo o bilhete e o deixando para o professor. Vi até o Sr. Mueller abrir o bilhete.

Ele não brilhou de felicidade quando leu o que estava escrito.

Não achei nada de mais. Hannah deixava bilhetes para ele o tempo todo. Eram sempre dobrados de forma elaborada e presos com adesivos em formato de coração. No meu aniversário, Hannah deixara um bilhete para *mim* escrito em um papel especial cheio de cavalos. Eu tinha encontrado o bilhete quando me sentara na carteira.

Parabéns, Pierce! Era o que estava escrito com a letra grande e redonda da Hannah. Desenhou um *cupcake* dançante e uma vela em cima dele. *Espero que seu dia seja ótimo! Beijinhos, Hannah*

Mesmo que tivesse me afastado do resto do mundo naquela época — minha atitude era meio *E daí, vamos todos morrer e não vamos conseguir entrar na barca* mesmo —, fiquei um pouco emocionada.

Talvez Hannah não tivesse cuidado do cavalo dela, o Double Dare, como eu acho que deveria, mas era cuidadosa com as pessoas. E, por ter cuidado com as pessoas, tinham cuidado com ela.

Acho que eu já tinha escutado essa história em algum lugar...

Enfim, apesar de ter sido chamada de louca por Hannah Chang, ainda gostava dela. Por isso sempre vou me culpar pelo que aconteceu.

Eu estava tomando o café da manhã com mamãe na manhã seguinte do episódio do bilhete para o Sr. Mueller. Mamãe estava lendo o jornal e, de repente, deu um gritinho e cobriu a boca com a mão.

— Mãe? — Olhei para ela com curiosidade. Apesar de meu neurologista ter me pedido para não tomar cafeína por causa dos pesadelos e da insônia, eu estava tomando chá verde. Mamãe brincava dizendo que, se papai tivesse parado de tomar cafeína, o mundo seria um lugar menos perigoso. — O que foi?

— Nada — respondeu abaixando o jornal.

Alguma coisa tinha acontecido. Ela estava pálida.

— Mãe — repeti. — O que foi? Fale.

— É que... — Era óbvio que a última coisa no mundo que ela queria fazer era me contar. Mas também era óbvio que sabia que tinha que contar. — É que uma menina chamada Hannah Chang morreu de overdose ontem à noite — disse mamãe voltando a olhar o jornal. — Mas tenho certeza que não é a mesma Hannah Chang...

Engasguei com o chá. Quando parei de tossir, peguei o jornal.

— Deixe-me ver isso.

Estudante morre em possível suicídio, dizia o artigo na primeira página do jornal. O rosto de Hannah, em uma foto na qual vestia uniforme, sorriu para mim.

Mamãe não via Hannah fazia uns dois anos por causa do nosso afastamento depois do acidente. Hannah mudara muito nesse período.

— É ela — falei sentindo uma dor no peito. — É Hannah.

— Ela não deve ter feito isso de propósito — murmurou mamãe fazendo carinho no meu cabelo e olhando a foto. — Aí diz que foram pílulas para dormir. Talvez tenha tomado uma e ficou com tanto sono que se esqueceu e acidentalmente tomou outra. Tenho certeza que não quis se matar.

Eu tinha certeza que sim. Meninas como Hannah Chang não tomavam muitas pílulas para dormir *acidentalmente*.

— Obrigada, mãe — respondi e dei-lhe um abraço —, mas eu tenho que ir, senão vou me atrasar.

— Pierce — disse mamãe me olhando, nervosa. — Você está bem? Pode ficar em casa hoje se quiser. Sei que você e Hannah não andavam juntas desde... o acidente. Mas já foram melhores amigas um dia...

— Tranquilo — respondi automaticamente. — Estou bem.

Fui para a garagem pegar minha bicicleta para ir à escola. Papai havia me dado uma BMW conversível de aniversário de 16 anos, achando que isso me ajudaria a tomar juízo e a passar no teste de direção.

É claro que não funcionou. Já tinha feito o teste escrito 42 vezes on-line. Nunca passei.

Porque eu não estava bem. Em vários sentidos.

O papel de carta da Hannah, os adesivos em formato de coração, o lugar privilegiado dela no time de basquete, o fato de não se esquecer nunca do meu aniversário e de fingir que espíritos do mal vão entrar na sua alma se você não prender a respiração quando passar pelo cemitério — tudo isso era uma fachada para esconder o fato de que ela também não estava bem.

No entanto, fora o suficiente para me enganar. Tanto que, mesmo vendo-a se sentar na carteira na frente da minha, eu não percebera que tinha alguma coisa tão horrível acontecendo em sua vida que a fizera tomar um punhado de pílulas e se transformar em uma Bela Adormecida. Para sempre.

Como pude ser *tão* desligada assim?

Quando cheguei na escola, todos já sabiam o que havia acontecido com Hannah. Estavam falando sobre ela como se *eles* tivessem sido seus melhores amigos um dia, como se *eles* se sentassem atrás dela nas aulas. Todos especulavam sobre por que ela tinha feito aquilo. Seus sussurros eram como berros para mim, porque geralmente mantinha fones nos ouvidos nos corredores para bloquear o barulho, o que só fazia aumentar o zunido que geralmente ouvia.

Contudo, resolvi ficar sem fones naquele dia. Tinha que escutar, falei para mim mesma. Devia isso a Hannah. Tinha que descobrir o que acontecera com ela.

Tudo o que ouvi, no entanto, foram pessoas perguntando o mesmo que eu: como uma menina que parecia ser tão doce e feliz quanto Hannah Chang pôde ir para casa depois de um dia de escola e morrer de overdose?

Fiquei me perguntando onde ela estava naquele momento. Será que estava bem? Era uma das sortudas que pegaria a barca correta, a que levava as pessoas a um lugar bom? Ou estava em pé em uma fila fria e úmida esperando pela outra barca naquela praia horrorosa?

Eu não sabia. Talvez nunca viesse a saber.

Mas *uma* coisa eu podia descobrir:

Por quê.

Naquele dia, pela primeira vez em mais de um ano, em vez de passar os intervalos no meu cantinho ignorando todo mundo com os fones bem dentro das orelhas, juntei-me às fofoqueiras que se amontoavam perto das máquinas de balas do lado de fora do ginásio.

Inseri uma moeda e comprei a bebida mais cafeinada que encontrei, apesar dos conselhos do neurologista. Decidi que era melhor parar de ter medo e começar a ser perigosa, como meu pai.

Abri o refrigerante e bebi enquanto ouvia as meninas especulando sobre por que Hannah tinha feito o que fez.

Bebi outro refrigerante ainda mais devagar no caminho para a aula — sem fones de ouvido — e tentei me lembrar de tudo o que acontecera na última hora em que vi Hannah viva. Parecia estar chateada? Parecia triste? E, mais importante ainda: o que escrevera naquele bilhete para Sr. Mueller, o que deixara em sua mesa e o fizera franzir o rosto?

Corações. Eu me lembrava disso. O papel que usara para escrever o bilhete para Sr. Mueller tinha sido coberto com corações.

E *amor*. Acho que a vira escrever a palavra *amor*.

Por quê. Era uma das palavras? *Por que* eu não prestava mais atenção às coisas que realmente importavam?

Você. Foi outra palavra que escreveu? Você é tão louca quanto dizem, Pierce.

Quando fui para a sala de estudos, mal conseguia olhar sua carteira, muito menos o rosto pálido e triste do Sr. Mueller. As tentativas de ser mais engajada me deixaram um pouco em carne viva. Não fazia isso havia mais de um ano. Agora dava para entender por quê: ser engajada é muito cansativo. Como as pessoas eram assim o dia todo, todos os dias?

Sentei-me tentando não olhar para lugar nenhum, só para o chão. Não queria que a carteira vazia de Hannah me desconcentrasse.

Foi quando vi os mocassins pretos com franjinhas do Sr. Mueller.

— Pierce — disse ele em voz baixa —, posso falar com você? Preciso pedir um favor especial.

Tentei não pensar nos sapatos dele — porque, é claro, eram uma coisa ridícula para ocupar o meu pensamento — e olhei para ele.

— Sim, Sr. Mueller? — perguntei.

— Tenho certeza que soube da triste notícia sobre Hannah Chang — disse.

— Sim — respondi —, soube.

— Bem, a administração está muito preocupada sobre tentativas de copiar o que aconteceu — falou em tom normal. Como se fôssemos da mesma idade. Como se fôssemos iguais. Era por isso que tantas meninas amavam o Sr. Mueller. Porque nunca falava conosco como se estivesse em "posição superior". — Pode acontecer, quando um aluno comete suicídio, de outros usarem a ideia... Você viu como as pessoas estão colocando flores no armário dela.

Passei por lá no caminho para a sala. O armário estava cheio de buquês de flores, cartões e animais de pelúcia. Principalmente cavalos de pelúcia.

— Sim — respondi engolindo em seco com dificuldade.

— A escola não está planejando fazer uma homenagem nem nada — continuou Sr. Mueller. — Já decidiram que não querem dar um tom de glamour à morte dela. Querem que continuemos como se nada tivesse acontecido.

Como se nada tivesse acontecido. Fiz que sim com a cabeça. Vi que o Sr. Mueller preferira não fazer a barba naquela manhã. Estava com um cavanhaque discreto. Ficava parecido com aquele médico gato naquele seriado de TV que se passa em um hospital. O médico naquele seriado, lembrei-me de repente, também usava mocassins pretos com franjinhas. Por que eu não conseguia parar de pensar naquelas franjinhas?

— Então você poderia me fazer o favor — disse como se fôssemos grandes amigos — de se mudar para a carteira da frente? Não posso deixar o lugar da Hannah vazio assim. Fica parecendo que estamos homenageando-a e apoiando o que fez. Não podemos fazer isso, não é?

Olhei para ele e para aquele cavanhaque. Na próxima vez que fosse à cidade para um dos meus almoços obrigatórios com papai, eu ia abrir seu armário, pegar todos os pares de sapatos com franjinhas e doar tudo para o abrigo de homens. Até os Prada. Nunca mais queria ver outro par de sapatos masculinos com franjas.

— Claro, Sr. Mueller — respondi forçando um sorriso. — Vou me sentar na carteira da Hannah.

Apesar de ela ter morrido há menos de 24 horas e de isso ser quase como dizer que ela nunca existiu.

Levantei-me e me sentei na mesa dela. Foi como me deitar no caixão de outra pessoa.

— Obrigado — disse o Sr. Mueller sorrindo, aliviado. — Obrigado por ser tão compreensiva, Pierce.

Engraçado ele ter dito isso porque no momento em que me sentei ali, eu *realmente* entendi. Olhei para o diamante abrigado dentro da minha blusa e vi que estava mais preto do que no episódio da joalheria.

E, de repente, me lembrei das palavras que vi Hannah escrevendo no bilhete para ele. Assim, do nada.

Talvez fosse porque estava sentada em sua carteira. Talvez fosse a cafeína. Talvez fosse o colar. Não sei, mas, de repente, entendi... tudo.

Tá, tudo bem, não *tudo*, mas pelo menos entendi por que o Sr. Mueller sempre me fizera sentir repulsa.

— Claro... — Engoli em seco com força de novo. — *Você* deve saber por que ela fez isso, não é, Sr. Mueller?

Ele, que estava voltando para sua mesa, congelou. O sinal já tinha tocado, mas todos ainda estavam conversando e se movendo pela sala. Ninguém mais me ouviu ou prestou atenção.

A vida era assim mesmo. Eu estava começando a levantar a tampa do meu caixão e olhar em volta, e estava percebendo que as pessoas não prestam atenção em nada.

É claro que eu era tão culpada por isso quanto todo mundo.

— Por que ela fez isso? — O Sr. Mueller se virou e olhou para mim com os olhos castanhos arregalados. Ainda sorria de maneira amigável. — Não sei não. Sim, ela era uma menina meio... perturbada.

Perturbada. *Tá legal.* Se ele achava que a Hannah era perturbada era melhor começar a correr. E rápido. Porque eu ia trazer mais perturbação do que ele podia imaginar.

— Mas ela deixou um bilhete para você — respondi com expressão inocente. — Eu vi. *Eu vi você lendo.*

Observei atentamente. Tudo dependia de como ele ia reagir.

— Ah, aquilo — respondeu. Não vacilou nem nada. — Não foi nada importante. — Deu de ombros. — Você conhece a Hannah. Sempre deixava bilhetes engraçadinhos. Quem dera saber que aquele seria o último. Podia tê-lo guardado, mas o joguei fora na lata de lixo reciclável. — Apontou para a lata azul ao lado de sua mesa. PAPEL, dizia o adesivo. Dava para ver que a lata estava vazia. — Deve estar a caminho de alguma empresa de reciclagem em Nova Jersey. Que pena.

Foi para a frente da sala para fazer a chamada. Quando chegou no nome de Hannah, simplesmente não o falou, como se nunca tivesse estado lá.

E ninguém falou nada.

Nem eu.

Não naquele momento.

E eu, cuja mente o horror perturbava,
Disse: "Mestre, o que ouço agora?
Quem são esses, tão tocados pela dor?"

DANTE ALIGHIERI, *Inferno*, Canto III.

A menina sentada ao meu lado no auditório da escola de Isla Huesos estava checando comentários no Facebook. Encolheu-se, fechou o celular, encostou-se na cadeira e murmurou alguma coisa em espanhol. O meu espanhol escrito era abaixo da média, mas eu sabia todos os palavrões.

— Na minha antiga escola — falei, embora não estivéssemos conversando — escreveram que tenho uma vara enfiada no traseiro.

A menina olhou para mim, séria, como se estivesse me vendo pela primeira vez. Seus olhos escuros estavam muito bem pintados de preto com uma estrelinha prateada no canto de cada pálpebra. Lembrei-me que a escola de Isla Huesos oferecia aulas de cosmética. Talvez ela fosse nessas aulas.

— O quê? — respondeu, confusa.

— On-line. — Apontei para o celular. — Na minha antiga escola. Também me chamavam de vaca.

Não mencionei os outros xingamentos depois do que aconteceu com o Sr. Mueller.

Ela franziu o rosto. Não entendi se era um sinal bom ou ruim.

— É mesmo? — disse. — Bem, me chamavam de vaca também por causa deles. — Apontou para os seios. Não tinha como negar que eram enormes. A blusa preta de algodão que usava tinha babados na frente, o que não ajudava a situação.

— Tem gente que é idiota mesmo — falei.

Olhei involuntariamente para as duas meninas de cabelos alisados que ainda estavam em pé perto das escadas do palco. Elas me fitavam... só que não era mais com um olhar desdenhoso, e sim chocado.

Uma delas, percebendo que eu estava olhando, levantou uma das mãos com suas unhas de pontas brancas, sorriu e acenou. Para *mim*.

Por um segundo, não entendi por quê, mas logo vi o cara de camiseta polo branca por perto e tudo ficou claro.

— Tem idiotice de sobra aqui — disse a menina ao meu lado sarcasticamente. — Ei, você não está em uma das minhas aulas?

— Estou. Eu sou a Pierce.

Sempre evitava falar meu sobrenome. Fiquei com a impressão de que as duas meninas ao lado do palco tinham acabado de descobrir que era Oliviera. Provavelmente, foi por isso que mudaram de atitude em relação a mim.

É uma ilha pequena, alertara mamãe. *E nem todo mundo vai ser tão sofisticado quanto o pessoal na Westport. As pessoas em Isla Huesos podem decidir gostar de você por causa do seu pai. Ou não, considerando o que ele faz. Tudo depende. Tenha cuidado.*

— Kayla Rivera — respondeu a menina. — Você é prima do Alex Cabrero.

Era uma afirmação. Portanto, ou Alex já havia falado sobre mim ou Kayla tinha se lembrado do meu nome de algum lugar. Será que Tim e Jade do Novos Caminhos pediram que todos fossem legais comigo? Era a explicação mais caridosa que pude arrumar. Seria patético se fosse verdade.

Bem, pelo menos Kayla parecia não saber quem meu pai era. Tudo o que eu menos queria era pegar o celular e ver várias mensagens sobre mim on-line. Eu não tinha Facebook, Twitter, um blog, nada disso. Já havia pessoas o bastante me seguindo na vida real. Quer dizer, talvez não mais.

— Sou — disse. — Kayla, posso perguntar uma coisa?

— Ah, eles são de verdade — disse Kayla apontando os peitos. — O plano de saúde da minha mãe cobre redução mamária, então vou fazer a operação assim que completar 18 anos. Não é por motivos estéticos. Não me importo com os nomes que usam para me chamar. É que estou cansada de meus joelhos baterem nos meus mamilos quando pedalo. E as minhas costas doem. Eu faria logo, mas o médico disse que ainda posso estar em fase de crescimento. Dá para acreditar nisso? Essas coisas *ainda podem estar crescendo.*

— Nossa — respondi. E achei que *eu* tivesse problemas. — Mas não é isso, na verdade. O que quer dizer quando alguém chama você de ala D?

Antes que ela pudesse responder, senti um movimento atrás de nossas cadeiras, como se alguém as estivesse chutando. Virei-me com pressa achando que era *ele.*

É claro que não era. Era meu primo Alex se jogando no assento atrás do nosso.

— E aí? — disse para mim. — Achei você. Fiquei procurando durante o almoço. Por que não está atendendo o celular?

— Está com Tim — respondi. — Ele falou que eu me engajaria mais sem o celular para me distrair.

Kayla gargalhou.

— Meu Deus — disse —, você realmente é nova na escola. Não acredito que caiu nessa. Nunca dê o seu telefone, garotinha, não importa o que Tim disser. *Nunca*.

Dei de ombros.

— Ninguém nunca me liga mesmo.

Era triste, mas era verdade. Será que John tinha um celular? Duvido. Como pagaria a conta? Em diamantes verdes? A companhia telefônica ficaria superfeliz.

Alex pulou por cima do assento ao meu lado e se sentou.

— Valeu — disse. — Acho que a minha ligação não conta.

— Você me entendeu — falei.

Ele me deu um empurrão amigo no ombro como resposta.

— Sentem-se, pessoal.

Foi o que o homem — o diretor da escola — disse com voz cansada quando subiu ao palco e ficou em pé atrás do púlpito esperando que todos se sentassem. Enquanto mexia em um monte de cartões com anotações, checando para ter certeza de que estavam todos em ordem, Alex suspirou. Com razão. Olhei em volta e já me senti entediada. Precisava de outro refrigerante. Já tinha bebido seis desde o café da manhã. Era melhor que aquele cara fizesse um discurso maneiro.

— E aí — disse Alex para mim —, como está sendo seu primeiro dia?

— Como está sendo? — Dei de ombros. As meninas que me chamaram de "ala D" acharam um lugar para se sentar... cada uma em um lado do menino de polo branca que abriu a porta para mim. Interessante. — Tranquilo.

— Nossa — exclamou Alex —, você mente quase tão bem quanto o meu pai. Sério. Estou impressionado.

— Este lugar é uma merda — disse Kayla. — Sei que o Departamento de Educação da Flórida está, tipo, sem dinheiro, mas acho que tem casas de baratas embaixo da minha cadeira.

— Pessoal. — A voz do diretor Alvarez estrondou no microfone. — Enquanto esse comportamento imaturo continuar...

Alguém berrou um comentário nada educado em relação a um parente do diretor Alvarez e sugeriu que fizesse alguma coisa incestuosa com a própria mãe.

Foi aí que as portas do auditório se abriram e policiais com uniformes de mangas curtas — fazia muito calor — apareceram em todas as saídas. Entraram no auditório e se encostaram nas paredes.

Olhei para eles com nervosismo. Estava querendo alguma coisa um pouco mais interessante do que uma típica reunião para falar sobre drogas.

No entanto, visto que havia passado um tempo considerável na companhia da polícia havia alguns meses — apesar de não ter sido a pessoa que errou, e sim a que levou a culpa —, aquilo era um pouco demais para mim.

Os policiais fizeram com que todos, não somente eu, ficassem nervosos. O auditório ficou silencioso de repente.

— Sr. Flores — disse o diretor no microfone —, o senhor talvez se surpreenda em saber que posso vê-lo claramente daqui de cima. E acabou de ganhar uma SDE pelo comentário sobre minha mãe. Isso é uma Suspensão da Escola, para os que não estão familiarizados com o termo. Por favor, retire-se do território da escola, Sr. Flores, e não precisa ter o trabalho de voltar até segunda-feira.

Todos ovacionaram um jovem de lenço preto no cabelo que se levantou — sem parecer estar muito preocupado com a suspensão — na última fileira do auditório. Os policiais observaram sua saída com ar casual.

Aquilo era bem diferente da Academia Westport para Meninas, onde a primeira reunião geral era sempre uma homenagem musical carinhosa para a fundadora da escola, a Srta. Emily Gordon Portsmith.

— Ei.

Para minha surpresa, o menino de camisa polo branca havia se levantado. Virou-se e ficou de frente para o auditório todo. Nem teve de limpar o suor das mãos no short cáqui (provavelmente porque ele não suava de nervosismo), e disse com voz calma:

— Bem-vindos de volta, Destruidores.

Para meu espanto, todos se calaram para ouvi-lo. Havia alguma coisa, uma tranquilidade e uma confiança, na maneira como esse cara falava — e acho que a carinha bonita também ajudava — que fazia com que as pessoas *quisessem* calar a boca e ouvi-lo.

— Sei que foi um verão longo — disse com expressão séria, mas amigável e acessível. — Estou achando irado estar de volta e ver vocês. Quer dizer, *alguns* de vocês, né, André?

Olhou para um garoto no meio da multidão e franziu o rosto. André fingiu se encolher na cadeira. Todos riram.

— Mas o Sr. Alvarez quer falar agora — disse o cara de camisa branca —, então vamos ouvir o que ele tem a dizer. Tudo bem? Valeu.

Sentou-se e todos bateram palmas. Bati também sem saber por quê. Todo mundo estava fazendo o mesmo... menos o meu primo.

— Por que você não está batendo palmas? — sussurrei inclinando-me para mais perto.

Ele deu de ombros. Como o pai, Alex não era sempre uma pessoa comunicativa.

— Obrigado — disse o diretor Alvarez quando as palmas acabaram. Estava claro que queria tomar o controle antes que alguém berrasse alguma coisa sobre sua mãe. — Obrigado, Sr. Rector, pela ajuda. E para todos os calouros e alunos transferidos para a escola de Isla Huesos que não o conhecem, esse foi o presidente do terceiro ano, Seth Rector, que também é o zagueiro do time universitário e tesoureiro do clube de espanhol da escola de Isla Huesos...

Rector? Eu com certeza já tinha ouvido falar — ou visto — aquele nome na ilha. Mas onde?

Ah, sim. Considerando que a economia local não estava indo muito bem — graças, em parte, à empresa do meu pai —, todas as lojas de Isla Huesos tinham um anúncio de venda na janela. A Imobiliária Rector estava em todo lugar. Será que tinha alguma relação com Seth Rector?

— Queria apenas dar-lhes as boas-vindas, alunos novos *e* antigos, antes de passar o microfone para uma pessoa que acho que conhecem bem. Mas, primeiro, gostaria de discutir um tema importante relacionado à segurança... Fogos de artifício.

O diretor Alvarez olhou seus cartões com notas. Cartões? Sério? Zzzzz.

— Por que não permitimos mais que soltem fogos durante os jogos de futebol na escola de Isla Huesos? Bem, deixem-me dizer por quê. Aqui em Isla Huesos, a temperatura média em setembro é de 30 graus. Nessa temperatura, os fogos de artifício podem sair de controle facilmente...

Mas não foi só nos anúncios que vi a palavra *Rector*. Estava escrita em outro lugar...

Agora eu me lembrava. Estava gravada no mármore brilhoso em um dos mausoléus pelos quais mamãe e eu passamos durante a turnê de bicicleta pela cidade.

Ao contrário de todos os outros túmulos, o mausoléu dos Rector tinha seu próprio canto, isolado por uma cerca trancada, e tinha dois andares com placas de identificação reluzentes. Essa família realmente se esforçara pelos seus entes queridos.

— Tem gente aí com dinheiro sobrando — comentei com mamãe notando distraidamente que meu cordão, protegido pela minha camiseta de decote em V, tinha ficado em um tom denso de cinza.

— É — respondeu mamãe com humor. — Tem mesmo.

— O que foi, mãe? — Quando olhei para ela, vi que estava da cor do vestido branco que usava. — Conhece essas pessoas?

— Conhecia — disse com voz distante. — Há muito tempo.

Voltou a si, colocou os pés sobre os pedais e sorriu para mim.

— Que bobeira passar tanto tempo em um cemitério em um dia tão lindo. Vamos tomar limonada.

— E é por isso que este ano — continuou o diretor Alvarez — vamos tomar medidas proativas a fim de conter essa atividade. É importante que saibam que os policiais de Isla Huesos, em conjunto com os membros do programa social Novos Caminhos, reconhecido nacionalmente e premiado por suas inovações, estarão atentos dia *e* noite, ainda mais porque no ano passado...

Foi quando começou a vaia. Levei um susto tão grande — ainda estava pensando naquele dia no cemitério com a mamãe — que quase caí da cadeira. Não fazia mesmo ideia do que estava acontecendo. Como passamos de fogos de artifício para a polícia — e, por alguma razão, para os consultores do Novos Caminhos — tentando conter o uso de fogos?

Eu nunca tinha visto tanta hostilidade por parte de um público. Nada parecido jamais acontecera na minha outra escola... a não ser pelo escândalo que causei quando tentei provar que minha ex-melhor amiga se matara por causa de um caso com o treinador de basquete.

— Não queremos que as pessoas se machuquem! — berrou o diretor Alvarez. — Deviam saber que isso tudo é para a proteção de *vocês*! Comportamento delinquente, vandalismo e incêndio culposo não serão tolerados este ano e serão punidos de acordo com a lei. E quem for pego será considerado culpado tanto criminalmente quanto pelo sistema escolar. As acusações podem variar de crime contra o patrimônio à agressão, sem mencionar expulsão...

As vaias viraram bagunça. As pessoas também começaram a gritar insultos, e não apenas sobre a mãe do diretor Alvarez. Xingamentos sobre sua esposa foram gritados — nem todos em inglês, então não entendi tudo.

Alex e Kayla, por outro lado, ficaram apenas com expressão de tédio. Quer dizer, Kayla parecia estar entediada. Checava sua página do Facebook de novo.

Alex estava com cara de nojo.

Se bem que sua expressão era a mesma o tempo todo. Não era culpa dele. A vida não era muito legal com meu primo. Não só tinha de viver com a vovó, mas seu pai havia estado na prisão quase a vida inteira. Alex nem falava sobre as escassas visitas que sua mãe vinha do continente para fazer, exceto para dizer que tais visitas acabaram porque o pai estava em casa e não a suportava (ela trabalha em um lugar que você só pode achar na internet se for maior de idade).

Cuide-se antes de se detonar.

— Ademais — continuou o diretor Alvarez. Falou mais alto, como se aumentar o volume da voz fosse fazer com que as pessoas ficassem mais receptivas. Dava para ver sua testa começando a brilhar. As coisas estavam ficando quentes no auditório — não só em temperatura. — É bom que saibam que contatamos todas as lojas locais de ferramentas e pedimos que não vendam quantidades grandes de madeira nem para jovens *nem para seus pais* na semana que vem.

Pandemônio. Eu nunca tinha ouvido uma explosão tão intensa. Os alunos estavam de pé em suas cadeiras. Parecia que tinham impedido todo mundo de comer ou alguma coisa assim.

Os guardas que estavam encostados na parede deram um passo à frente e ficaram alertas. As pessoas que subiram nos assentos se sentaram novamente, mas ainda pareciam estar putas.

— O que — perguntei a Alex sem entender nada — está *acontecendo*? Por que estão tão putos? Só porque não podem soltar uma droga de fogos?

— Não — disse Alex balançando a cabeça. Sorria com rancor. — Não tem *nada* a ver com os fogos. Não é isso que fazem com a madeira.

Balancei a cabeça?

— Como assim? Não estou entendendo.

— Não se preocupe. Ele também não está entendendo — disse Alex inclinando a cabeça para indicar o diretor. — É que nem o Novos Caminhos. Estão sempre tomando esse tipo de medida. Mas nunca muda nada. Na maioria das vezes, só piora a situação. É como colocar todo mundo na ala D.

— Peraí — respondi, completamente confusa. — O que a ala D tem a ver com isso?

Alex olhou além de mim.

— Ela quer saber o que a ala D tem a ver com isso — disse para Kayla com um sorrisinho.

— Ai — disse ela. Deu uma risadinha e balançou a cabeça. — Garotinha.

— Que foi? — perguntei, muito confusa. — O que é? É só um prédio.

— Ela é tão fofa — respondeu Kayla para Alex. — Onde você a encontrou?

— No continente — respondeu Alex com uma voz de pena.

O diretor Alvarez levantou ambas as mãos.

— Pessoal! Pessoal, escutem... aqui... aqui está o comandante Santos, chefe de polícia, para explicar! Comandante... são todos seus.

E assim, o diretor saiu correndo do palco, obviamente louco para deixar que outro levasse a culpa.

O chefe de polícia, no entanto, não teve pressa. Ele, ao contrário do diretor, não tinha cartões com anotações, mas sua mão direita estava em cima da pistola que levava na cintura. Se fazia isso intencionalmente ou não, não sei, mas as vaias logo morreram.

Ninguém berrou nada sobre sua esposa. Em vez disso, um silêncio respeitoso — talvez temeroso — caiu sobre o auditório de novo.

O comandante Santos tinha *mesmo* um rosto meio assustador. Era grande, tinha bigode grisalho, sobrancelhas finas e grisalhas para combinar, e uma voz bem profunda e sonora. Não teve pressa nem para chegar ao microfone nem para escolher as palavras.

— Obrigado, diretor Alvarez — disse o chefe de polícia sem nem olhar para o homenzinho.

Seu olhar de falcão estava em todos nós. Na verdade, parecia estar direcionado a *mim*. Afundei-me na cadeira. Queria um refrigerante mais do que nunca.

— Vamos parar de brincar — disse o comandante dando uma sugada com a língua em um dos dentes. — Vocês não são crianças. E todos sabem por que estou aqui.

Era possível ouvir os golfinhos na praia lá fora. Eu não tinha feito nada de errado — pelo menos não na escola de Isla Huesos —, mas senti como se tivesse.

Meu Deus... Será que era *isso*? Será que ele tinha lido o meu arquivo? Sabia o que tinha feito na outra escola?

Tinha que ser isso. Ele sabia.

Só que eu não tinha feito nada. Tinha *planejado*, mas não fiz.

Foi John. Nada foi provado — pelo menos não na justiça. Nunca me processaram criminalmente, não havia provas.

Processo civil? Bem, isso é outra história.

— Já começamos a detectar vandalismo em certa parte da cidade, e é apenas o primeiro dia de aula — continuou o comandante Santos com aquela voz.

Opa. *Vandalismo?*

Eu quis rir. Qual era o meu problema — além do óbvio, é claro? — Por que pensei, mesmo que por um segundo, que aquilo tinha a ver comigo?

Jade tinha razão: eu precisava me dar tempo. Afinal de contas, era *só* uma escola.

— E acho que vocês sabem sobre qual área estou falando — continuou o comandante.

Notei uma pequena mudança nos policiais que estavam em pé. Assim como o chefe, eles também estavam com as mãos sobre suas armas.

Não estavam de brincadeira.

— Quando o diretor de vocês me procurou — falou o comandante com um tom mais controlado —, disse a ele que não havia nada no mundo que me daria mais prazer do que vir aqui e falar com vocês. Na verdade...

O chefe de polícia se inclinou para a frente no púlpito e esticou o indicador. Moveu o dedo como se estivesse nos chamando, como se quisesse contar um segredo.

Ao contrário do diretor Alvarez, o comandante era um orador convincente. Eu literalmente me inclinei para a frente antes de perceber o papel de idiota que estava fazendo. O que o chefe da polícia de Isla Huesos poderia querer me dizer? Nem me conhecia.

E, se tudo corresse como esperado, nunca iria.

— Eu quero que cada um de vocês vá para casa depois desta reunião e diga aos seus pais, muitos dos quais também frequentaram esta instituição de prestígio, que o comandante Santos veio e falou com vocês hoje sobre uma tradição antiga de Isla Huesos que tenho certeza que eles curtiram quando estudaram aqui. O que quero que vocês digam é o seguinte: "Mamãe, papai..."

Sua voz ficou mais fina e mais alta. Não estava mais sussurrando. As palavras ecoaram pelo auditório fazendo com que as paredes tremessem como se fossem trovões.

— *A Noite do Caixão está cancelada este ano.*

Imediatamente, ouviu-se um gemido — inegavelmente cheio de raiva — seguido de murmúrios indignados. As pessoas realmente pareciam estar indignadas por não poder celebrar uma coisa chamada Noite do Caixão.

Que lugar mais louco era aquela ilha...

— Pessoal — continuou o policial com uma das mãos levantadas pedindo silêncio. Todos se calaram. — Talvez vocês devessem ter pensado nisso *antes* de invadir e vandalizar o cemitério de Isla Huesos ontem à noite. Não foi só nas criptas, foi no portão também.

Fiquei olhando para ele sem nem conseguir respirar.

O cemitério.

Meu Deus.

E o portão. Quebrado e retorcido.

— O cemitério *não* é o playground de vocês! — A voz do comandante, que antes era um ruído agradável, ficou alta como um rugido ameaçador. Até Kayla se assustou. Abaixou o celular e o encarou com os olhos bem abertos. — É um local para o descanso dos mortos. Os caixões merecem respeito. Vocês *não* vão profanar aquele lugar com brincadeirinhas infantis sob minha guarda... *Nem um* caixão! *Estou sendo claro?*

Comecei a sentir a dor na nuca mais forte do que nunca.

— Agora que estão prestando bastante atenção — disse o chefe de polícia com voz mais calma —, quero que saibam que, por enquanto, os portões do cemitério vão ficar trancados dia e noite, depois de serem consertados, é claro, por precaução, caso alguém aqui não tenha me entendido. E visto que um ou dois de vocês podem ser idiotas o suficiente para tentar escalar aquela cerca. O-ou! —, vários oficiais da minha equipe vão ficar de guarda à noite. Como tenho certeza que isso pode trazer problemas aos que querem prestar homenagens aos entes queridos que estão enterrados lá, fiquem à vontade para marcar horário com o sacristão do cemitério, o Sr. Richard Smith.

O comandante Santos apontou um senhor vestido elegantemente com uma jaqueta de linho, gravata-borboleta verde e chapéu. Estava sentado em uma cadeira dobrável ao pé das escadas do palco com uma pasta sobre os joelhos. Ao ter seu nome mencionado, levantou-se, levantou o chapéu em nossa direção e se sentou novamente.

Logo o reconheci. Era o mesmo homem que berrava comigo por usar o cemitério como rota de passeio.

— O sacristão Smith terá o prazer de abrir os portões e levar os que quiserem visitar parentes diretamente aos seus túmulos. Ele vai esperar até que terminem a visita — explicou o chefe de polícia.

O sacristão Smith se levantou novamente e falou "Durante os horários de visitação" com uma voz bem profunda para um homem de sua idade. Sentou-se novamente.

— Durante os horários de visitação, é claro — repetiu o comandante Santos no microfone.

Mais murmúrios indignados na plateia — exceto por Alex, que levantou uma sobrancelha como se achasse tudo muito interessante. Começou uma batucada nervosa nas costas do assento da frente com uma caneta, o que perturbou as meninas que estavam sentadas ali.

— Quer *parar*, por favor? — perguntou uma menina após virar-se repentinamente.

— Foi mal — respondeu Alex, e parou de batucar.

— Quem vai querer comer algo depois daqui? — perguntou Kayla, ainda com o celular nas mãos.

— Só tenho cinco dólares — disse Alex.

— A garotinha aí pode pagar — falou Kayla. — O pai dela não é milionário? Vai querer também, garotinha?

— Claro — disse. — Tanto faz.

Não fazia ideia do que estavam falando. Só conseguia pensar — sentindo-me quase tão chocada quanto no dia em que tropecei no meu cachecol e arrumei um hematoma subdural — que John tinha feito a mesma coisa de novo: Deixara provas substanciais de que era real e ainda cometera um crime.

Um ato criminoso que a polícia de Isla Huesos ia relacionar a mim — assim como a polícia de Connecticut, que não teve outra escolha, pois como poderiam colocar a culpa em uma sombra de 2 metros de altura que, apesar de aparecer no vídeo, não deixara impressões nem dos pés nem das mãos?

Não tinha como o meu dia ficar pior.

No entanto, ele acabou piorando, sim. *Bastante*, porque quando entrei no escritório do Novos Caminhos para pegar meu telefone — Alex e Kayla vieram comigo perguntando por que deveriam ir pegar meu telefone se eu tinha dito que ninguém me ligava mesmo —, quem encontrei na sala conversando com Tim, Jade e os outros consultores? Minha mãe.

Mas isso não foi o pior. Nem de longe. O Sr. Richard Smith, sacristão do cemitério, estava sentado calmamente em uma das cadeiras de vinil roxo na sala de espera. Usava óculos dourados e folheava um antigo exemplar da revista *Time*. Seu chapéu estava na cadeira ao lado, assim como sua pasta, sobre a qual descansava um colar.

O *meu* colar.

"Boa alma aqui jamais passou;
Portanto se Caronte reclama de ti,
Sabes agora a causa de seu discurso."

DANTE ALIGHIERI, *Inferno,* Canto III.

Meu coração deu dois saltos mortais dentro do peito quando vi o colar. Não tinha percebido o quanto o queria até vê-lo com outra pessoa.

Só que não era qualquer outra pessoa. Meu colar estava com o sacristão do cemitério. Por quê?

Coisa boa é que não era.

— Ah, oi, querida! — exclamou mamãe.

Conseguiu se controlar e não jogou os braços ao meu redor na frente de todo mundo, mas dava para ver que era o que queria fazer.

— Espero que não se importe de eu estar aqui — disse. — Sei que você ia levá-la para casa, Alex, mas não consegui esperar. Queria ver como as coisas estavam com meus próprios olhos. Juro que fiquei mais nervosa com este primeiro dia do que vocês!

Não, acho que não, mãe. Você nem sabe o que aconteceu comigo ontem à noite no cemitério. Você dormiu durante a tempestade.

E você não sabe o que aquele senhor sentado ali está prestes a fazer. Nem eu, na verdade.

Mas ele não pode provar nada. Qualquer pessoa podia ter um colar desses. Bem, talvez não qualquer pessoa, e talvez não exatamente *como esse...*

Não importa. Contanto que não faça nada para me irritar.

— Tudo bem, mãe — disse, dando-lhe um pequeno abraço. Torci para que não percebesse que eu estava tremendo. — Foi tudo ótimo hoje.

Mentira. E, pelo visto, ia ficar muito, muito pior.

— Ah — disse mamãe, me abraçando —, que bom. Não estava esperando outra resposta — acrescentou com voz baixa —, mas fiquei um pouco preocupada quando cheguei aqui e vi todos aqueles carros de polícia lá fora...

— Ah, não foi nada — respondi tomando cuidado para não encarar o sacristão.

— É mesmo — disse Kayla com uma risada sarcástica —, não foi nada. Estavam só tentando impedir que todos os alunos voassem em cima do diretor Alvarez por ter cancelado a Noite do Caixão. De novo. Como sempre.

— Noite do Caixão?

Mamãe soltou uma risadinha. Se alguém desavisado entrasse ali naquele momento, ia achar que ela era um membro do Novos Caminhos, e não a mãe de um aluno. Não era muito diferente deles, exceto por não ter tatuagens. A principal diferença era que mamãe vestia uma camisa polo azul-escura com a insígnia do Instituto Marinho de Isla Huesos. O IMIH, onde conseguiu um emprego na ilha (ou seja, o lugar para o qual ela doou boa parte do dinheiro que angariou com o divórcio).

Com o currículo que mamãe tinha, tenho certeza que o IMIH a contrataria de qualquer maneira, mas não poderiam pagar-lhe um salário porque não tinham fundos. Agora — graças a ela —, tinham de sobra. E os colhereiros — cuja população havia realmente sido dizimada, em grande parte por causa da empresa de papai — tinham uma chance de lutar... não só os colhereiros, mas várias outras espécies de vida marinha.

Às vezes, era um alívio saber que nem todos os problemas entre os meus pais vinham do meu acidente.

— Não me digam que Isla Huesos ainda tem a Noite do Caixão — disse mamãe, animada como uma criança.

Estava apertando a mão de Kayla, que havia se apresentado. Acho que Kayla adorava se apresentar às pessoas. Não entendia muito bem por que ela estava no Novos Caminhos, mas não era por ser tímida.

— Bem, digamos que a administração está fazendo tudo em seu poder para que não tenha — respondeu Tim. — Mas é difícil acabar com uma tradição.

Estava meio difícil acompanhar a conversa e espiar o sacristão Smith ao mesmo tempo. Será que me reconhecera de todas as vezes que me pedira para sair da bicicleta e *ter um pouco de respeito pelos falecidos?* Certamente não.

E mesmo que sim, e daí? Não sabia que aquele era o *meu* colar ou que eu havia estado no cemitério na noite anterior, ou que eu tinha alguma coisa a ver com o que acontecera com os portões.

Exceto, claro, pelos fios de cabelo que puxei quando removi o colar dramaticamente para entregá-lo a John e que ainda estavam presos na corrente dourada. Dava para ver o emaranhado castanho-escuro contra o couro marrom-claro da pasta.

Era possível que pedisse uma amostra do meu DNA? Só com um mandado.

Se fosse possível, e daí? Eu já havia estado no cemitério várias vezes. Ele não tinha como provar que eu estivera na noite anterior, e eu certamente não tinha feito nada no portão! Como poderia? Sou apenas uma debutante da Academia Westport para Meninas.

Ou seria, se não tivesse sido expulsa por agressão.

— Falando em tradições — disse Tim —, parabéns, Pierce. O primeiro dia já foi e você não teve nenhuma SNE ou SDE. Continue assim.

Abriu uma gaveta e pegou meu celular, que me foi entregue como um presente.

— Obrigada — respondi pegando o aparelho.

Tim, o diretor do programa Novos Caminhos, tinha mais ou menos a mesma idade que minha mãe, diferente de Jade. Isso significava que ele não usava palavras como épico e que não tinha tatuagens à mostra. Em vez disso, falava coisas do tipo SNE — suspensão na escola — e SDE — suspensão da escola — e usava gravata.

— Podemos ir agora? — perguntou Alex de forma tão impaciente que Jade, que estava encostada na porta do escritório abraçando a jarra de balas vermelhas, deu uma gargalhada.

— Pra que tanta pressa, cara? — perguntou oferecendo-lhe as balas. — Está nervoso para começar a fazer o dever de casa?

— Nós vamos ao Rainha — explicou Kayla pegando um monte de balas. Alex não quis. — E queremos chegar antes de todo mundo.

— Ah — disse mamãe com um olhar familiar. Foi a mesma expressão de quando Jade mencionou a Noite do Caixão, seja lá o que fosse... Um olhar de nostalgia por dias mais felizes que não voltariam. — As crianças ainda vão nesse lugar na praia Higgins depois da escola para tomar sorvete?

— Vão — respondeu Alex. — É por isso que temos que nos apressar. Preciso de muito mais do que balas dietéticas para satisfazer o meu vício de comer doce.

Todos riram... exceto o sacristão Smith, que abaixou a revista e se levantou.

— Eu não faria piadas sobre vícios, meu jovem — disse a Alex com seriedade. — Ainda mais considerando o tempo que seu pai passou na cadeia, e o motivo.

As risadas pararam abruptamente, como se levadas pelo vento de 64 km/h da noite anterior.

— Perdão — disse mamãe, tensa, virando-se para o sacristão. — Acho que não fomos apresentados. Eu sou Deborah Cabrero, e esta é minha filha, Pierce. Alex é meu sobrinho. Christopher Cabrero, seu pai, é meu irmão.

— Eu sei — respondeu o sacristão Smith.

Não pareceu ficar nem um pouco envergonhado. Era como se estar ali em pé no meio do Novos Caminhos com sua jaqueta de linho e gravata-borboleta arrumando confusão fosse a única atividade em sua agenda.

Considerando que trabalhava em um cemitério que teria seus portões (quebrados) fechados 24 horas por dia, era provável que fosse *mesmo* sua única atividade para hoje.

— O que aconteceu com seu irmão é uma pena. Foi desnecessário também. Eu não gostaria de ver esse menino indo pelo mesmo caminho.

O olhar escuro do Sr. Smith estava fixo em Alex, que ficou encarando o velhinho com raiva. Antes que Alex pudesse responder, Sr. Smith se virou para minha mãe e continuou a falar.

— As vidas de vocês tomaram rumos bem diferentes uma da outra, não foi, Deborah? Eu costumava jogar bocha com seu pai antes de ele falecer. Ele tinha muito orgulho de você. Que pena que você não podia visitá-lo mais quando ainda era vivo. — Percebi o tom de reprimenda e mamãe deve ter percebido também... embora ela fosse imprevisível. Sua atenção estava sempre voltada para os colhereiros. — Mas vejo que está de volta a Isla Huesos por algum tempo. Espero que possa dar mais apoio a Christopher agora do que no passado.

Os olhos da mamãe estavam enormes. Com certeza, dessa vez, não estava pensando nos colhereiros. Ela também percebeu a reprimenda por não ter visitado o vovô mais vezes. *E* por não ter ajudado tio Chris... que será que ele quis dizer com aqueles comentários?

Mesmo antes de olhar para baixo, minha nuca já tinha voltado a doer.

Mas quando olhei os sapatos do sacristão, tive a certeza de que estava tudo acabado.

Franjinhas.

— Não sei ao certo se entendi seu comentário, Sr. Smith — respondeu mamãe com a voz um tanto abafada —, mas obrigada por sua preocupação. Meu irmão está indo muito bem desde que foi liberado...

— Está mesmo? — perguntou o sacristão Smith com um tom genuinamente contente. — Bem, isso é ótimo. Se bem me lembro, foi um menino muito popular na escola. Deve receber visitas sempre...

O quê? Devia ser um engano. Ninguém jamais ia ver o tio Chris, pelo menos não nas vezes em que fui jantar na vovó, ou comer com Alex, ou simplesmente me sentar no sofá e ficar vendo o canal do tempo com ele. Aliás, esse canal era bom. Tinha vários programas sobre pessoas que quase foram sugadas por tornados.

— Vocês dois — dizia vovó quando chegava de um longo dia de trabalho na Loucos por Costura — parecem duas plantas! Como conseguem beber esse negócio? Isso apodrece o cérebro, sabiam? Pierce, o médico sabe quantos refrigerantes você bebe por dia? Não me importa se é diet. Achei que você estivesse proibida de tomar cafeína. Foi o que sua mãe falou. Você está ficando cada vez mais parecida com seu pai. Christopher, será que você poderia parar de dar maus exemplos?

Cuide-se antes de se detonar.

O que o sacristão do cemitério estava dizendo era a mais pura verdade. Tio Chris e mamãe *foram* populares na escola. Quando entramos no prédio principal da escola — o que agora era chamado de ala A — para entregar meus documentos da Academia Westport e escolher as turmas, Alex me mostrou a prateleira de troféus. O nome de tio Chris estava em todos os cantos. O de mamãe também, em esportes como tênis e natação. O nome do vovô estava na parte de caminhadas e o da vovó na parte de rainha da escola.

A família Cabrero tomou conta da ala A.

Menos Alex. E eu, evidentemente.

Mamãe estava no consultório do Novos Caminhos na ala D mordendo o lábio inferior e olhando para o chão... mas não mirava as franjinhas nos sapatos do Sr. Smith. Não dava para entender. Ela não estava vendo? Como alguém podia olhar para outra coisa? Os sapatos eram tão *feios*!

Dei uma olhada no colar. Apesar de não estar com a pedra no pescoço, ela já estava começando a ficar da cor de um hematoma.

Percebi que tinha que sair dali antes que alguma coisa terrível acontecesse.

— Bem — disse Tim com a voz agressivamente alegre interrompendo o súbito silêncio —, Alexander está inscrito no programa Novos Caminhos, e está indo muito bem. É um supergaroto.

— Fico muito feliz em ouvir isso. — Richard Smith olhou para Alex com seus óculos de aro dourado. No entanto, mesmo que sua boca estivesse dizendo a palavra *feliz*, seu olhar dizia outra coisa. — Vim aqui porque tenho algo muito importante para discutir.

Ele se virou e se inclinou na direção da pasta sobre a qual estava o meu colar.

Ah, não. Ele sabia. Não sei como, mas sabia. Sabia que era eu no cemitério na noite anterior quando o portão foi destruído. Mesmo que não tivesse sido destruído. Quero dizer, não completamente.

Pegou o diamante, que estava roxo acinzentado.

Mamãe prendeu a respiração. Reconhecera o colar. É claro que reconhecera. Tinha me visto usando a joia mil vezes entre o dia do acidente e o divórcio, e em todos os outros dias, mesmo que nunca tenha perguntado de onde veio. Parecia achar que era uma bijuteria qualquer à qual me apegara.

Vendo o colar na mão de outra pessoa, seu olhar veio direto na minha direção, surpreso.

Com o sangue batendo nos ouvidos, pedi em silêncio que ela não falasse nada. As paredes do Novos Caminhos ficaram vermelhas de repente, como se os brotos das flores do cemitério estivessem nascendo ali.

Não fale nada, pensei. Não sei se estava falando isso para mim, para mamãe ou para Richard Smith. *Por favor, não fale nada. Alguma coisa terrível vai acontecer se você falar...*

O sacristão colocou o meu colar de lado, abriu a pasta e pegou um bolo de papéis.

— Gostaria que me ajudassem a distribuir estes panfletos. — Ele se virou, foi até nós e deu um bolo de papéis para cada um. — Eles explicam a nova política de visitação ao cemitério. Estou ansioso para que sejam distribuídos o mais rápido possível.

Tim, que estava ao meu lado, olhou as folhas que o sacristão colocou em suas mãos. Parecia estar confuso.

Não era o único.

— Você podia ter levado isso à direção — disse Tim. — São eles que geralmente lidam com essas coisas, Richard.

— Ah, sim — concordou o sacristão Smith enquanto distribuía os papéis. — Sei disso, mas acho a equipe da ala D muito mais receptiva.

Fiquei olhando os panfletos. O vermelho que tomava as paredes do escritório do Novos Caminhos estava começando a desaparecer, e meus batimentos cardíacos — e respiração — estavam voltando ao normal.

Mas então, notei que o meu panfleto era diferente dos panfletos dos outros.

Venha ao meu escritório, o sacristão havia escrito. *É melhor fazer isso se não quiser se meter em encrenca.*

Abaixo, havia um número de telefone.

Encrenca era a última coisa que eu queria.

O problema era que, como John havia comentado na noite anterior, as encrencas pareciam me encontrar, não importava onde eu estivesse.

Analisei a mensagem tentando entendê-la. Como ele sabia? Como Richard Smith descobriu que fui eu? Então ouvi um clique. Quando olhei para cima, o sacristão estava fechando a pasta.

Com o meu colar lá dentro.

— Bem, adeus a todos — disse o Sr. Smith pegando a pasta e acenando. — Tenham uma ótima tarde.

Saiu do escritório assobiando — e olhando diretamente para mim quando o fitei do outro lado das janelas de vidro.

Só me dei conta da música que estava assobiando mais tarde. Era "Ring Around the Rosie".

O que não significava nada... a não ser que você já tivesse morrido uma vez e voltado à vida. Nesse caso, teria passado horas na Internet procurando por fatos estranhos relacionados à morte. Tipo, que algumas pessoas acreditam que a música de ninar "Ring Around the Rosie", na verdade, fala sobre a peste negra que matou milhões de pessoas durante a Idade Média.

— Hum — murmurou Jade após a saída do sacristão. — Esse cara é estranho. — Inclinou a jarra de balas para mim. — Quer bala?

Olhei para os canudinhos vermelhos.

— Hum... Acho que não, mas obrigada mesmo assim.

Tinha perdido o apetite.

Acho que mamãe deve ter sentido a mesma coisa. Sorriu para mim — um sorriso largo demais — como se quisesse mostrar que estava tudo bem.

Percebi que ela estava segurando a alça da bolsa com tanta força que seus dedos estavam brancos. Ela sabia, tanto quanto eu, que as coisas estavam longe de estar bem.

— Então! — Olhou para Alex, Kayla, para mim e para Alex de novo. — Rainha da Ilha! Não vai ser legal?

— Ah, vai — respondi. — Vai ser épico.

Da terra de lágrimas veio um vento,
E fulminou uma luz avermelhada,
Que tomou todos os meus sentidos.

DANTE ALIGHIERI, *Inferno*, Canto III.

Havia mil coisas que eu preferia estar fazendo do que ficar em pé na fila de vinte pessoas do lado de fora do Rainha da Ilha — uma versão simplificada dos grandes fast-foods americanos — embaixo do sol escaldante.

Dormir, por exemplo. Não tinha dormido o suficiente na noite anterior. Tudo bem, foi culpa minha, mas mesmo assim.

Ou ir logo me encontrar com Richard Smith.

Ele não me atendeu quando liguei do banheiro das meninas antes de me encontrar com Alex e Kayla no estacionamento dos alunos — provavelmente porque ainda não havia chegado em casa. O número que me deixou não era de um celular. Não parecia ser o tipo de pessoa que tinha um. Talvez nem soubesse o que era.

— Hum, oi, hum, Sr. Smith — gaguejei. — Aqui é Pierce Oliviera. Acabamos de nos encontrar no consultório do Novos Caminhos. O senhor me deu um panfleto pedindo que lhe ligasse. — As palmas das minhas mãos ainda estavam suando por causa do nosso encontro, apesar de o ar-condicionado da escola manter a temperatura no que parecia ser abaixo de zero. — Então estou ligando para marcar o encontro — falei.

Era a mensagem mais idiota que alguém já havia deixado no mundo. Mas o que eu poderia dizer: *Quero o meu colar de volta, eu o deixei no cemitério ontem à noite enquanto uma atividade criminosa acontecia*? Não ia deixar nada gravado que pudesse me incriminar. Aprendi isso depois do que aconteceu na Westport.

— Se o senhor puder me ligar de volta o quanto antes — falei —, lhe agradeço. Quanto mais cedo melhor, porque eu gostaria de resolver isso hoje, se possível. — Deixei meu número, caso ele não tivesse detector de chamadas, e desliguei.

Não havia mais nada que pudesse fazer a não ser deixar o tempo passar até que ele ligasse de volta. Preferia não fazer isso em uma fila de mil pessoas fervendo de calor, esperando para pedir uma coisa chamada *Gut Burner.*

— *Buster* — corrigiu Kayla quando perguntei se não podíamos ir em outro lugar para comprá-lo. — *Gut Busters*. E só fazem aqui. É tipo um *frozen*, só que melhor, porque eles colocam mais coisas nele.

— Que tipo de coisas? — perguntei.

Estava impaciente, mas não por causa da fila. E se o Sr. Smith perguntasse de cara onde consegui o colar?

Se? Ele *ia* perguntar.

— Ah, coisas — disse Kayla. — Eu gosto de chocolate com biscoito de chocolate. O Alex gosta de pedaços de biscoito de manteiga com M&M. De que tipo de coisas você gosta, garotinha?

Mas tinha uma coisa ainda pior que o sacristão do cemitério podia me perguntar. E essa coisa me dava muito mais medo. A lembrança de como aqueles portões foram destruídos — e por quê — ainda estava muito forte. Não sabia ao certo se conseguiria mentir sobre isso sem dar pistas.

— *Vou lhe dizer o que você pode fazer* — disse John quando perguntei o que mais podia fazer para ajudá-lo. — *Me deixe em paz.*

E continuou a falar:

— Posso garantir que não vai mais ter que se perguntar se vou aparecer e ser *um imbecil.*

Logo depois disso, seus pés amassaram os portões do cemitério de Isla Huesos. O som foi estrondoso.

— Garotinha. Garotinha. *Pierce.*

Olhei para ela.

— Foi mal — respondi, piscando. — O quê?

Kayla rolou os olhos para cima.

— Qual é o *problema* da sua prima, Alex?

— Está tomando remédios — murmurou Alex —, mas toma várias doses de cafeína como suplemento, mesmo sem poder.

Olhei para ele.

— Nossa — falei —, pelo que estou vendo alguém andou dando ouvidos à vovó.

Ele nem se deu ao trabalho de responder. Estava olhando as pessoas da fila como se quisesse achar alguém, ou como se estivesse com medo de ver alguém...

Mas quem?

Não era exatamente aquilo que estava esperando quando concordei em ir tomar sorvete com eles depois da escola. Só queria parecer normal — como se tivesse amigos, como se fosse mais uma na multidão — na frente de mamãe, pois aquilo foi a única coisa que a animou durante a visita ao Novos Caminhos, depois da conversa com o sacristão sobre tio Chris.

Falando nisso, o que *foi* aquela conversa? Nunca soube ao certo por que tio Chris havia sido preso. Alguma coisa com drogas... posse com intenção de venda. Nada violento, pelo menos. Disso eu sabia. Eu era a única pessoa da família com esse tipo de ocorrência. Quero dizer, eu teria essa ocorrência se os advogados de papai não estivessem fazendo o que são pagos para fazer.

— Divirta-se — repetiu mamãe quando se despediu de mim no consultório do Novos Caminhos.

Por favor, seus olhos pareciam implorar. *Por favor, não estrague as coisas, como você fez em Westport.*

Eu estava tentando não estragar as coisas da maneira como estraguei em Westport. Porém, a única parte divertida em ir ao Rainha da Ilha foi ver meu primo e Kayla brigando.

— Bem — dizia Kayla para Alex —, não é que ela seja totalmente inocente.

— Kayla — respondeu Alex com a voz meio tensa.

— O quê? — retrucou. — É verdade, não é? Todos estão falando sobre isso. Está no Google, se você procurar pelo nome dela.

— Kayla — disse Alex —, *chega*.

Ela deu outra olhada indignada nele.

— As pessoas vão saber nesta semana de qualquer maneira, Alex, então ela pode simplesmente admitir logo.

— Hum — murmurei. — Sobre o que estamos falando?

— Sobre você — disse Kayla. — Matou ou não matou um professor na outra escola?

Alex colocou as mãos sobre o rosto.

— Cara — respondi —, é sério? Claro que não.

Kayla ficou decepcionada.

— Não? Todo mundo diz que sim.

— Podem falar — disse eu —, mas não matei.

— Mas você o deixou bem machucado — disse Kayla. — Não foi?

Antes que eu pudesse responder, uma das meninas que estavam me olhando de cara feia no auditório — eu a reconheci pelo cabelo incrivelmente liso — passou por nós.

— Ah, meu Deus — disse e veio até mim. — Peraí. Pierce Oliviera, não é?

Nunca tinha visto aquela menina na minha vida, a não ser quando me esnobou e depois mudou de atitude no auditório. Contudo, veio falar comigo como se fôssemos melhores amigas há anos.

— Hum — respondi. — Sou eu.

— Ah, meu Deus — exclamou de novo e deu um pulinho de alegria. — Eu queria lhe conhecer! Eu sou Farah. Farah Endicott? A namorada do Seth. Ele me contou que te conheceu hoje e que você é muito maneira.

A princípio, não entendi sobre o que ela estava falando. Aí me lembrei do cara que me ajudara a pegar o papel que caíra no chão e que, mais tarde, acalmara todo mundo no auditório. Seth Rector, da Imobiliária Rector e, provavelmente, do túmulo no cemitério.

Quero dizer, um dia ele seria o Rector daquele túmulo. Obviamente, ainda não.

— Ah — respondi sem saber direito o que dizer. — Oi.

— Por que você está aqui atrás? — perguntou Farah com expressão de espanto. Sua voz era tão alta que todos na fila pararam de olhar para mim, a menina que, segundo Kayla, dizem ter matado um professor, e começaram a olhar para ela. — Isso é, tipo, sem noção.

— Hum — respondi olhando para Alex e Kayla, completamente ignorados por Farah.

Eles também a estavam ignorando, então tudo bem. Alex estava paralisado olhando o mar. A praia ficava a 90 metros, do outro lado do estacionamento, depois da encosta de concreto de 900 metros de altura. E Kayla estava checando mensagens no celular.

— Acho que chegamos aqui meio tarde — respondi. — Tivemos que dar uma parada em um lugar depois da escola.

Não mencionei que a parada tinha sido no consultório do Novos Caminhos para que eu pegasse o celular, que não me permitiram levar à escola por causa do meu distúrbio de desenvolvimento neurocomportamental.

— Cara, venha se sentar com a gente — disse Farah com um sorriso enorme. Em vez de pegar no meu braço, ela pegou no de Kayla... um gesto que deixou nós duas espantadas. Percebi que Kayla ficou tensa e trocou um olhar surpreso com meu primo. — Estamos em umas mesas na praia, com guarda-sol, então tem sombra. E Seth está quase no começo da fila. Diga o que vocês querem e eu peço. Aí podemos nos sentar perto do mar. É muuuuuito mais maneiro lá, vocês nem vão acreditar.

— Não — respondeu Kayla rapidamente. — Obrigada, Farah, mas não precisa.

— É — disse Alex. — Obrigado, mas estamos tranquilos aqui.

Olhei para Alex e Kayla alternadamente. Alguma coisa muito estranha estava acontecendo.

Na boa, a única coisa que queria no mundo naquele momento era pegar a droga do *Stomach Buster*, tomar tudo, ir para casa e ficar esperando pela ligação do Sr. Smith para saber o que ele queria.

Não estava a fim de ficar sendo acusada de outro crime que de fato não cometi.

Mas, visto que isso ia acontecer de qualquer maneira, era melhor ficar esperando no ar-condicionado, ou pelo menos embaixo de uma sombra.

Mesmo que Kayla e Alex não tivessem o mesmo problema que eu, ainda assim me pareceu estranho que preferissem ficar em pé suando por mais uma hora do que aceitar o convite da Farah.

— Mas a mesa é ótima — disse Farah, decepcionada. Seus lábios, cheios de brilho avermelhado, fizeram um bico. Apontou para um grupo de mesas azuis de piquenique que estavam na praia, cada uma com a sombra de um guarda-sol amarelo. Havia apenas alguns lugares disponíveis, aparentemente reservados para nós. — Não dá para sentir aqui, mas tem uma brisa muito boa lá fora. E juro que se pedirem o que querem o Seth pega para vocês. O que têm a perder?

Olhei para Kayla e para meu primo. O *que* tinham a perder?

Medo. Vi nos olhos maquiados de Kayla. Por algum motivo, estava com medo de Farah.

Ou de alguém que pudesse estar na mesa de Farah.

E Alex? Bem, não deu para ver nada em seus olhos.

Eu sabia que Alex tinha um problema com Seth Rector. Sabia também que o diamante do meu colar ficara bem cinza quando passei pelo mausoléu dos Rector naquele dia com a mamãe, e ficou roxo quando vi Kayla pela primeira vez no consultório do Novos Caminhos.

Não estava entendendo nada. E a verdade era que eu mesma estava mantendo alguns segredos. Sendo assim, que direito tinha de julgar Alex ou Kayla?

No entanto, enquanto estava ali em pé no estacionamento do Rainha da Praia depois da noite que tive — do *dia* que tive —, cheguei à conclusão de que não dava mais. A ideia toda era começar de novo: não queria ser a menina que ficava assistindo às pessoas ao seu redor se machucar.

Então eu queria entender o que Alex e Kayla tinham contra Seth e Farah — ou alguém sentado com eles na praia. Dessa vez, ia proteger meus amigos do mal.

E a única maneira de fazer isso era descobrindo o que era o mal.

— Quero um *Coke float* — disse a Farah. — É uma Coca grande com uma bola de sorvete de baunilha em cima. E use isso — coloquei uma nota de 20 dólares na mão de unhas feitas e inclinei a cabeça na direção de Alex e Kayla — e peça um *Gut Buster* de chocolate com biscoito de chocolate e outro com pedaços de biscoito de manteiga e M&Ms.

Os lábios reluzentes e enrugados de Farah abriram um megassorriso, onde apareceram dentes perfeitamente lisos e brancos. Eram lindos, como os de seu namorado.

— Excelente — disse. — Encontro vocês na mesa.

Notei que a maioria dos caras à nossa volta parecia gostar da maneira como Farah quicava — ela não andava normalmente — e balançava a saia quadriculada (que era muito mais curta do que 10 centímetros acima do joelho).

A maioria dos caras, menos meu primo.

— Você não devia ter feito isso — virou-se e falou comigo.

— Não tem problema — respondi ajeitando a bolsa no ombro. Estava pesada porque carregava todos os livros que ia precisar para fazer o dever de casa. Não sei por que não deixei tudo no carro. Nunca penso nessas coisas. Obviamente. Eu não ia fazer o dever de casa mesmo. — Pode me pagar depois...

— Você acha que só porque pagou um *Gut Buster* para mim — disse Alex jogando sua raiva para fora que nem John fizera — eu vou lá me sentar com aquelas pessoas da ala A e vamos chegar à conclusão de que temos alguma coisa em comum apesar das nossas diferenças óbvias, tipo o fato de eles usarem roupas de grife e dirigirem carros novos que ganharam de aniversário do papai, enquanto eu uso roupas do Exército de Salvação e dirijo uma lata velha? Quem sabe a gente comece a cantar e dançar, e aí podemos arrumar um papel no musical da escola de Isla Huesos, como se a vida fosse um filme da Disney? Quer saber de uma coisa, Pierce? Isso não vai rolar. E não importa o que a vovó diga, você não tem nada a ver com seu pai. Você não pode simplesmente jogar dinheiro no problema para acabar com ele. Na verdade, sabe o que acho que você pode fazer com o seu dinheiro, Pierce? Pode enfiar no meio do seu...

— Opa — interrompeu Kayla tentando manter a paz. — O que é isso? Achei que a ideia aqui era só tomar sorvete.

— Valeu — respondi. Nunca tinha visto Alex tão furioso.

— Não me agradeça — disse Kayla. — Que tipo de pessoa pede *Coke float* em vez de *Gut Buster*? Isso não faz sentido.

— Hum. — Mamãe havia me pedido para ter cuidado e não insultar os locais sem querer. Tentei pensar no que Jade faria naquela situação. — Pelo menos não pedi uma Coca diet — respondi.

Kayla olhou para mim e balançou a cabeça devagar.

— Tem certeza que ela não matou o professor? — disse a Alex.

— Isso não é uma piada — falou. Não estava olhando para Kayla, mas para mim. E não estava falando sobre o que pedi para comer. — Tem gente que mora aqui de verdade, sabia?

Foi o que falou aos turistas no caminho para a escola de manhã.

Fiquei magoada — acho que foi o objetivo dele —, porque sabia que era isso que achava de mim... e da minha mãe, provavelmente. Como se estivéssemos passando por cima dos locais e de seus problemas sem dar a mínima.

Acho que merecíamos isso. Onde estávamos enquanto ele crescia sem mãe nem pai, só com a louca da vovó? É claro que parecíamos ser turistas para ele. Até Richard Smith, o sacristão do cemitério, mencionara isso. Mamãe não voltara a Isla Huesos depois do meu nascimento e da prisão do tio Chris. Nunca conheci meu avô — só em seu funeral. Foi quando conheci John.

Que, assim como Alex, queria ser deixado em paz.

— Desculpe — falei para Alex sinceramente. — Sei que nos convidaram porque querem brincar de descobrir coisas sobre a aluna nova. Mas e daí? Eles têm uma mesa na sombra, e não vamos ter que esperar mais na fila...

— Talvez *você* queira se sentar na sombra com eles — falou Alex bufando de raiva —, mas o mundo não gira em torno de você, Pierce. Talvez eu tenha problemas com eles. Problemas *de verdade*. Já pensou nessa possibilidade?

— Que problemas? — perguntei. Finalmente estávamos fazendo algum progresso. Estive pensando sobre Alex e aquele pessoal a tarde toda. — O que Seth Rector fez contra você, Alex?

— Não se meta, Pierce — respondeu franzindo o rosto. — Você não sabe onde está se metendo, acredite em mim.

— Ei, gente! — chamou Farah acenando lá na frente da fila. Estava segurando uma bandeja com copos enormes. — Vocês vêm?

— Hum — respondi acenando de volta. — Vamos! Um segundo.

Olhei para Alex de novo.

— Eu não sei em que estou me metendo? — perguntei. — Você está brincando comigo? Será que tenho que lembrar a você que já morri? O que está rolando entre você e Seth com certeza não é pior do que isso.

Kayla arregalou os olhos.

— Ela *morreu*? Alex, você *nunca* me contou isso.

Alex continuou me encarando por um ou dois segundos. Achei que fosse me contar a verdade. Dava para ver seu pomo de adão subindo e descendo. Havia suor brilhando em sua testa e têmporas. Parecia *querer* me falar... o que seria conveniente, pois, quando eu soubesse, poderia ajudar a resolver o problema. *Algumas* pessoas podem não querer a minha ajuda...

Mas, infelizmente, tudo o que ele disse foi:

— Que se dane. Quer curtir seus amiguinhos da ala A, Pierce? Pode ir. Divirta-se. Estou indo embora.

Virou-se e saiu pelo estacionamento em direção ao carro.

— Merda — disse Kayla vendo-o ir. Falou para mim: — Minhas coisas estão todas no carro dele. Meus livros e todo o resto

— Tudo bem — disse para ela. — Pode ir atrás dele.

Kayla hesitou e olhou a mesa onde o lindo pessoal da ala A estava, cada um com um *Gut Buster* que Farah e Seth haviam comprado.

— Não entendo — disse ela.

Ergui uma sobrancelha.

— Não entende o quê?

— Por que dispensar seu primo para ficar com *eles*? São ruins com as pessoas que não são... como eles.

— Estou tentando começar tudo de novo — expliquei —, e parte disso inclui não deixar que coisas ruins aconteçam às pessoas que amo.

— Ah — disse Kayla. Não parecia ter entendido, mas tudo bem. Ninguém entendia mesmo. — Boa sorte. Alex, espere — gritou e foi atrás dele.

Respirei fundo, peguei minha bolsa pesada e comecei a longa caminhada quente pela praia até as mesas de piquenique.

E depois de pousar sua mão sobre a minha
Com alegria, trazendo-me conforto,
Ele me guiou por entre caminhos secretos.

DANTE ALIGUIERI, *Inferno*, Canto III.

Por que você deixou de me amar?

Foi o que finalmente lembrei que Hannah havia escrito no bilhete do Sr. Mueller no dia em que morreu — o bilhete que ele fez o favor de destruir.

Por que você deixou de me amar?

Ela pode até ter engolido as pílulas que a mataram, e eu posso até ter sido negligente. Ainda estava muito confusa e traumatizada com tudo o que tinha acontecido para lembrar que prometera protegê-la.

Mas o Sr. Mueller?

Ele era o verdadeiro responsável pela morte de Hannah. Tinha certeza disso, assim como tinha certeza que a mãe dela estava mantendo o quarto da filha preservado como uma espécie de altar. Estava exatamente do mesmo jeito desde que ela morrera. Até as roupas sujas ficaram no cesto para que seus pais pudessem levantar a tampa e sentir o cheiro da filha de vez em quando, fingindo que ainda estava viva.

Durante semanas depois da morte de Hannah, não pensei em mais nada.

Como pude deixar que isso acontecesse?

Fui eu quem falou para ela que o mal não estava apenas nos cemitérios.

O mal podia estar em qualquer lugar. Nas nossas igrejas. Nas nossas casas.

Nas nossas escolas.

E, apesar de ter prometido o contrário, não fiz nada para protegê-la disso.

Quando ouvi meu pai dizer que os Chang não tinham chance de ganhar o processo contra a escola e fazer com que o Sr. Mueller fosse mandado embora, porque era a palavra deles contra a da escola — tudo o que tinham como evidência eram alguns registros no diário de Hannah —, eu sabia que tinha que fazer alguma coisa.

E, dessa vez, não era correr como uma menininha medrosa, como fizera com John — duas vezes.

É claro que as coisas não deram certo no começo. Não achei que o Sr. Mueller fosse desligar as luzes durante as aulas particulares que aceitei ter. Sua desculpa era que estava com uma dor de cabeça causada por ansiedade.

Não que as pessoas na Academia Westport para Meninas acreditassem que o professor estava envolvido romanticamente com uma aluna que se matara por ele. Ninguém acreditava, exceto eu. O processo dos Chang acabou fazendo com que o Sr. Mueller ficasse mais popular. Preocupadas com sua saúde depois que o estresse com o julgamento o fez ficar mais pálido, muitas mães e filhas começaram a dar *mais* comidas para o professor. Umas meninas fizeram um novo grito de guerra para apoiá-lo. Era o Funk do Mueller, tocado em todos os jogos e eventos da escola.

Isso não era tão grave quanto os nomes que começaram a usar para falar sobre Hannah on-line. *Puta. Mentirosa. Vaca.*

A morte de Hannah não bastava. Tinham que acabar com sua memória também.

A escola também não impôs qualquer tipo de punição ao Sr. Mueller. Acho que não podiam, ou estariam sendo tendenciosos.

Isso me fez ver tudo vermelho. Literalmente. Todos os dias, quando vinha pelos corredores da Academia Westport para Meninas, eu via a mesma cor por todos os lados: vermelho. No mesmo tom dos botões de flores. A mesma cor das franjas do meu cachecol.

Deve ter sido por isso que percebi que estava fora de controle mesmo antes de as luzes se apagarem na sala do Sr. Mueller naquela tarde. Meu coração batia tão forte que eu mal conseguia falar — e ele nem tinha me tocado ainda. De que maneira a minha câmera, cuja lente apontava para fora através de um buraco que eu tinha feito no bolso da frente da mochila, como sugeriam na internet, ia captar alguma coisa naquele escuro, que era ainda pior por causa da tempestade lá fora?

Eu ainda nem tinha pensado no que fazer depois de filmá-lo em atividades impróprias comigo. Acho que ia dizer: *Foi mal, acabei de me lembrar que tenho outro compromisso, Sr. Mueller. Tenho que ir agora. Até mais!*

Que outra maneira de sair dali sem ter que fazer... *aquilo* com ele?

Não podia deixar que isso acontecesse. Tinha que manter o controle.

O Sr. Mueller repetia que tínhamos que fazer massagem na nuca um do outro. Ele sabia o quanto eu estava tensa por causa dos problemas em casa, disse, com o divórcio dos meus pais (que estava em todos os noticiários por causa da quantidade de dinheiro envolvido e porque meu pai é conhecido). O Sr. Mueller achava que eu devia estar tão estressada quanto ele. Mas tudo bem. Éramos adultos. Podíamos admitir o quanto estávamos atraídos um pelo outro.

Nesse instante, tive a certeza de que não ia conseguir ir até o fim. Não só porque a câmera provavelmente não estava gravando nada por causa da falta de luz — precisava daquilo que os Chang não tinham: provas —, mas agora que estava sozinha com ele, só a ideia de deixá-lo tocar em qualquer parte de mim, mesmo que fosse só no pescoço, me dava vontade de vomitar.

O pior é que ninguém ia acreditar em mim. Por que acreditariam?

Acho que foi isso que me irritou, e, de tão irritada, uma mancha vermelha começou a aparecer nos cantos da minha visão.

Ai, *não*.

Se você assistir à fita gravada na sala do Sr. Mueller de novo, não vai ver nada direito por causa da iluminação fraca, só a camisa branca do meu uniforme e a mão do Sr. Mueller vindo na minha direção.

Na fita, dá para ouvir a voz dele dizendo que tudo vai ficar bem. Só precisa relaxar, diz.

Eu *odeio* quando as pessoas me falam que preciso relaxar.

Será que falou a mesma coisa para Hannah? Aposto que sim.

Foi quando minha visão ficou magenta.

— O conceito de responsabilidade não existe mais, Pierce — reclamava papai durante nossos almoços. —

Ninguém mais se responsabiliza pelo que faz. É sempre culpa de outra pessoa. Geralmente, culpam as vítimas.

Puta. Mentirosa. Vaca.

Bem, eu estava responsabilizando o Sr. Mueller pelo que acontecera com Hannah.

O professor me falou para relaxar e levantou uma das mãos para me tocar — achei que ia fazer massagem na minha nuca, mas logo descobri que era para outra coisa. Foi aí que tudo aconteceu. Dá para ver na fita. Nela, eu apareço me inclinando na mesa, falando para mim mesma que dava conta da situação se ficasse fora de alcance (um dia, quando esperava que papai saísse de uma reunião, um guarda aposentado me ensinou a bater em alguém em autodefesa caso precisasse), e o Sr. Mueller estava em pé na minha frente, levantando um dos braços. Sua mão vinha na direção do meu rosto.

No segundo seguinte, o Sr. Mueller não está mais lá.

Não que tenha desaparecido. É que, na fita, uma sombra preta aparece e bloqueia a lente toda por um ou dois segundos. É como se uma terceira pessoa tivesse entrado na sala. Só que ninguém — não importa o quão perito em filmes seja ou o quanto papai tenha prometido pagar — consegue dizer ao certo que a sombra é a figura de um homem... bem alto, com cabelo comprido, 18 ou 19 anos de idade.

Não dá para ver nada na fita por uns segundos. A tela fica preta. Só dá para ouvir os sons. Uma briga, um som de algo sendo esmagado, um som abafado de conversa.

Um segundo depois, a sombra desaparece.

No filme, eu permaneço no mesmo lugar, debruçada sobre a mesa. Só que o Sr. Mueller, em vez de na minha frente com a mão estendida, aparece encolhido ao lado do quadro, segurando o braço contra o peito.

E berrando.

Todos os ossos de sua mão foram quebrados.

Especialmente os do dedo que usou para pegar o pedaço de biscoito que caiu no meu joelho. Esses ossos, em particular, foram pulverizados.

A polícia de Westport diz que "é difícil... mas não impossível" que uma menina tão pequena quanto eu tenha causado tanto estrago em um adulto.

Infelizmente, o segurança da escola, Sr. Marzjak, jura que não viu mais ninguém entrando na sala até a chegada dos médicos que ele mesmo chamou depois de entrar e ver o professor berrando de tanta dor. O Sr. Marzjak ouviu os berros. Estava varrendo o corredor. Na verdade, foi por causa dele que o Sr. Mueller tentou cobrir a minha boca logo, com medo de eu gritar e chamar a atenção do segurança.

A polícia não acreditou quando o Sr. Mueller disse que eu o agredira — foi isso que alegou, de "maneira muito agitada", segundo descreveu o laudo.

Tanto não acreditou que procurou por "terceiros" na escola inteira, até mesmo antes de encontrar a câmera digital gravando na minha mochila e de assistir ao vídeo.

No entanto, ninguém foi encontrado. Devido à tempestade, qualquer pessoa que tivesse pulado da sala do Sr. Mueller para o primeiro andar teria deixado marcas. Todavia, a lama embaixo da janela estava intacta.

É claro que não acharam evidências físicas. Por que John usaria janelas e portas como uma pessoa normal? Por que diria oi? Ele simplesmente aparecia. *Puf*. Entrar. Esmagar. Sair.

E nem se dera ao trabalho de dizer tchau.

Se bem que parara para me dar uma olhada bem séria com aqueles olhos prateados antes de desaparecer.

— Espera — foi o que disse a ele quando apareceu no meio do nada, deu um passo, pegou a mão do Sr. Mueller e a torceu com tanta força que o treinador de basquete caiu de joelhos na minha frente.

Havia luz suficiente para que eu pudesse ver o rosto do Sr. Mueller ficando branco. Eu acharia que ele tinha desmaiado se não tivesse soltado o berro assustador que soltou. Foi a força de John, suspendendo o professor no ar, que o impediu de cair no chão.

— O quê?

John já estava com outro punho preparado para esmurrar o Sr. Mueller. Não parecia estar contente em me ver.

Não tinha como culpá-lo naquelas circunstâncias. Toda vez que nos encontrávamos, eu estava metida em alguma encrenca.

John ficou lá, olhando para mim, o peito subindo e descendo exatamente como o da pomba do dia em que nos conhecemos. Seus olhos tinham o mesmo tipo de expressão confusa e dolorida. Acho que ficar indo de dimensão em dimensão não é fácil.

— Não — eu disse olhando para o rosto pálido do Sr. Mueller. — Por favor, John, não faça isso.

John olhou para mim como se não entendesse uma palavra do que eu dizia.

Nem sei se eu entendia. Só não conseguia ver uma pessoa — nem mesmo alguém que eu odiava tanto quanto o Sr. Mueller — morrer.

Estiquei a mão e toquei no punho de John.

Havia tantas coisas que eu podia ter dito. Tantas coisas que *devia* ter dito. No entanto, só consegui dizer uma palavra... o nome que não saía da minha cabeça havia semanas. A razão pela qual estava ali, a razão pela qual nós três estávamos ali.

— Hannah — falei. Quanta dor nessas duas sílabas.

Não conseguia aguentar a imagem dela naquele lago esperando no frio pela barca — a *outra* barca. Desde que soubera de seu falecimento, eu só pensava nisso — e em provar que o Sr. Mueller estava tendo um caso com ela. Tinha que saber se estava bem.

E sabia que John diria a verdade.

Assim que o toquei, vi um pouco do ar selvagem sumir. Seu olhar ficou mais suave e ele parecia estar recuperando a respiração. Até balançou a cabeça, como se estivesse espantado, tipo "*Sério? É por* isso *que você está aqui?*".

— Ela está com pessoas que a amam — respondeu.

Relaxei os ombros de alívio. Era tudo o que queria escutar.

John olhou o Sr. Mueller, que ainda gemia e berrava, e me encarou.

— Vocês...

Parou de falar porque a porta se abriu. O Sr. Marzjak entrou, pois ouviu os berros do professor.

Foi quando John desapareceu.

E tudo aconteceu tão rápido que podia ter sido fruto da minha imaginação... se a imagem de John não tivesse sido gravada.

O Sr. Mueller nega que havia outra pessoa na sala, é claro. Disse que perdi o controle enquanto estudávamos umas perguntas para o vestibular e o ataquei sem ser provocada.

Foi a explicação que todos na Academia Westport para Meninas resolveram tomar como verdadeira. Passaram a *me* xingar de puta, mentirosa e vaca on-line em vez de xingar Hannah Chang.

Tudo bem, pois o Sr. Mueller teve suspensão permanente. O "incidente", como chamavam, ainda estava sendo investigado.

E pelo menos pararam de cantar o Funk do Mueller.

Contudo, como dizem os advogados de papai, o Sr. Mueller tem vários pontos a seu favor. Mesmo que nunca mais dê aulas — só vai poder lecionar se usar apenas uma das mãos —, pode conseguir um bom acordo no processo civil. Afinal de contas, foi atacado pela filha louca de Zachary Oliviera (ou pelo menos é o que diz). Todo mundo conhece pessoas que morreram e voltaram... meio *estranhas*.

Ainda assim, não conseguem chegar a uma conclusão sobre o que aconteceu *durante* o "incidente", graças à péssima iluminação e aos gemidos do Sr. Mueller. A gravação do que disse *antes* de começar a berrar intrigou o advogado e a família Chang.

E tem o *meu* depoimento.

— Por que o Sr. Mueller tentou colocar a mão sobre a minha boca? — perguntei ao policial no local do evento. Estava abalada, qualquer um estaria. Mas tinha as palavras de John para me confortar. Hannah estava com pessoas que a amavam. — Se não ia fazer nada errado, então por que se preocupou se eu ia gritar?

— Boa pergunta — disseram.

Depois do que aconteceu, a Srta. Keeler "sugeriu" gentilmente que meus pais encontrassem uma "solução educacional alternativa" para mim, uma escola que pudesse lidar melhor com alunos com as minhas "questões".

Caí na gargalhada quando ela disse isso, bem na frente dos meus pais.

Questões. Valeu.

— Uma coisa é se proteger — berrou papai no almoço seguinte. — Isso eu entendo. Alguma vez lhe falei para não se defender? Não. Mas você tinha que aleijar o professor? Gastei todo o meu dinheiro naquela escola chique para meninas, sem falar no dinheiro com psiquiatras, e o que você me arrumou?

Dei de ombros.

— Um processo?

— Até comprei a droga do cavalo dos Chang — berrou ignorando-me — porque você disse que o queria muito. E no que deu? Você foi e doou o bicho a uma instituição de dementes!

— É uma escola para crianças autistas, pai — respondi com calma brincando com o canudo no copo de refrigerante. — Double Dare vai fazer parte do programa de terapia equestre. Ele vai deixar muitas crianças felizes de verdade, e vai ser útil e receber carinho o dia todo. É bom para o seu imposto de renda e os Chang não vão ter o peso financeiro de manter um cavalo que ninguém mais usa.

— Sem mencionar o que aconteceu com os meus sapatos — bradou papai. Falava tão alto que todos os empresários engravatados olhavam para nós. — Todos os sapatos com franjas sumiram! O que vou ter que trancar no armário quando você vier me ver de novo? Se não são as estrelas marciais, são os sapatos. Por favor, me fale. Eu me preocupo com você de vez em quando, Pierce, me preocupo mesmo. Você ao menos entende as consequências dos seus atos?

— Não sei, pai — respondi.

A verdade era que, pela primeira vez em muito tempo, eu me sentia bem. Mesmo levando esporro do meu pai enquanto comia salada em um restaurante chique de Manhattan.

Tudo bem, fui expulsa da escola. Não conseguia ficar mais de uma hora sem beber alguma coisa com cafeína. E um cara que conheci enquanto estava morta apareceu sem ser esperado e fez com que eu recebesse um processo nas costas.

Mas eu estava me sentindo confiante em relação ao futuro.

— Você não pode dizer que nada de bom aconteceu no meio disso tudo — falei para ele.

— Uma coisa — desafiou papai com um indicador levantado —, me fale *uma* coisa boa que aconteceu nessa história.

Dei de ombros de novo.

— Pelo menos eu me engajei — respondi.

Papai não achou graça.

Acho que tinha razão sobre uma coisa: às vezes não entendo as consequências das minhas ações.

Fez-se uma tormenta em redemoinho
Que não tinha fim naquele negro ar,
Movendo a areia ao suspiro do tufão.

DANTE ALIGHIERI, *Inferno*, Canto III.

Não houve qualquer tentativa de sutileza.

— Gente, esta é Pierce *Oliviera* — anunciou Farah.

Impressionado, um rapaz de cabelo louro raspado dos lados, pele tão rosa quanto o pôr do sol de Isla Huesos e pescoço tão grosso quanto um pneu de trator disse:

— Ei, eu já ouvi falar de você. O seu pai não é o cara dono da empresa que dá dinheiro para o exército ou alguma coisa assim?

— Bryce. — Farah rolou os olhos para cima e sorriu sem jeito. — Por favor, desculpe. Ele não sai muito da ilha.

— O que fiz de errado? — Bryce estava indignado. — Foi só uma pergunta. Qual o problema em perguntar se o pai dela é o cara da TV? É ele, não é?

— É — respondi sentando-me ao seu lado. — Meu pai é Zach Oliviera.

Pronto. Já era *parte* do grupo, mas não só por causa do meu pai. Descobri que havia outras razões.

— Cadê os seus amigos? — perguntou Farah, curiosa, procurando Alex e Kayla.

— Ah, eles tinham que ir embora — respondi distraída. Se fosse direta e gentil, evitaria mais perguntas.

Nem precisava me preocupar. Ninguém perguntou mais nada sobre Kayla ou Alex (mas Bryce bebeu os *Gut Buster* deles e soltou um mega arroto, o que fez com que as meninas protestassem e jogassem os papéis de seus canudos em cima dele).

Queriam discutir outro assunto.

— Então, peguei os quatro por oito — disse Seth.

Alisou em cima da mesa um papel amassado que tirou do bolso do short. A brisa ficava dobrando o papel. Abaixei a cabeça para ver o desenho, mas, de onde estava, era impossível dizer o que era. Quero dizer, não era impossível, exatamente.

Eu só não estava acreditando naquilo.

— Onde conseguiu isso? — indagou Bryce. — Achei que o Alvarez tinha proibido a venda de madeira...

Seth deu uma olhada sarcástica.

— Cara. Por favor.

— Ah — disse Bryce arrotando novamente. — Certo.

— Bryce, sério — disse uma menina irritada, cujo nome era Serena. — Você *tem* mesmo que fazer isso?

— Acho que tenho intestino frágil — reclamou Bryce.

— Deve ter mesmo — disse a menina. — Sabe quantas calorias tem em um negócio desses? E você já tomou *três*.

Serena. Gravei seu nome. Quando liguei para o sacristão do cemitério no banheiro da escola, dei uma conferida no Facebook da Kayla, só por curiosidade. A pessoa que postava os comentários mais maldosos era DoceSerena.

Era dela que Kayla tinha medo? Foi por causa dela que recusara o convite de Farah?

— Posso conseguir uma serra circular — continuou Seth. — O problema vai ser colocar tudo junto, pintar e guardar. Vocês devem se lembrar do ano passado...

— Lembramos — disse Farah esticando a coluna. — Foi como pegamos eles. Lembra? Era tão óbvio. Estavam todos juntos na casa do Caleb Tarantino.

— Ah, é mesmo — exclamou uma menina sentada na minha frente, chamada Nicole. — As luzes me acordaram. Foi quando liguei para você, lembra, Cody? Porque eles ficaram saindo e entrando da garagem dos pais dele o tempo todo, e eu não conseguia dormir e fiquei pensando "Qual é a dessa festa na casa do Cal? Como assim não fomos convidados?"

— Foi lindo. — Cody, outro membro do time de futebol, bem menor do que Bryce, e um pouco mais inteligente, fez que sim com a cabeça. — Eles nem viram o que aconteceu.

— Fomos como ninjas — disse Bryce. — Ninjas na noite. Eles aprenderam a não mexer com os Destruidores do Rector.

Cody e Bryce se levantaram ao mesmo tempo, bateram peito com peito, com força, por cima da mesa. Farah e Serena rolaram os olhos.

— É — disse Nicole fazendo barulho ao sugar o resto de sua bebida. — Bem, teria sido melhor se vocês tivessem destruído menos coisas. Porque a minha casa ficou com cheiro de fumaça durante meses. E as obras na garagem dos Tarantino começam às 8 horas, e *ainda* estão rolando, e vocês sabem como fico se não tenho meu sono embelezador de dez horas.

— Então foi isso que aconteceu com a sua cara — disse Cody. — Eu estava me perguntando.

Todos relincharam. Nicole soltou um gritinho de raiva e deu um tapa de brincadeira nele.

Continuei bebendo meu *Coke float*. Todo mundo parecia ter entendido o que estava rolando, mas eu não entendia nada.

— OK — disse Seth. — Mesmo que todo mundo concorde sem sombra de dúvida que somos mais espertos do que os graduandos do ano passado, e que os calouros deste ano são uns retardados, ainda temos que achar um lugar seguro.

— E acho que no cemitério não vai rolar — disse Cody com um sorrisinho.

Todos riram. Todos menos eu.

— Obviamente — disse Seth. — Eu estava pensando nisso antes do Santos chegar e dar aquela notícia. Quem detonou o portão? Alguém sabe?

Congelei enquanto levava uma colherada do sorvete que ainda não tinha derretido à boca.

— Ouvi dizer que foram as gangues de Miami — disse Bryce.

Todos debocharam.

— Estou falando sério — insistiu Bryce. — O namorado da minha irmã tem um primo na polícia federal que disse que prendeu um pessoal em Myrtle Grove. O MMG... Meninos de Murda Grove? Talvez estejam usando cemitérios como parte dos ritos de iniciação. Vi esses caras dirigindo uns carros com calotas *enormes* lá perto do Wendy's no shopping Searstown na semana passada...

— Voltando à realidade — disse Seth rolando os olhos —, o que precisamos é de um lugar que *não* fique trancado 24 horas por dia, mas onde o pessoal da escola não passe.

— Tipo uma comunidade fechada — suspirou Farah. — Se a gente conhecesse alguém que mora em Dolphin Key...

Quase engasguei. Será que estava sonhando? Eles estavam mesmo tentando — não sutilmente — fazer com que eu os deixasse usar a *minha* casa para uma coisa que parecia ser totalmente ilegal e perigosa?

Era o que parecia. Deviam achar que eu era burra porque estudava na ala D. Os alunos da ala A não davam muito crédito para os da ala D. Pude perceber isso em conversas que ouvi aqui e ali.

— Mas o que você queria? Ela é muito ala D — comentou Serena anteriormente quando falavam sobre uma menina que descobriram ter dado à luz durante o verão.

— Cara, ele devia ter sido mandado para a ala D logo — ouvi Cody dizer sobre um dos jogadores de futebol que tinha sido mandado para um "acampamento na selva" pelos pais por causa de seu comportamento rebelde.

Percebi os olhares alarmados de Seth e as bocas se fechando rapidamente, mas era tarde demais. Já havia entendido tudo.

Todos que se matriculavam no Novos Caminhos iam para a ala D, mas nem todo mundo na ala D era do Novos Caminhos. Havia apenas cinquenta alunos no programa, mas quinhentos na ala. Era para lá que a administração mandava os estudantes "problemáticos" — os membros de gangues, os trombadinhas, qualquer um com problemas com drogas ou disciplinares — a fim de evitar que sua atitude contaminasse os alunos "normais" do resto da escola.

Era a única explicação que conseguia encontrar para estarmos em uma ala isolada, mesmo que fosse uma explicação estranha. Assim como era estranho que os alunos bonitos e atléticos que mal me conheciam estivessem quase me pedindo para sacrificar a minha casa para um ritual bizarro.

— Vocês estão falando sobre o que exatamente? — perguntei abaixando o copo.

Farah gargalhou como se eu fosse a coisa mais fofa que ela já tinha visto.

— Sobre a Noite do Caixão, boba!

— Mas o chefe de polícia não disse que a Noite do Caixão foi cancelada este ano? — perguntei.

Todos à mesa começaram a rir da minha ingenuidade patética.

— A administração faz isso todo ano — explicou Seth pacientemente quando pararam de rir —, mas todo ano o ritual acontece do mesmo jeito. É a Noite do Caixão. É uma tradição.

— Ah — disse lembrando-me da expressão no rosto da mamãe quando falaram sobre a Noite. Estava claro que era uma coisa importante para a ilha. — Mas o que é essa Noite exatamente?

Cody tossiu a expressão *ala D*. Seth deu-lhe uma olhada que parecia dizer *Dê um desconto para a aluna nova* e explicou:

— Todo ano, a turma de veteranos constrói um caixão e o esconde em algum lugar da ilha. Os calouros têm que encontrá-lo.

Fiquei esperando para ouvir o resto, mas isso era tudo.

Todos olharam para mim com expectativa. Ao fundo, gaivotas voavam à espera de algumas batatas fritas caídas no chão. Na praia, um homem sem camisa jogava frisbee com o cachorro, que pulava alegremente na água para brincar.

— Hum — respondi finalmente. — Tá. Mas... Por quê?

Seth olhou para os outros como se precisasse de ajuda.

— Por que o quê? — perguntou.

— Por que eles querem encontrar o caixão? — Não estava querendo ser uma chata. Eu realmente não tinha entendido. — O que tem dentro?

Seth sorriu como se eu estivesse perguntando uma coisa fofa.

— Como assim, o que tem dentro? Não tem nada.

— Então qual a graça? — perguntei. Estava genuinamente surpresa. — Qual a graça em achar um caixão velho e vazio?

O sorriso de Seth sumiu. Ouvi uns murmúrios vindo do outro lado da mesa, tipo "É sério? *Gente, ela é* mesmo *da ala D.*"

— Ei — disse Seth, sério. Estava falando para todos, não para mim. — Podem parar. — Então, falou comigo com tom gentil e um sorriso perfeito no rosto. — Primeiro de tudo, não é um caixão *velho*. É um caixão novo, como eu disse. Nós o construímos e o pintamos. Escrevemos o ano da nossa turma e os nossos nomes. Os de vocês também. E se os calouros o encontrarem, vão levá-lo para o meio do campo de futebol no primeiro jogo da temporada e tacar fogo nele. Vão filmar tudo e colocar na Internet, o que é humilhante para nós. Não queremos que isso aconteça.

Já tinha deduzido que queimavam o caixão. Foi só juntar o discurso chato do diretor Alvarez e o que Nicole falara sobre o cheiro de fumaça em sua casa durante meses depois que os Destruidores do Rector — que deviam ser Seth e seus amigos — descobriram o caixão dos veteranos na garagem do vizinho e resolveram tacar fogo nele lá mesmo.

O que eu ainda não entendia era por que davam tanta importância a isso.

— É por isso — disse Farah colocando uma das mãos no meu ombro — que achamos que seria ótimo se pudéssemos esconder o caixão na *sua* casa este ano. Só por alguns dias. Porque você mora em Dolphin Key. Para entrar e sair do seu bairro as pessoas precisam da permissão dos seguranças no portão da frente, não é? Você é a única aluna da escola que mora lá este ano. Sei disso porque a minha mãe é do comitê e eu chequei a base de dados. Dolphin Key é uma comunidade bem exclusiva. A maioria das pessoas de Isla Huesos não pode comprar uma casa lá. O que significa que ninguém mais da escola poderia entrar, a não ser nós, e só quando você abrir o portão. Você — e o caixão — ficariam totalmente seguros. O que aconteceu na casa do Cal ano passado nunca aconteceria na sua casa.

Fiquei olhando para ela. Que piada. Aquelas pessoas nem sabiam do que estavam falando. Segura? Eu era a pessoa menos segura do mundo.

Especialmente sem o meu colar.

Ah, sim. E o cara que me deu o colar, que conheci quando morri, não gostava mais de mim porque brigávamos muito. Sei lá. Tudo bem, a ideia era começar tudo de novo. Novos Caminhos. Queria beber outro refrigerante.

— É só até conseguirmos pintar tudo — acrescentou Seth rapidamente.

— Aí nós o colocamos em outro lugar. Não podemos manter o caixão em um mesmo lugar por muito tempo para evitar chamar a atenção. Depois da sua casa, provavelmente vamos colocá-lo em um hangar no aeroporto de Isla Huesos. O meu pai tem um avião, e os calouros jamais vão conseguir passar pelos seguranças. Talvez depois o levemos para a base da Marinha...

— Meu pai é coronel — disse Nicole piscando os cílios para mim.

— ... depois talvez lá para cima da ilha — disse Seth.

Já vi que iam ficar falando nisso o dia todo.

— O que acontece se não encontrarem o caixão? — interrompi. — Se os calouros não conseguirem.

— Se não conseguirem — disse Serena olhando para mim como se eu tivesse perguntado a coisa mais idiota do mundo — nós levamos o caixão no intervalo do jogo e rodamos pelo estádio com ele enquanto a banda e o grupo de dança, do qual sou a capitã, fazem um show ao som do *hit* de 1990 do MC Hammer, "You Can't Touch This".

— E é isso que vai acontecer, porque os Destruidores são os melhores!

Bryce bateu seu peito contra o de Cody de novo.

Fiquei olhando para eles incapaz de acreditar que minha mãe se lembrara da Noite do Caixão com tanto carinho.

No entanto, tentei esconder meus sentimentos. Ainda precisava descobrir por que Alex odiava tanto Seth — além do fato de ele e seus amigos acharem que as pessoas na ala D eram anormais.

O termo *anormal* era meio subjetivo, assim como *normal* e *louca*. Eu, por exemplo, posso chamar de anormal uma pessoa que fica andando pela ilha tentando esconder um caixão improvisado e depois dança com ele ao som de uma música de mais de vinte anos do MC Hammer durante um evento esportivo.

Mas essa é só a minha opinião. E todos sabiam que eu era louca.

Suspeitava que quando Alex descobrisse que Seth Rector queria colocar o caixão dos veteranos na minha casa — ele provavelmente ia descobrir se visse um bando de alunos da ala A na minha garagem —, ia acabar me contando o motivo da rixa deles bem rápido.

— Não sei — respondi. — Tenho que falar com a minha mãe. Vocês sabem como são essas coisas...

— Claro — disse Seth com olhar azul compenetrado. — Claro. A gente não quer fazer nada que irrite sua mãe.

— Tenho certeza que ela vai dizer que não tem problema — disse Farah. — Sua mãe não estudou na escola de Isla Huesos? Acho que vi o nome dela em um troféu...

— Tenho outra pergunta — interrompi. — Por que um caixão?

Farah e Nicole olharam para mim como se eu tivesse perguntado por que o céu é azul.

— O quê?

— Por que um caixão? — perguntei. — Por que construir e esconder um caixão.

Todo mundo ficou me olhando. Eu não achava que a pergunta era tão estranha assim.

— Por que não um barco? — insisti. — Não somos os *destruidores* da escola de Isla Huesos? Esse nome me faz pensar em piratas, afinal estamos em uma ilha. Eles roubavam os barcos e revendiam tudo para ter lucro, certo? Então não faria mais sentido construir e esconder um *barco*? O mascote da escola é um pirata, não um esqueleto.

Todos ficaram em silêncio. Dava para ouvir as ondas batendo na praia. A enseada de Isla Huesos não tinha ondas altas, como as que eram comuns na Flórida, por causa do recife — o terceiro maior do mundo.

Por algum motivo, notei que as ondas estavam maiores naquele dia. Talvez elas, como eu, sentissem certa inquietação no ar.

— Cara — disse Bryce levantando as sobrancelhas —, ela tem razão. *Faz* mais sentido se for um barco. *Por que* é um caixão?

— Sabe de uma coisa? — Seth pegou a mochila. — Não sei. E não estou nem aí. Só sei que *sempre* foi um caixão.

— Deve ser melhor mesmo — disse Bryce, pensativo. — Noite do Barco não tem o mesmo impacto que Noite do Caixão, sabe?

Todos riram.

Naquele momento, eu não sabia que estava prestes a descobrir por que usavam um caixão. E se todos soubessem a história real da Noite do Caixão, não estariam rindo.

O furacão infernal que nunca descansa
Arremessa e destrói as almas;
São retorcidas, golpeadas e molestadas.

DANTE ALIGHIERI, *Inferno*, Canto V.

Quando saí da F-150 preta de Seth — um presente do pai, como ele me explicou casualmente ao me levar em casa —, vi tio Chris na entrada com uma de nossas cadeiras dobráveis de madeira embaixo do braço.

— Quem é aquele? — perguntou Farah com curiosidade ao se sentar no banco da frente assim que saí.

— É o irmão da minha mãe — respondi.

Tio Chris parou o que estava fazendo e ficou em pé nos olhando com a boca meio aberta. A cadeira grande de madeira embaixo do braço tinha almofada de listras azuis e verdes.

É verdade que a caminhonete do Seth chama a atenção. Ninguém na minha cidade em Connecticut — muito menos na Academia Westport para Meninas — dirigia um carrão daqueles. Seth aumentou a suspensão, portanto o carro era mais alto do que o normal, e as calotas eram de um prateado brilhoso. As janelas eram tão negras quanto o resto da caminhonete, então não dava para ver quem estava lá dentro, a não ser que as portas estivessem abertas. O som estava ligado — a banda que tocava parecia apenas como um monte de berros para mim —, e o volume estava tão alto que o carro toda parecia estar pulsando.

Mas acho que não era por isso que tio Chris estava olhando.

— É o pai do Alex? — perguntou Farah.

— É — falei. É claro que ela estava curiosa. Quem não teria curiosidade em relação a um cara que ficou na cadeia quase tanto tempo quanto você viveu? — Obrigada pela carona.

— Você tem meu número — disse Seth. — Pode me ligar depois que sua mãe responder. — Devo ter olhado para ele com uma expressão meio indiferente, pois acrescentou: — Você sabe. Sobre *aquilo*. — E me deu uma olhada.

— Ah, sim — respondi. — *Aquilo*. Claro.

Bati a porta. Sabia que conseguiam me ver mesmo com as janelas pretas, só que, como eu não conseguia mais vê-los, tive a impressão de que também não me viam — o que, por algum motivo, me fez sentir aliviada.

— Oi, tio Chris — disse eu, indo em sua direção. Atrás de mim, ouvi as imensas rodas da caminhonete esmagando as pedrinhas da entrada da casa. A pulsação da música foi diminuindo. — O que você está fazendo?

O pai de Alex não se mexeu. Ainda estava olhando para o carro.

— Quem eram? — perguntou.

— Umas pessoas da escola — falei. — Me deram uma carona.

— Achei que Alex fosse lhe trazer para casa depois da escola.

— Ah, ele tinha outras coisas para fazer hoje — disse. Não era exatamente uma mentira. — Então arranjei carona com outras pessoas. O que está fazendo com essa cadeira?

— Estou levando-a para a garagem — disse. — Eles acabaram de anunciar no canal do tempo que devemos nos preparar para um furacão. Estamos na rota.

— No quê? — Não ouvira nada sobre furacão nenhum. Quero dizer, acho que sim, mas não prestei atenção porque não ouvi ninguém falando que ele vinha em nossa direção. O sol estava se pondo, mas não havia nuvens no céu.

— A rota é como chamam o *possível* caminho de um furacão, considerando que tempestades são muito imprevisíveis — explicou tio Chris. O tempo foi o assunto com o qual ele resolveu se envolver depois que saiu da prisão. — Provavelmente, vamos ser atingidos por uma tempestade em espiral; são o tipo que forma as bandas externas do olho do furacão. Mas ainda não sabem ao certo. Estamos com três dias de incerteza.

Olhei para ele sentindo-me chocada. Estava tão absorta nas minhas próprias preocupações que não consegui me dar conta da chegada de um furacão, principalmente considerando as ondas na praia e a violência da tempestade na noite anterior. A temporada de furacões ia de julho a novembro, e ainda estávamos em setembro. Bem no meio do período.

No meu caso, porém, a temporada de furacões não era apenas literal, mas também metafórica, como pude perceber enquanto seguia Farah e Seth até o carro depois de comer e senti que meu celular estava vibrando. O número que Richard Smith rabiscou no papel apareceu no visor.

— Alô? — atendi com o coração na mão.

— Srta. Oliviera? — A voz grave era familiar.

— Ah, Sr. Smith — respondi. — Obrigada por retornar minha ligação.

Sem resposta.

— Hum...

Antes de subir na caminhonete, Seth e Farah resolveram ter um momento íntimo. Só que não foi tão íntimo assim porque o resto da lanchonete inteira podia ver o que estavam fazendo. Começaram a se agarrar, encostados no carro. Se tivesse que ficar vendo aquele tipo de coisa nas próximas semanas enquanto essa gente viesse na minha casa para construir o caixão, não sei se valeria a pena, nem mesmo pelo Alex. Eu devia ter feito a mesma coisa que tio Chris e escolhido o clima como hobby.

— Então, agora seria uma boa hora para marcarmos aquele encontro que o senhor mencionou no bilhete? — perguntei.

— Agora seria uma excelente hora — disse o sacristão do cemitério. — Quando estaria disponível, Srta. Oliviera?

— Hum — respondi. Olhei para Seth e Farah, que ainda se beijavam. Virei para o outro lado. — Agora. Agora seria ótimo para mim. Seria conveniente para o senhor?

— Agora *não* seria conveniente para mim — disse com voz mal-humorada —, mas às 18 horas, quando meu escritório fecha, estarei disponível. Acho que sabe onde trabalho.

— Sei — respondi ignorando a alfinetada. Ele sabia muito bem quanto tempo eu passava no cemitério. — Estarei aí às 18 horas.

— Não se atrase — disse. — Irei embora se não estiver aqui.

Desligou na minha cara.

Olhei o telefone e apertei os olhos.

Posso parecer uma menininha doce por fora, com minha saia de acordo com os regulamentos da escola, mas arranco fora essas franjinhas do seu sapato, velhinho. É só procurar meu nome no Google.

Tá, tudo bem, isso só aconteceria na minha fantasia.

— Cuidado nunca é demais com essas tempestades — disse tio Chris. — Dependendo do trajeto que tomam, podem nos atingir e nos matar. Geralmente, não é preciso se preocupar, mas não queremos que esta cadeira linda acabe dentro da sua piscina, sua mãe pagou caro por ela. Seth Um.

— Oi?

Tinha que me apressar se quisesse chegar a tempo no encontro com o Sr. Smith. Depois do Rainha da Ilha, Seth e Farah me levaram em Reef Key para fazer um *tour* pela área onde seus pais estavam fazendo empreendimentos imobiliários. Tive de fingir estar animada e apertar a mão do Sr. Rector e do Sr. Endicott como se desse a mínima para o bando de besteiras que estavam falando. Só conseguia ouvir *blá-blá-blá* atmosfera de um resort luxuoso! *Blá-blá-blá* liberdade de uma ilha privada. *Blá-blá-blá* quadras de tênis! *Blá-blá-blá* lagoa particular de água do mar. E, junto com isso, sete palavras que escutava aonde quer que fosse: *Talvez seu pai esteja interessado em investir*.

Fiquei aliviada, pois consegui escapar com o clássico "Claro, por que o senhor não liga para ele? Aqui está o cartão". Sempre tenho um cartão do papai para emergências. Acho que ele gosta de receber ligações das pessoas para as quais dou seu cartão. Gosta de berrar no telefone tanto quanto na TV.

Tio Chris começou a andar em direção à garagem, que estava aberta.

— Seth Um. É o que estava na placa do seu amigo.

— Ah — respondi. — Sim. O nome dele é Seth. Tio, não precisa fazer isso. Acho que mamãe vai pagar para que guardem tudo quando formos avisados sobre um furacão...

— Ainda está muito cedo para encaixotar as coisas. Mas se não estão usando o móvel, não custa nada guardá-lo. Você deve querer um carro daqueles — disse tio Chris. Colocou a cadeira no topo de outras que já tinha levado para lá. Parecia não estar me escutando. — Como o do Seth Um. Não quer?

— Hum — respondi. — Não. Na verdade, não. Primeiro, não sei dirigir. Segundo, esse tipo de coisa não faz o meu estilo. — E não fazia mesmo.

Tio Chris me olhou pela primeira vez desde que começamos a conversar.

— Você não sabe dirigir? — Estava perplexo. — Por que não?

— Bem — disse entrando na garagem e colocando a bolsa no chão. Por que o pai de Alex escolheu justo aquele momento para ficar falando? — Por que não me saio muito bem em testes, lembra?

Vi seu rosto encher-se de uma coisa que nunca tinha visto antes: emoção.

— Eu a ajudo a passar no teste, Pierce — disse ele.

— Ah — respondi com uma risada —, tudo bem, tio Chris. — Ele veio atrás de mim quando caminhei até a frente da casa para pegar a bicicleta. — Está tudo bem, está vendo? Tenho o meu transporte.

— Faço perguntas para você — falou. — Que tal? Você vai na vovó, ou, se preferir, eu venho aqui, e faço as perguntas. Posso levar você para dirigir também no estacionamento do shopping perto do Wendy's. Foi onde aprendi. Bem, não era o shopping, é claro, ainda não tinha loja nenhuma. Mas tudo bem. Não tive a chance de ensinar ao Alex, mas vou fazer de *tudo* para que passe no teste, Pierce. Pode deixar comigo.

— Que gentil da sua parte, tio — respondi sorrindo enquanto movia a bike. Não tinha tempo para trocar a saia, o que significava que teria que pedalar segurando a roupa para que não voasse. Não queria me atrasar. — Não é que outras pessoas não tenham tentado. Mas sou muito ruim mesmo. — Não queria contar sobre o dia em que meti o carro em um caminhão dos correios porque tentei não atingir um esquilo. Nem sobre quando papai gritou comigo por ter destruído o BMW que ganhei de presente. — É melhor assim. Não sei mexer muito bem em veículos com motor.

— Não faça isso — disse tio Chris. — Jamais faça isso.

Arregalei os olhos.

— Oi? — perguntei.

— Não se menospreze. — respondeu. — Sei o que aconteceu com você. Ouvi tudo, mesmo estando longe. Sua mãe manteve contato comigo e me mandava fotos suas também. Aposto que não sabia disso, sabia? Mas é verdade.

Olhei para ele. Tinna razão. Não sabia daquilo.

— E quando fiquei sabendo do que aconteceu com você, que não estava nada bem, falei para sua mãe que não se preocupasse. — Sorriu para mim o mesmo sorriso doce que sempre me dava. — "Essa daí vai ficar bem", falei para ela. "Dá para ver nos olhos." Agora, Alex? Não tenho tanta certeza sobre ele. É triste falar isso sobre o próprio filho, mas... — Deu de ombros. — Me preocupo com ele.

Entendi exatamente o que quis dizer. Também me preocupava.

— E não é porque você é uma menina ou porque é a filha da Deb. — Balançou a cabeça. — Deb nunca foi que nem você.

— Eu sei — respondi. Tentei não passar um tom amargo na voz. *Cuide-se antes de se detonar.* — Eles guardaram todos os troféus que ela ganhou na escola. Os troféus que vocês *dois* ganharam. Estão todos à mostra na ala A.

Ele pareceu ficar surpreso.

— O que é ala A?

— É... Ah, deixe para lá. — Acho que ele e Alex não conversavam muito. — Eles mudaram a escola desde que você... foi embora.

— Eles mudaram muitas coisas desde que fui embora — disse. — Mas não foi isso que quis dizer. Deb... Tudo é muito fácil para ela. Ganhar os troféus por exemplo. Todo mundo sabia que Deb ia sair desta ilha um dia. Ninguém achou que eu fosse sair. A não ser do jeito que saí. — Deu uma risada. — Acho que isso serve para mostrar que os troféus que você ganha na escola não significam muita coisa. Então... — Olhou para o outro lado, para as nuvens rosadas pelo pôr do sol. — Nunca deixe que digam que você é muito burra para fazer alguma coisa. Não estou dizendo que vai ser fácil para você como foi para sua mãe. Talvez você tenha que batalhar um pouco mais do que as outras pessoas, o que eu sei que não é justo. Mas isso não significa que deve desistir. Porque, se fizer isso, aonde você vai parar? — Olhou para mim e deu de ombros.

— Hum — respondi. — Em uma bicicleta?

— Exato — disse. — Em uma bicicleta.

Acho que a resposta certa era *morando com a senhora que é dona do Loucos por Costura depois de servir 16 anos na prisão.*

Agora sim estava começando a entender o que papai quis dizer com o reino de terror e vingança que tio Chris ia começar a criar por ter saído da prisão. Era a ideia de que "águas paradas são profundas". Tinha muito mais coisa rolando dentro de sua cabeça do que eu podia imaginar.

— Sua mãe pediu que lhe avisasse que vai se atrasar; teve que voltar ao escritório para uma reunião — disse ele.

— Ah — respondi. — Na verdade, eu também tenho uma reunião...

— Tudo bem — disse tio Chris. — Bem, vou guardar os móveis. A não ser que você precise de uma carona para a sua reunião...

— Ah, não, não precisa, obrigada. — Comecei a pedalar em direção ao portão da frente. Quando vi a expressão triste do meu tio, disse: — Mas talvez você possa me levar para uma aula de direção amanhã.

Vi seu rosto se iluminando e soube que tinha dito a coisa certa.

— Está bem — disse. — É sempre muito bom ver você, Pierce.

Se soubesse naquele momento o que ia acontecer mais tarde, talvez não tivesse sorrido para o meu tio, aberto o portão e ido embora. Teria cancelado a minha reunião com o sacristão do cemitério e ficado grudada no tio Chris para o resto da noite. Para ter certeza de que o mal não o atingiria. Esse devia ser o meu novo hobby.

No entanto, não sabia então que o trajeto da incerteza estava apontado diretamente para Isla Huesos.

"Meu filho", disse-me o cortês Mestre,
"Todos os que perecem na ira de Deus,
De todos os cantos, encontram-se aqui"

DANTE ALIGHIERI, *Inferno*, Canto III.

O escritório do sacristão, como ele bem me lembrou, fechava exatamente às 18 horas. Era bem mais tarde quando cheguei.

— Está atrasada — reclamou Richard Smith quando abriu a porta —, mas eu não esperava que fosse diferente. Entre.

Deu um passo para o lado e deixou que eu entrasse em seu escritório imaculado. A luz do sol já se escondia atrás das árvores. Uma luminária na mesa estava acesa, mantendo o aspecto histórico do cemitério de Isla Huesos, que, segundo uma placa ao lado da porta informava, tinha sido construído havia mais de 150 anos, em 1847.

Isso surpreenderia a maioria das pessoas, considerando que o escritório ficava em uma casa branca esquisita, com cerca de madeira, telhado de estanho, varanda na frente, janelas com persianas roxas e chão original de tábuas corridas.

O interior era exatamente como eu me lembrava de dez anos antes, apesar de não ser o mesmo sacristão. Ainda havia ainda os mesmos arquivos de metal e prateleiras com cópias malfeitas de pedidos de enterros e permissões para fechamento e construção de sepulturas.

É isso que sacristãos de cemitérios fazem: supervisionam o enterro dos mortos. Decoração não faz parte do trabalho.

— Não fique aí em pé — disse Richard Smith com mau humor fechando — e trancando — a porta. — Sente-se.

Apontou para uma das várias cadeiras estofadas que ficavam na frente de uma mesa grande de madeira. Eram um pouco diferentes das que eu lembrava, mas não tanto. Não chegara a me sentar quando estivera ali dez anos antes. A vovó me mandara sair antes disso. Eram confortáveis, mas ainda assim sentia-me inquieta.

John havia pedido que eu não voltasse ao cemitério. *Aqui não é seguro para você*, foram suas palavras. *A não ser que queira morrer mesmo. Para sempre.*

Bem, lá estava eu de volta ao cemitério, no escritório do sacristão. Será que ia acabar morrendo por causa daquela visita?

Acho que não seria justo.

O Sr. Smith deve ter captado a minha inquietação, pois sentou-se na cadeira barulhenta atrás da mesa e foi direto ao assunto rapidamente. Tirou o meu colar da gaveta e o colocou sobre um tabuleiro verde.

— Reconhece isto? — perguntou olhando para mim por cima dos óculos.

Tentara pensar em como lidaria com essa situação enquanto estava a caminho e havia decidido que, assim como tinha feito com a polícia em relação ao caso do Sr. Mueller, negar provavelmente seria a melhor maneira.

No entanto, era difícil não pegar o meu colar e sair correndo. O tabuleiro verde ressaltava a beleza dele, o brilho da corrente, a pedra acinzentada. Estava mais pálida no centro do que o normal ou era apenas um efeito da luz? O que ele poderia fazer se eu saísse correndo? Não iria atrás de mim. Era velho. Mais velho do que o joalheiro. Provavelmente teria um ataque do coração sem a ajuda de John.

Todavia, não tinha coragem de fazê-lo. Não contra aquele homem. Não sabia exatamente por que, visto que ele não era muito gentil, nem comigo nem com minha mãe.

Negar. Era o melhor a se fazer.

— Não — respondi tirando o olhar do colar e encarando o velho. Não era um efeito da luz. A pedra *realmente* estava branca no centro. Alguma coisa estranha estava acontecendo. — Nunca vi isso na vida.

— Achei que fosse dizer isso — respondeu Richard Smith sorrindo. — O interessante é que eu, por outro lado, *já* vi este colar antes.

Meu coração se afundou no peito. Que ótimo. De novo não. Isso foi exatamente o que o joalheiro disse. Como eu conseguia me meter nessas situações? E sem a interferência de ninguém? Meus pés pareciam caminhar — ou correr — para essas situações constantemente.

— Não na vida real, é claro — continuou —, só em trabalhos artísticos. Sabe, no meu tempo livre, quando não estou fazendo reservas de túmulos ou tentando impedir que adolescentes idiotas como você danifiquem tumbas centenárias, eu leio. Geralmente, sobre deuses da morte... aqueles que levam os mortos para a vida eterna — acrescentou. Devia achar que eu, sendo uma "adolescente idiota", não entendia o termo.

É claro que ele não sabia que eu, sendo uma EQM, estava totalmente familiarizada com tudo relacionado à morte.

— Meu companheiro também acha que sou louco — disse dando de ombros. — Acho que levo meu trabalho para casa um pouco, sim. Mas considero o nosso medo da morte um tanto ridículo, quando ela é apenas uma parte natural do ciclo da vida. Não quero dizer que a vida não deva ser bem vivida, eu certamente aproveito a minha. Mas você devia ver a reação das pessoas nas festas quando elas perguntam o que faço e eu respondo. Ficam horas me fazendo perguntas.

— É mesmo? — disse, por educação.

Entendo como as pessoas nas festas deviam se sentir. E, sem querer ser má, acho que o companheiro dele tinha razão em achar que era louco. Não que julgar os outros seja do meu feitio.

— Então — disse Richard Smith — é por isso que, quando achei isso — tocou no colar — no meu cemitério esta manhã, não apenas sabia exatamente o que era, mas também sabia que não havia sido esquecido por algum turista que estava passando por aqui tirando fotos depois de um cruzeiro. E quando encontrei isto aqui no colar — colocou os fios do meu cabelo longo e escuro no tabuleiro, os fios que claramente foram tirados do nó que ficara no colar —, pensei nas pessoas que vi ultimamente no cemitério com esse tipo de cabelo; quem poderia ter um objeto tão peculiar? Será que é aquela jovem que vejo aqui quase todo dia, e que não só se recusa a acatar meus pedidos para que não utilize o cemitério como rota de passeio, mas que também usa um colar dourado? Será?

Acho que o subestimei quando o vi no consultório do Novos Caminhos. A gravata-borboleta e o sapato com franjinhas eram só uma fachada.

O cara era bom. Muito bom.

— Nunca vi esse colar na minha vida — respondi. Era a minha história, por enquanto, e eu ia insistir nela.

Sorriu novamente e continuou, como se eu não tivesse falado nada.

— Achei que uma senhorita que passa por aqui sem se importar com os pedestres, quase como se estivesse treinando para o *Tour de France*, pudesse dizer isso depois da noite na qual um terrível ato de vandalismo foi cometido aqui. Sendo assim, logicamente, fui até a área na qual o vandalismo ocorreu. E veja o que encontrei perto do portão.

Mostrou outros fios de cabelo longo e escuro. Primeiro, colocou os fios ao lado dos cabelos que extraiu do colar.

— Mesma cor. Mesmo comprimento. — Depois, levantou todos os fios juntos e fechou um dos olhos, como se os estivesse comparando com meu cabelo, que passava dos ombros. — Eu diria que se parecem bastante.

É claro que eu não tinha como saber se ele pegara os fios de cabelo perto do portão mesmo. Não tinha como saber se aquilo tudo era verdade ou se ele estava blefando para me balançar e fazer com que admitisse que tinha estado no cemitério na noite anterior.

Contudo, me senti fraca, como se fosse desmaiar ou algo parecido.

Por favor, não estrague as coisas, pediu mamãe. Não com palavras, mas com o olhar. E eu estava estragando as coisas. Estragando mesmo.

Por quê?, perguntei para mim mesma. Por que não estava vendo vermelho quando mais precisava? O que havia de errado? Aquele senhor não era *tão* bom assim. Era o tipo de pessoa que papai chamaria de excêntrica.

Talvez fosse por isso. *Era* uma pessoa excêntrica. Não sentia que queria me machucar.

Então, o *que* ele queria?

— Isso... não prova nada — consegui murmurar.

— Não — concordou colocando todo o cabelo de volta na gaveta e trancando-a. Provas para o futuro, pensei com tristeza. — Não prova. Só mencionei isso porque me surpreendeu ver você, a neta de Carlos Cabrero, envolvida em algo tão... sujo. Achei que você quisesse ficar *fora* de confusões, pelo menos por causa do seu tio.

Ai, meu Deus. O tio Chris não. O cara era bom *mesmo.*

— Eu quero — disse sentindo os olhos se encherem de lágrimas. — Eu *quero* ficar longe de confusões.

Foi para isso que John me deu o colar, e veja o que aconteceu. Por que eu o joguei fora?

Aqui não é seguro para você.

— Bem — disse Richard Smith um tanto surpreso, talvez por causa das lágrimas —, você com certeza tem uma maneira interessante de mostrar isso. Agora me diga quem lhe deu este colar.

Olhei a pedra. Não era o efeito da luz. Não era a minha imaginação. O diamante não estava mais cinza. Estava branco. *Branco.*

O oposto da cor que tinha do lado de fora, onde ficava quase negro como a noite. Um trovão ecoou no céu. Estava distante, mas estava lá. Talvez fosse um sinal da tempestade que tio Chris mencionara. Parecia chegar rápido demais, considerando que estávamos apenas em alerta de furacão.

Balancei a cabeça.

— Não posso dizer — respondi. Era difícil falar com as lágrimas descendo. — Desculpe. Gostaria de responder, o senhor parece ser uma pessoa boa, e... — Não conseguia parar de pensar no que acontecera com o joalheiro. Não achava que John ia voltar, nunca mais, mas não tinha certeza. — Não posso.

O Sr. Smith franziu o rosto. Estava obviamente frustrado.

— Srta. Oliviera — disse —, a senhorita está ciente de que este diamante é roubado? Não apenas roubado, mas também *amaldiçoado*?

Respirei fundo. Não devia ficar surpresa. Era a cara do John me dar um colar amaldiçoado e roubado.

— É um colar bem famoso, na verdade — continuou. — Bem, pelo menos na minha área. Supostamente, a pedra foi encontrada por Hades, o deus grego da morte, e dado a Perséfone, sua companheira, para protegê-la das Fúrias...

Fiquei toda arrepiada. O sacristão estava muito longe de mim para perceber.

As Fúrias. John as havia mencionado.

— Como deus da morte, é claro que Hades era detestado por várias almas que não estavam satisfeitas com o seu destino final depois que chegaram ao Mundo Inferior — continuou o Sr. Smith sem perceber meu desconforto. — As Fúrias, era assim que os espíritos opostos a Hades se chamavam. Há controvérsias nos círculos acadêmicos em relação a isso, mas acredito nessa versão. As Fúrias podiam ser bem ardilosas em sua retaliação. Então Hades tinha que arrumar uma maneira de ter certeza de que sua companheira estaria protegida, ou pelo menos... Você está bem, Srta. Oliviera?

Achei que fosse vomitar meu *Coke float*. Não conseguia parar de pensar em todas as pessoas que vi na fila para a outra barca... na qual John disse que eu não gostaria de entrar. Será que todas viraram Fúrias?

Alguma coisa me dizia que sim.

— Não — falei. Lá fora, um raio explodiu tão abruptamente que me assustei. — Preciso ir. Estou de bicicleta, tenho que ir antes que comece a chover. Então...

— Não se preocupe. Eu lhe dou uma carona. — O Sr. Smith pegou um livro grande que estava na prateleira atrás dele. — Pessoalmente, nunca fui fã do mito de Hades e Perséfone. É muito dramalhão. Ele raptou a coitadinha da menina daquela maneira horrorosa e a forçou a viver com ele no Mundo Inferior contra a sua vontade, e a mãe de Perséfone teve que intervir... Nunca gostei de histórias que envolvem mães. Sempre acho melhor que os filhos resolvam tudo sozinhos. Enfim, estou divagando. É assim que chamam este diamante, sabia? O Diamante de Perséfone. Ah, aqui está. — Mostrou-me a ilustração. — Maria Antonieta, em toda a sua glória, usando o diamante da senhorita. Seu marido, o rei Luís XVI, deu-lhe o colar. Não faço ideia de como o conseguiu. Dizem que as Fúrias têm o poder de possuir qualquer humano que desejam — quero dizer, qualquer humano que seja fraco o suficiente para que as Fúrias o possuam —, então talvez uma Fúria tenha possuído o rei a fim de causar o mal. Nenhum dos dois teve sorte. Este retrato mostra a única vez em que Maria Antonieta teve a chance de usar o diamante antes de os camponeses se insurgirem contra ela e seu marido e de os executarem por traição e crimes contra o estado. Eles *devem* ter falado sobre a Revolução Francesa na escola, não falaram, Srta. Oliviera?

Olhei a imagem, uma reprodução de um retrato de Maria Antonieta, a rainha amaldiçoada da França. Surpreendentemente, usava um vestido que se parecia com a toga que Perséfone, a noiva relutante de Hades, sempre vestia nos desenhos em vasos. Havia até folhas de uvas adornando a enorme peruca da rainha. Tudo bem, eram folhas feitas de ouro, mas tanto faz.

E em seu pescoço — o pescoço fino que logo seria cortado pela Madame Guilhotina — estava o meu diamante, mas em um colar verde de veludo em vez de em uma corrente de ouro.

John disse que vários homens haviam morrido por causa do diamante que ele me deu. Não só homens, pelo visto.

Ele sabia? Será que sabia de sua "origem" sangrenta, como disse o joalheiro?

É claro que sim. *Tinha* que saber.

E ele me deu o colar assim mesmo. Disse que era para me "proteger"...

A pedra não protegeu Maria Antonieta.

Comecei a tremer incontrolavelmente. Tinha deixado o casaco em casa. Devia tê-lo colocado na cesta da bicicleta. Mas como ia saber? Como saber que ia escutar sobre... *aquilo*?

O sacristão do cemitério ainda não havia notado o meu desconforto. Contava sua história mórbida alegremente.

— O diamante desapareceu — disse fechando o livro — junto com a maior parte das joias da rainha depois do saque. Até que, aleatoriamente, apareceu de novo, pouco mais de cinquenta anos depois, na lista de carregamentos de um barco mercantil que estava atracado aqui em Isla Huesos, em 11 de outubro de 1846. E foi a última vez que a pedra — e todos no barco — foram vistos. O barco, como todos os outros que estavam no porto naquele dia, foi destruído por um furacão que apareceu do nada. Milhares de pessoas se afogaram, todas as embarcações e prédios da ilha foram destruídos — incluindo o hospital e o Farol, portanto não havia onde cuidar dos feridos nem como enviar sinais de ajuda. O furacão também — continuou o velho — levou todos os caixões aqui do cemitério para o mar, e não havia onde enterrar os mortos. — Balançou a cabeça. — Deve ter sido uma senhora bagunça, sem falar nos mosquitos e na cólera.

Devo ter emitido algum som que Richard Smith considerou ser um sinal de descrença, pois logo enfatizou o que havia dito.

— É verdade. É por isso que mantemos os caixões em criptas hoje em dia. É claro que deviam ter pensado melhor, considerando o que os espanhóis encontraram na ilha trezentos anos antes, quando *eles* chegaram aqui, mas... — Encolheu os ombros lentamente. — Algumas pessoas preferem esquecer a história.

Eu não estava mais com vontade de desmaiar. Nem com frio. Estava sentindo... nada.

— Um fato interessante sobre aquele furacão — prosseguiu ele — é que foi o que causou mais mortes na história de Isla Huesos. Um homem mais supersticioso do que eu poderia dizer que foi como se alguém não quisesse o diamante na ilha, com seu mau agouro, como diria o meu companheiro. Porque a pedra nunca chegou, sabia? Ela afundou com o resto do carregamento da embarcação e nunca mais foi vista... embora os donos da companhia que possuía o barco tenham contratado uma equipe de mergulhadores para procurar por ela; e procuraram por meses, até anos, em uma enseada que tem apenas 3 metros de profundidade. Nunca acharam nada. Foi onde você a encontrou? — Seu olhar ficou mais intenso. — Em um escombro no mar? Porque hoje em dia isso não se chama um achado, Srta. Oliviera, ou uma brincadeira, ou qualquer que seja o termo usado pela pessoa que lhe deu isso. Isso se chama violação de sítio arqueológico submerso e destruição de herança cultural submarina; e isso, assim como violação de túmulos, é ilegal.

Balancei a cabeça, chocada. Do que ele estava falando?

— Não — disse com o coração batendo mais alto do que os trovões. — Não, é claro que não. Não foi nada disso...

Pensei nele assim que a vi lá embaixo, disse John quando me deu o colar. *Só que nunca pensei... Bem, nunca pensei que você fosse mesmo você, ou que gostaria de vir aqui comigo.*

Foi assim que ele conseguiu o diamante? Causando um furacão horrível que matou várias pessoas e destruiu vários navios, e depois pegando a joia no fundo do mar?

Não era possível.

Se bem que... as coisas que o vi fazendo também não eram possíveis.

— Quem quer que tenha lhe dado isso — disse o Sr. Smith, pegando a pedra e a olhando mais de perto — deu um tratamento à joia de uma maneira que só posso chamar de caprichosa, no mínimo.

— Já falei — disse —, eu não...

— Ah, claro — respondeu olhando para o teto. — Você não sabe nada sobre isso. Bem, a lapidação é peculiar. Vê como cada ponta forma um desenho arredondado no topo do diamante? É lindo. E peculiar. Sabe o que estas cinco pontas representam? — Nem esperou pela minha resposta. — Rios — respondeu. — Cinco rios. Consegue pensar em um lugar que tenha cinco rios? Vamos. Adivinhe.

— Não sei. Sou péssima em geografia. — E em qualquer outra matéria que não tivesse a ver com vingar a morte de Hannah Chang. — Olhe, eu realmente tenho que...

— É muito simples. — Indicou um lápis com a primeira ponta. — Dor. — Apontou para a segunda. — Lamento. — Para a terceira. — Fogo. — Para a quarta. — Esquecimento. — Para a quinta. — E ódio.

Um trovão soou. A tempestade estava próxima, parecia estar bem em cima de nós.

— Os cinco rios do Mundo Inferior — disse Richard Smith, contente. Contou os dedos da mão. — Aqueronte,

Cócito, Flegetonte, Lete e o rio Estige. Pelo amor de Deus, menina. — Encostou-se na cadeira e me encarou. — Não ensinam *nada* de útil para as crianças hoje em dia? *O Mundo Inferior*.

Senti como se tivessem me atropelado.

Eu devia saber, é claro. Devia saber. Estava lá na minha frente o tempo todo. Literalmente. Em volta do meu pescoço.

Não sei por que não percebi. Os psiquiatras tentaram me falar. O meu suposto sonho estava cheio de coisas que vi na TV. Não estudei mitologia grega na escola?

É claro que estudei.

No entanto, não prestava muita atenção em coisas que não me interessavam, nem mesmo antes do acidente. Herdei isso do meu pai *e* da minha mãe, apesar de que se eu mencionasse isso, eles culpariam um ao outro. Colhereiros, culpa sua. Não, estrelas marciais, culpa sua.

Mas *quem* prestava atenção nos mitos? Aqueles nomes estranhos e pessoas sendo atingidas por flechas no calcanhar de aquiles e meninas sendo levadas para o Mundo Inferior. Era complicado, estranho e não tinha nada a ver com a realidade.

Todavia... alguma coisa não fazia sentido.

— Mas... — Pisquei os olhos. — Não havia rios quando estive lá. Só um lago.

Agora era *ele* que estava me olhando.

E com razão.

— Quando você esteve lá? — O Sr. Smith tirou os óculos. — Como assim *quando você esteve lá*?

Às vezes, fico muita cansada de fingir. Era realmente exaustivo tentar se encaixar, tentar ser "normal".

Mesmo que essa palavra não fosse terapeuticamente benéfica.

— Este colar — disse colocando minha mão sobre ele. A pedra estava morna e confortável, como sempre.

Porém, agora que sabia que milhões de pessoas haviam morrido por causa dela — que uma rainha tinha perdido sua cabeça por ela, mesmo que indiretamente —, não me senti tão amigável em relação à joia quanto antes.

— Este colar serve para me proteger do mal — informei.

— Bem — disse Richard Smith piscando rapidamente. Pela primeira vez, parecia não estar tão seguro. — Sim. É como diz a lenda. Foi por isso que Hades o fez. E se alguém que *não* foi escolhido como companheira pelo deus da morte o possuir... — Deu de ombros, coçou os olhos e colocou os óculos de volta. — Bem, coisas ruins vão acontecer, obviamente. Mas isso tudo é história. O que quis dizer com...

— Ele não me falou essa parte — murmurei fitando a janela. — Ele não me disse que haveria espíritos vindo atrás de mim. Não me disse quem era. Ou talvez tenha dito. Eu estava chorando tanto...

Levantei-me da cadeira me sentindo tonta e fui para perto da janela. A vista do escritório do sacristão dava para a rua, mas também para a parte do cemitério na qual ficava a árvore de flores vermelhas. Seus galhos escuros e retorcidos se espalhavam por cima do túmulo de Hayden.

Não sei o que estava esperando ver lá fora. *Ele?* Como se tivesse alguma chance de estar lá, perto da cripta na qual jogou o colar que me deu (porque eu o devolvi). Ou de estar perto do portão que chutou depois de me mandar ir embora (porque eu o chamei de imbecil).

Não sabia ao certo se queria vê-lo ou se tinha medo disso.

Não precisava me preocupar. O cemitério, assim como a rua, estava deserto. Todos tentavam evitar a tempestade que se aproximava.

Assim como ele estava tentando me evitar. Se é que ainda dava importância a mim.

— Srta. Oliviera — disse o sacristão atrás de mim. — Não estou entendendo nada. Quem é *ele*? O que quis dizer quando disse que esteve *lá*?

— Não importa. — Gargalhei. Não dava para acreditar. — Joguei uma xícara de chá na cara dele.

— Espere — disse ele. — Você está me dizendo que...

— O que o senhor quer?

Virei de costas para a janela. Não sei por que estava descontando nele. *Não* era culpa do pobre velhinho. Acho que fui à janela para ter a certeza de que ele não estava lá e de que nunca voltaria. Depois de tudo o que passara, depois do que havia acabado de ouvir, em vez de me sentir *aliviada* ao ver que ele não estava lá, o que senti foi frustração.

Eu não devia estar no Novos Caminhos. Devia ter ficado no jardim de infância.

— O que o senhor *quer* de mim, escrevendo bilhetes misteriosos e tentando me intimidar assim? — indaguei. — É dinheiro para consertar a droga do portão? Tudo bem. Meu pai paga. Só não conte nada a ninguém. Minha mãe está tentando ter um novo começo de vida aqui.

Fui até a mesa e peguei o colar. Assim que o fiz, me senti melhor. Reconfortada.

Isso foi o mais estranho de tudo.

— E menti para o senhor — falei. — Este colar é meu, e eu o estou pegando de volta. Não estou nem aí para qualquer droga de maldição. E aí? — Olhei bem dentro dos olhos dele. — Quanto?

Ele estava surpreso. Mais do que isso.

Estava horrorizado.

— Dinheiro? — indagou. — Nunca quis o seu dinheiro, Srta. Oliviera. Isso nunca teve nada a ver com dinheiro.

Encarei-o sem entender.

— Mas se o senhor não quer dinheiro — perguntei —, então o *que* quer de mim?

— Bem, para começar, a verdade. — Fitou a mesma janela na qual eu estivera. — Há quanto tempo conhece John?

"Não escutas a dor em seu lamento?
Não vês a morte que o combate
Junto ao rio que ao mar não corre?"

DANTE ALIGHIERI, *Inferno*, Canto II.

— Eu? — Encarei o velho. — *O senhor* conhece o John?

Mencionei John como se fosse óbvio que o sacristão o conhecesse.

Mas... *ele* não tinha acabado de admitir que o conhecia?

— Bem, é claro que sim — disse Richard Smith me encarando como se eu fosse meio lenta. — Não tão bem quanto você, evidentemente. Mas *eu* não fui para o Mundo Inferior quando morri.

Meus joelhos ficaram fracos de repente. Eu me apoiei na cadeira e me sentei, colocando o diamante contra o peito.

— Quer dizer que o senhor...

— Sim, sim — respondeu tocando o peito. — Ataque do coração. Ponte de safena. Mas *eu* vi apenas uma luz.

Encostou-se novamente e olhou para mim com uma expressão completamente diferente da anterior. Parecia estar... bem, um pouco impressionado. Como se eu não fosse a "adolescente idiota" que julgara que eu fosse.

Devo admitir que estava agindo como uma. Mas as circunstâncias me levaram a isso.

— E você, Srta. Oliviera? Como faleceu? — Seu olhar era gentil.

— Caí e bati a cabeça — disse. — E me afoguei. Mas tive hipotermia — acrescentei porque odiava a forma como tinha morrido. Soava tão bobo, especialmente quando considerava o pássaro.

Ele fez que sim com a cabeça.

— Ah. Claro. Foi por isso que conseguiram reavivá-la. — Mexeu nos óculos de novo, limpando as lentes com um pano que estava na mesa. Recolocou os óculos e olhou mais para mim. — Você disse alguma coisa sobre jogar... chá no rosto dele?

Olhei o chão.

— Isso. Foi assim... Bem, foi assim que escapei.

— Entendo — disse sem qualquer tom de julgamento. — E isso aconteceu há mais ou menos... um ano e meio atrás?

Encarei-o novamente, surpresa.

— Como o senhor...?

— Ah, é um chute — respondeu com o olhar distante. — Isso explica muitas coisas, só isso.

— Que coisas? — Não estava entendendo.

— Deixe para lá — disse olhando para mim de novo. — Então. — Inclinou-se para a frente. A cadeira rangeu. — Conte-me o que aconteceu com o cordão. Se não se importa, é claro. Eu perguntaria diretamente a ele, mas...

ele não tem estado muito comunicativo ultimamente. — Deu um sorriso, os olhos brilhando. — Agora sei o porquê. Se bem que, acho que você vai concordar, John *tem* uns momentos de temperamento difícil.

Balancei a cabeça sem acreditar no que estava ouvindo. Esse tempo todo, insistira com as pessoas que John era real e ninguém acreditara em mim.

E agora estava sentada com alguém que não apenas acreditava, mas que tinha visto e falado com ele — e que não parecia achar que era um monstro. Ele o chamava de John. Simples assim. Apenas... John. *John tem uns momentos de temperamento difícil.*

Eu não era louca. Nunca fui louca.

— Não entendo — falei. — Você *fala* com ele? Você *fala* com ele. Vocês dois têm... *conversas.*

Tinha que tomar um refrigerante, um café, umas pílulas, tinha que descer uma montanha com minha bicicleta muito rápido, *alguma coisa.* Não dava para processar a informação. A imagem de John sentado no escritório, naquela cadeira, falando com aquele homem não entrava na minha cabeça.

— Bem — disse Richard Smith encostando-se com ar pensativo. — Não sempre, é claro. Mas ocasionalmente, sim. Eu o encontro lá fora e conversamos. Nunca foi uma coisa fácil. Ele é meio... Como a sua geração diz? Ah, sim. De lua.

De lua? O cara aparecia do nada e tentava matar as pessoas que chegavam perto de mim. "De lua" era o mínimo que se podia dizer.

— Mas, ao contrário do sacristão que trabalhava aqui antes de mim, tenho a vantagem de ter tido a experiência da morte. Ele deixou vários bilhetes me avisando que John era... de lua — explicou o Sr. Smith. — Então não tenho medo nem da morte nem das coisas que vêm com ela, como John.

Arregalei os olhos. O fato de Richard Smith não ter medo de John ou do lugar de onde ele vem me chocou ao extremo.

— E alguns dos avisos, devo admitir, foram certeiros — continuou —, visto que ele é evidentemente um jovem atormentado. Quem não seria, em seu lugar? Mas as histórias sobre ele — as coisas pelas quais as pessoas o culpam — saíram do controle. O vandalismo, por exemplo...

— O senhor está falando sério? — Olhei para ele, chocada. — Está falando sobre o portão? Porque foi ele. Eu estava lá. E foi ele, sem dúvida.

Richard Smith ergueu as sobrancelhas.

— Bem, ele com certeza não tem nada a ver com todas as mortes que o outro sacristão...

Balancei a cabeça.

— Deixe-me perguntar uma coisa. As pessoas que morreram eram uns desgraçados que mereciam morrer mesmo? Porque, se eram, então foi ele.

O sacristão balançou a cabeça.

— Mas...

— Qual é o seu problema? — explodi. — Não consegue ouvir os trovões lá fora? É ele, com certeza!

Parou de falar e me encarou.

— Ele certamente não consegue controlar o tempo.

— Ah, tá — respondi. O velhinho vivia no mundo da fantasia. — Claro. Não consegue. Ele mora aqui desde quando? Estava aqui na época do furacão que você mencionou, quando o colar desapareceu?

O sacristão arregalou os olhos.

— Ele é uma divindade da morte, Srta. Oliviera, e não um assassino ou o homem do tempo. Você devia saber disso mais do que todo mundo.

Comecei a achar que aquele cara não conhecia John tão bem, mas não falei nada.

— Mas, pelo que entendi — continuou —, sim, John surgiu na ilha pela primeira vez junto com o furacão de 1846... ou foi quando começaram a registrar aparições dele. — Eu devo ter feito uma cara de surpresa, pois ele disse: — Isso mesmo. Outras pessoas já o viram, e não apenas sacristãos do cemitério... apesar de a maioria das vezes ele ter aparecido aqui. Por que acha que nunca investimos em câmeras de segurança? Porque todos de Isla Huesos sabem que devem ficar longe daqui depois do escuro para não correr o risco de encontrá-lo. — Sua expressão ficou mais obscura. — Bem, com a exceção de adolescentes que ainda não aprenderam a lição, especialmente nas Noites do Caixão...

Balancei a cabeça.

— O que é essa noite? Ela tem alguma coisa a ver com John?

— É claro que tem — respondeu. A sala estava tão escura que mal dava para ver o rosto do sacristão na sombra. Lá fora, o vento havia se acalmado. Tudo parecia estar em silêncio, um tipo de silêncio que antecede a chuva. — Tudo aconteceu há tanto tempo que ninguém mais se lembra da história, ou não se lembra corretamente. Só se lembram que é importante construir um caixão e escondê-lo... É claro que isso é um ato simbólico. Esconder representa enterrar.

— Mas *por quê*? — perguntei. — Não faz sentido.

— Na verdade, faz sim — falou —, porque nenhuma vida, se vivida por uma pessoa decente, deve cair no esquecimento. Então, por exemplo, se um soldado foi traído pelas pessoas que considerava suas amigas, se seu corpo é jogado para fora de um barco e abandonado nas ondas, sua família vai se perguntar para sempre o que aconteceu e nunca vai saber se está vivo, se está bem... Isso é uma forma de inferno.

Por algum motivo, minha mente voltou àqueles momentos no fundo da piscina no nosso quintal em Connecticut, quando fiquei lá olhando as franjas do meu cachecol. Abandonada. Foi como me senti. Apesar de não ter sido traída nem assassinada. Minha morte foi culpa exclusivamente minha.

— Foi o que aconteceu com *ele*? — perguntei com a voz emocionada.

Mesmo que não desse a mínima para John, não queria que aquilo tivesse acontecido com ele. Devia ter sido assustador ser jogado no mar, no meio das ondas do oceano. Ficar no fundo da piscina foi tranquilo. Pelo menos minha mãe sabia onde me procurar.

Você acha que gosto disso?, perguntou John naquele dia no quarto com a voz rouca. *Não acha que eu gostaria de ir embora para ver a* minha mãe?

Meu coração estava mais partido ali no escritório do sacristão do que nunca.

Eu não sabia. Não tinha ideia do que John estava falando.

Não até aquele momento.

O sacristão se encostou novamente. A cadeira fez barulho. O momento — seja lá qual tenha sido — estava acabado. Ele não ia me contar mais sobre a morte de John, se é que tinha pensado em falar sobre isso.

— Como tudo — disse voltando ao assunto —, a história foi distorcida. E talvez, nesse caso, isso seja bom. Porque às vezes, quando as pessoas sabem a história de verdade, elas não a aguentam. É muito assustadora. E acaba virando uma coisa como a Noite do Caixão, que tem mais a ver com futebol e fogo do que com honrar os mortos. Mas ainda estou curioso — prosseguiu — sobre o que aconteceu com você, Srta. Oliviera, depois que morreu. Foi quando John lhe deu o colar?

Fiquei encabulada por algum motivo.

— Quando morri... o que aconteceu... foi... — Balancei a cabeça. Era incrível. Eu encontrara alguém que realmente acreditava em mim, mas as palavras não queriam sair. Nunca conseguiria dizer àquele homem gentil como era o Mundo Inferior, ou o que eu passara lá. — Não foi como nos livros — disse finalmente. — Eu tive que correr. *Tive* que correr.

O Sr. Smith ergueu as sobrancelhas.

— Entendo — falou. — Mas antes ele lhe deu isso? — Apontou para o colar em minhas mãos. — E, de alguma forma, isso voltou com você?

Ainda estava muito envergonhada pelo que tinha feito com John para olhar o homem nos olhos. Olhei a pedra. Ela pareceu piscar para mim. Estava branca como a camisa do Sr. Smith.

— Isso — concordei. — Eu já tinha conhecido John aqui no dia do funeral do meu avô quando tinha 7 anos. Ele foi... legal naquele dia. Aí morri quando tinha 15 anos e o vi de novo. Naquele dia, não foi tão legal. Pelo menos não no começo. Eu o vi algumas vezes depois disso. Uma delas foi ontem à noite. — Já tinha arruinado todo o esmalte das unhas enquanto falava com ele. Havia cascas de esmalte por todo o chão embaixo da cadeira. Ótimo. — John... Ele me assusta — admiti. — Ele é meio... selvagem. Não entendia antes, mas agora, graças ao senhor, entendo melhor. Quero ajudá-lo, mas ele não deixa...

O Sr. Smith fez um som repentino.

— Ah, não. Imagino que a última coisa que ele queira seja a sua ajuda.

Levantei as mãos, desamparada.

— Então não sei o que fazer. Ele não o assusta?

— Bem... talvez assustasse um pouco no começo. Um dos problemas de trabalhar em um cemitério, acho, é que você vê coisas estranhas o tempo todo. Mas... — Richard Smith deu de ombros. — Você sabe por que chamam esta ilha de Ilha dos Ossos, não sabe? É impossível que um lugar que serve como depósito de mortos não seja uma porta para o Mundo Inferior...

Olhei para ele com o coração encolhido dentro do peito.

— É isso que Isla Huesos é?

— Claro, Srta. Oliviera — respondeu com um sorriso. — O que a senhorita achava? Por causa disso, é claro, é preciso haver um guardião para os mortos. E uma pessoa com um trabalho desses tende a ser meio assustadora.

— E é isso que ele é? — indaguei pensando no nome na cripta na qual nos encontramos duas vezes. Não queria perguntar, mas depois de saber sobre o colar, tinha de fazê-lo. — Ele é... Hades?

Lá fora, os primeiros pingos de chuva começaram a cair, fazendo barulho no teto de estanho. Começou devagar, mas logo ficou forte. Parecia o som de balas de fogo.

— É claro que não. — O velho parecia surpreso. — Hades era um deus, e John Hayden não é isso. Nasceu como homem, viveu como homem e morreu como homem, e *só então* se tornou o que você viu... o governante do Mundo Inferior.

— Então ele tomou o lugar de Hades quando ele... se aposentou? — perguntei ainda sem entender.

O Sr. Smith fez que não com a cabeça.

— Não, não — disse. — Pelo que consegui deduzir e, por favor entenda, você é a única pessoa que conheço, além de John, que esteve lá, o mundo de John *não é* o Mundo Inferior. Isso seria uma honra para a nossa pequena ilha, mas houve uma explosão demográfica considerável depois dos dias de Homero, você não acha?

Encarei o velho.

— Não entendi uma palavra do que o senhor acabou de dizer. — Só entendi que John não era Hades. O que era um alívio, mas ainda não entendia exatamente o que ele era exatamente. — Quem é Homero?

Ele suspirou como se estivesse se perguntando por que tinha sido amaldiçoado com uma pupila tão ignorante; depois, voltou a pegar o livro sobre deuses da morte e me mostrou uma parte com ilustrações bem coloridas, cada uma com diferentes representações do que, para mim, devia ser o inferno. Suponho que, para uma pessoa como ele, elas todas parecessem ser fotos de playgrounds.

— Veja — disse Richard Smith tentando ser paciente comigo. — É até bem simples. Toda cultura, toda religião no mundo, tem sua própria mitologia relacionada ao Mundo Inferior pelo qual as almas dos que morreram há pouco tempo passam antes de seguir para a vida eterna, de astecas a gregos, de muçulmanos a cristãos. Deve haver dezenas, até centenas de Mundos Inferiores. São como... um tipo de local de processamento para as almas dos que se foram, onde os dignos são separados dos indignos antes de serem enviados ao seu destino final. E este pequeno cemitério aqui, por acaso, está no centro de um desses lugares. Seu avô — que tinha o mesmo interesse nesse assunto — e eu estudamos sobre isso extensivamente...

Eu me engasguei e o interrompi.

— O meu *avô* conhecia John? Achei que vocês fossem apenas companheiros de bocha.

Ele pareceu sentir um pouco de vergonha.

— Ah, você está falando sobre o que contei na escola? Hum, sim, isso foi uma pequena invenção. E não, o seu avô não conhecia John, apesar de saber *sobre* ele, é claro. A pessoa que estava no meu lugar antes de mim... — Deu uma tossida leve. — Digamos que sua visão sobre a existência da vida após a morte era um tanto estreita. Você não imagina o quanto as pessoas resistem à ideia de um jovem que consegue andar tanto no plano terrestre quanto no plano astral, e que faz isso sem problemas há um século e meio...

Na verdade, era fácil imaginar que "algumas pessoas" pudessem receber mal a ideia. Como meu pai, por exemplo. Por isso nunca falei nada com ele.

— O meu avô... — disse tentando trazê-lo de volta para a história.

— Ah — respondeu. — Bem, sim, como ia dizendo, John não aparecia muito naquela época. Foi só quando comecei a trabalhar aqui que consegui conhecê-lo, e, nessa época, seu avô já havia falecido, infelizmente. Quanto à bocha, seu avô nunca quis que sua avó soubesse que ele era parte de nossa pequena... sociedade. Como mencionei, algumas pessoas acham que o estudo dos deuses da morte e do Mundo Inferior é um pouco... mórbido. E sua avó é uma delas. Não estou dizendo que não seja uma mulher amável — acrescentou rapidamente —, e valiosa para a nossa comunidade. O meu companheiro costura e compra todas as linhas na loja dela. É apenas uma senhora muito conservadora, e acho que teria considerado o fato de seu avô estar envolvido com uma coisa tão... esotérica, um pouco mais difícil de digerir do que um time de bocha.

Balancei a cabeça.

— Isso é estranho.

O sacristão me olhou por cima dos óculos.

— Por que é estranho?

Eu já ia dizer: *Porque foi ela que me apresentou a John.*

Mas não tinha sido. Eu me lembrei que na cozinha, depois, ela insistira que eu tinha inventado tudo.

Aqui não é seguro para você.

Mundos Inferiores? Deuses da morte? Fúrias? John não estava brincando: o cemitério não era um lugar seguro para *ninguém*. Vovó jamais me deixaria sair do escritório do sacristão para brincar se soubesse de alguma coisa.

— É estranho — continuei — que vovó não saiba. Porque o senhor disse que todos sabem. *Todo* mundo sabe sobre John, e Isla Huesos fica exatamente em cima de um Mundo Inferior.

— Uma coisa é saber — disse o Sr. Smith —, outra coisa é acreditar. Sua avó conhece as histórias sobre John. Todo mundo aqui conhece. Mas se acredita ou não em sua veracidade... isso é outra coisa. Ela é conhecida por manter os pés bem presos no chão.

Ele tinha razão. Vovó não acreditava em nada que não conseguisse ver com os próprios olhos, exceto o que estava na Bíblia. Foi isso que falou para mamãe sobre os produtos da empresa do meu pai que vazaram.

— Não vi nenhum sinal da poluição — disse ela —, nem do óleo do qual as pessoas reclamam tanto.

— Mas essa é a questão, mãe — disse minha mãe. — Só porque você não consegue ver não significa que não está lá. Ninguém sabe o estrago que isso pode fazer ao ecossistema daqui a alguns anos.

— Ah, pelo amor de Deus, Deborah — respondeu vovó. — Eu mandei uma conta referente aos turistas que perdemos, aquela companhia pagou na hora, cada centavo. Então, me desculpe, mas por que vou me preocupar com o seu bando de pássaros idiotas?

— De qualquer maneira — prosseguiu Richard Smith —, seu avô e eu sempre fomos adeptos da ideia de que deve haver tantos Johns Haydens no universo quanto há Mundos Inferiores. Eles seriam almas que, sabe-se lá por quê, estão destinadas a passar toda a eternidade organizando os espíritos dos mortos e levando-os para o caminho do destino final.

— Mas então como eu fui parar *neste* Mundo Inferior, em Isla Huesos, quando morri em Connecticut? — perguntei. — Não faria mais sentido se fosse para, digamos, Bridgeport? Já fui lá. Se há um Mundo Inferior naquela área, com certeza estaria localizado em Bridgeport.

Ele ficou pensativo.

— Você disse que já o tinha conhecido antes, quando tinha 7 anos. Talvez seja por isso.

Balancei a cabeça. Não é que as coisas que o Sr. Smith estava falando não fizessem sentido... é que eu não estava acreditando que fora tão cega por tanto tempo. E ainda tinha muitas perguntas.

— E não tem nada que ninguém possa *fazer* — perguntei ao sacristão — em relação às Fúrias para ajudar John?

Ele sorriu para mim, com tristeza.

— O que propõe que façamos, Srta. Oliviera? Está falando sobre uma região onde as almas vão depois da morte. Vamos entrar lá com tochas e tridentes? Como vamos chegar lá sem morrer primeiro?

Quis chorar. As Fúrias pareciam ser um desastre ainda maior do que o causado pela empresa do papai.

— Como escolheram John para fazer esse trabalho tão sujo? — perguntei. — Não parece justo. O que ele fez para merecer isso?

— *Isso* — respondeu o Sr. Smith com firmeza, fechando o livro — é uma coisa que você vai ter que perguntar pessoalmente.

Fiquei encabulada.

— Não posso falar com ele — respondi diretamente. — Ele me odeia.

— Odeia? — O Sr. Smith se levantou. Estava se preparando para ir embora. — Tenho certeza de que isso não é verdade.

— Não — falei. — O senhor não entende. *Tentei* falar com ele. Fiz tudo o que pude para que me escutasse. Tentei pedir desculpas pelo que aconteceu quando nos conhecemos. Pedi desculpas pelo chá. E sabe o que ele fez? Jogou o colar no outro lado do cemitério.

— Finalmente — disse o Sr. Smith um tanto satisfeito —, uma explicação para o que encontrei perto dos caixões da família Wolkowsky esta manhã.

— Ele é um pesadelo — falei. Era bom finalmente ter alguém para desabafar sobre isso. Alguém que ia ouvir de verdade, que sabia do que eu estava falando. Que pena que era um velho que claramente não sabia de mais nada além de deuses da morte. — Não sei o que devo fazer. Se soubesse dessas coisas, que Isla Huesos fica em cima de um tipo de Mundo Inferior, o senhor acha que eu teria concordado em vir para cá? E só o que fiz foi morrer. Aí, só porque reconheci John do nosso encontro neste cemitério quando eu tinha 7 anos, achei que ele pudesse me ajudar, e eu por acaso tinha algumas sugestões sobre como gerenciar aquele lugar melhor...

O sacristão, que havia começado a colocar papéis em sua pasta, fez uma pausa.

— Meu Deus. Tenho certeza de que ele não gostou disso.

— Não — respondi. — Nem me fale. Então, quando me dei conta, ele tinha me colocado em uma sala *com uma cama*, dizendo que íamos passar a eternidade lá porque eu tinha perdido a barca, o que acho que foi culpa dele, a propósito. O que eu ia fazer? Surtei. O senhor também surtaria.

— Bem — disse o Sr. Smith —, sim. Tenho certeza de que também teria, hum... surtado.

Levantei-me e andei pelo pequeno escritório de novo, com o colar nas mãos. Lá fora, a chuva caía forte, como se os anjos no paraíso estivessem chorando por mim, todos ao mesmo tempo. É claro que não estavam, pois eu tinha quase certeza de que os anjos no paraíso tinham virado as costas para mim, senão nada daquilo teria acontecido.

— O senhor tem noção de que, desde que voltei daquele lugar, John fica ou causando infartos, ou pulverizando a mão de alguém, ou destruindo um portão bem na minha frente, e sou *eu* quem recebo a culpa? Toda vez!

Ele pareceu ficar tocado.

— Não acho que seja possível culpar John por *todos* esses...

— Eu o vi fazendo isso tudo! — exclamei. — E tive que impedi-lo de fazer coisas piores! E agora o senhor me diz que devo *falar* com ele? Como posso falar com ele? Sempre que faço isso, alguma coisa horrível acontece. Vim para cá com minha mãe para tentar começar de novo, ser normal. Mesmo que a palavra *nor-*

mal não seja terapeuticamente benéfica. Mas como posso ser normal se o senhor me diz para falar com alguém que toma conta do Mundo Inferior, e que, aliás, me presenteou com o colar que Hades deu a Perséfone, um colar que, detalhe, matou milhares de pessoas? — Sacudi o diamante. — Isso tudo é muita *loucura*.

— Não — disse o Sr. Smith fechando a pasta com determinação e virando-se para mim com uma expressão tão acinzentada quanto a pedra em minhas mãos. — Não é. Tudo faz sentido para mim agora. Quando comecei a trabalhar aqui, John era um desafio, é verdade. Mas consegui falar com ele, provavelmente porque, como você, eu vi a morte... Pouquíssimas coisas me assustam agora. Mas exatamente há um ano e meio, aconteceu algo que fez com que John se transformasse no... pesadelo que você descreveu. Nunca soube exatamente o que houve até hoje porque ele não falava sobre isso. Mas agora já sei. Foi *você*.

Abaixei os braços, surpresa. A chuva estava começando a passar.

Mas a tensão na voz do sacristão continuou a mesma.

— Srta. Oliviera, eu apenas enterro os mortos. John define para onde suas almas vão depois da morte. Não sei que papel *você* tem nisso... mas sei que precisa descobrir, e rápido. Porque precisei de *meses* depois da sua aparição para conseguir acalmar John. E estava tudo bem até ontem à noite, quando você o tirou do sossego novamente. Acordei hoje com um portão destruído, o colar de uma rainha no meio do meu cemitério, e agora um furacão aparece do nada e está vindo em nossa direção. Portanto, se me permite fazer uma sugestão para o bem de todos nós, por que a senhorita não tenta — sua expressão era de súplica — ser um pouquinho mais gentil com o rapaz?

Abri a boca. Havia várias coisas que queria falar para Richard Smith. Uma era que não importava o quanto fosse fora com John, não ia fazer diferença. Ele era selvagem e, como qualquer coisa selvagem, faria o que quisesse, ninguém podia detê-lo.

E outra era que não importava o quanto fosse fofa com John Hayden. Ele podia ir a qualquer lugar e fazer o que quisesse em um piscar de olhos.

No entanto, percebi que dizer isso não era a coisa certa a fazer. Seria como esmagar a visão romântica que Richard Smith tinha do Mundo Inferior com seus cinco rios de dor, lamento, etc. Falar sobre a verdade horrenda — sobre os guardas tatuados, as barcas, as filas e a praia gélida — para aquele senhor não ia melhorar nada. Qual seria o resultado? Ele ficaria arrasado ao saber que as coisas que amava não existiam.

Da mesma maneira que seria arrasador contar ao Sr. Smith que John não tinha se apaixonado por mim, mesmo tendo dito que conhecia o tipo de pessoa que eu era por causa do que vira nos meus olhos, e pelo fato de eu ter dado mais importância às pessoas lá embaixo do que a mim mesma.

Se estivesse tão apaixonado como o Sr. Smith parecia estar sugerindo, por que *ele* não era um pouco mais gentil comigo? Durante todos os meses em que sofri no meu próprio caixão, em vez de aparecer do nada e tentar matar as pessoas na minha cara, por que não *falou* que me amava, se fosse verdade?

É claro que havia a possibilidade de ele ter ficado tão selvagem — sendo torturado pelas Fúrias por ter me libertado — que se esquecera o quanto é importante para as pessoas escutar as palavras *eu amo você*. Talvez não soubesse dizer as palavras *eu amo você*. Era óbvio que tinha um problema com as palavras *me desculpe*.

Meu Deus, o que eu estava fazendo? Não dava para acreditar que estava realmente levando a ideia do Sr. Smith a sério. Ele era um excêntrico de Isla Huesos — não muito diferente, guardadas as proporções, da minha avó. Quem tem uma loja de costura em um lugar onde faz calor o tempo todo? E não me surpreende que tenham indicado Richard Smith para ser sacristão de um cemitério: ele era obcecado por deuses da morte!

Percebi que ir ao seu escritório tinha sido má ideia. O que conseguira, no final das contas? Nada de positivo. Apenas o meu colar.

O colar que, como aprendi, matava quem quer que o tocasse. Excelente.

— Olhe — falei para o sacristão enquanto colocava a corrente. Quando senti o peso em cima do coração, me senti mais calma. O que era deprimente. — Deixa pra lá. Tudo bem. Eu entendo.

Ele me encarou, iluminado pela luz da luminária.

— Entende, Srta. Oliviera? Porque tenho a impressão de que não tive mais êxito em me comunicar com a senhorita do que tive com John.

— Bem — falei —, agora o senhor entende por que não fiquei animada com a ideia de passar a eternidade com ele. Porque ele é impossível.

O sacristão ficou pensativo.

— Impossível, sim — admitiu alguns segundos depois. — Mas interessante. Como você. A eternidade é um longo tempo. Então, se eu fosse passar esse tempo com alguém, eu escolheria uma pessoa impossível... mas interessante.

Como pombas guiadas pelo desejo,
Que, com asas abertas e firmes,
Voam por onde querem até o doce ninho.

DANTE ALIGHIERI, *Inferno*, Canto V.

— Querida, vieram uns meninos procurar por você, e eles tinham umas madeiras.

Foi a primeira coisa que mamãe falou quando voltei para casa. Levei um minuto para entender o que ela estava falando. Só então me dei conta do que aconteceu.

— Desculpe, mãe — respondi quando a minha raiva por Seth Rector diminuiu. — Eu não disse que podiam fazer isso. Disse que ia perguntar a você primeiro.

— Foi o que disseram. — Mamãe estava na nossa nova cozinha, que não era mais tão nova, fazendo macarrão. — Mas disseram que não estavam conseguindo falar com você. O seu celular está na mochila da escola, lá na garagem, como descobri quando tentei ligar também, até finalmente ouvir o telefone. Acho que foi por isso que não lhe acharam.

Fiquei tensa. Não dava para acreditar que tinha esquecido o celular. Quero dizer, dava, sim. Por isso que o pessoal na casa da vovó especulava tanto a meu respeito.

— Mãe — falei —, me desculpe. Mas eles não deviam ter...

— Querida, tudo bem — respondeu colocando uma tigela na minha frente quando me sentei perto da bancada. — Explicaram que era para a Noite do Caixão, então falei que não havia problema em entrarem. Pareciam ser pessoas legais, mesmo que tenham me chamado de senhora uma vez.

Deu para sentir o sarcasmo na voz de mamãe quando se sentou a meu lado em frente à tigela. Odiava ser chamada de senhora. Dizia que isso a fazia se sentir velha e se perguntar quando deixara de ser "você" para ser "senhora".

No entanto, não parecia estar chateada com Seth e seus amigos, e também não me deu o sermão de sempre por esquecer o celular.

Descobri o porquê depois que seu olhar veio parar na corrente em volta do meu pescoço.

— Ué — disse —, você está usando o colar. Que engraçado. Hoje, no consultório do Novos Caminhos, pude jurar que vi aquele velho horrível do cemitério... — Franziu o rosto e tomou um gole do vinho que serviu a si própria. — Quer saber? Deixe para lá. Talvez eu precise de lentes bifocais. Enfim, achei que não tivesse problema deixar que entrassem. Não tinha problema, tinha?

O que dizer? Estava pensando em falar para Seth e seus amigos que, infelizmente, mamãe disse que não. Que droga, que triste.

Como adivinharam que eu estava planejando essa desculpa? Fazia sentido que Alex os detestasse tanto. Intrometidos.

Dei um sorriso falso e disse:

— Não, mãe. Não tem problema. É ótimo, na verdade. Era exatamente o que eu queria.

Tudo bem, falei para mim. Pelo menos conseguiria pôr em prática a Fase Um do meu plano: roubar o celular da Serena, achar fotos incriminadoras (ela parecia ser o tipo de pessoa que guardava fotos suspeitas), e chantageá-la para que deixasse Kayla em paz.

— Enfim, você não sabe o que aconteceu — disse mamãe. — Sabe o Tim do seu programa do Novos Caminhos? Bem, ele me chamou para sair. — Piscou os olhos. — É por isso que não liguei muito para os seus amigos me chamando de senhora. Sua velha mãe ainda está com tudo em cima.

— Mãe — respondi deixando a colher na mesa. — Estou comendo.

— Não se preocupe — disse ela com um sorriso. — Sabia que você ia se sentir assim. Por isso disse a ele que estava muito ocupada no momento para isso. Mas mesmo assim foi muito bom. Ele me chamou para ir no show de barcos na semana que vem. Você tem que admitir que Tim é um fofo.

— Ainda estou comendo — respondi. — E não tenho que admitir nada, exceto que, entre você e o papai, não sei quem vai me matar de novo primeiro. Pra sempre. Estou falando sério.

Quis informá-la que sua cidade natal ficava em cima de um Mundo Inferior — o que não a surpreenderia tanto. Porém, não queria estragar seu bom humor, ainda mais porque tinha feito o jantar e tinha sido tão legal em relação à madeira, mesmo que não fosse o que eu queria.

Mamãe gargalhou e bebeu mais vinho.

— Então deduzo que fomos o lar sortudo escolhido para a construção do caixão dos veteranos — disse mudando de assunto estrategicamente. — Como conseguiu fazer isso no seu primeiro dia de aula? Você nem faz parte do time...

— Vivemos em uma comunidade fechada — expliquei. Pesquei um brócolis que mamãe escondera embaixo do macarrão para tentar me fazer comer vegetais. — Ninguém vai passar de carro e ver o que estão fazendo, a não ser que seja um morador.

— Ah — disse mamãe. — Ficaram mais espertos. Antigamente, construíam os caixões dentro do mausoléu de alguém no cemitério.

— Sei — respondi, sentindo um pequeno arrepio. — Bem, não podem mais usar o cemitério porque a polícia está de olho.

Isso explicava uma coisa. Quando aceitei a carona do Sr. Smith — a chuva já tinha diminuído, mas não o suficiente para que pedalar fosse mais tentador do que me sentar em sua minivan quentinha e seca —, encontramos Jade, minha consultora do Novos Caminhos, pedalando no cemitério vestindo shorts e um poncho plástico com as iniciais PIH.

— Que diabos você está fazendo aqui? — perguntou o Sr. Smith pela janela da van. — Não me diga que não cancelaram a patrulha em uma noite como esta? Não ouviram que tem um furacão se aproximando?

Jade abaixou o capuz e sorriu.

— Só recebemos um aviso de cuidado, e não de emergência — respondeu em relação ao furacão. Apontou a lanterna da bicicleta para o carro. — É você, Pierce? O que está fazendo aí com o Sr. Smith?

— Hum — respondi com um pouco de vergonha por ter escolhido a minivan em vez da bicicleta.

Jade estava lá fora, mas eu, apesar de ter um colar que afastava demônios, tinha medo de uma chuvinha. E também não fazia ideia de como responder à pergunta sobre o que estava fazendo na minivan de Richard Smith.

Ele respondeu por mim.

— Eu a vi pedalando embaixo de chuva pesada — explicou — e fiquei com pena. Estou levando-a para casa. Tem certeza de que também não quer uma carona? A bicicleta dela está presa no portão, então tem espaço suficiente para a sua na van, se quiser vir. O que acho altamente recomendável.

— Nããão — disse Jade colocando o capuz de novo. Um carro passou jogando água para todos os lados. A luz dos faróis iluminou as criptas mais próximas da cerca alta de metal preto pontiagudo. — De jeito nenhum. Estou amando essa patrulha com a PIH. Eles me deram um rádio e tudo mais. — Levantou o poncho e mostrou o rádio preso na cintura. — Vamos garantir que ninguém mais vai estragar o seu portão, Sr. S. E, se tentarem, jogo spray de pimenta neles, não se preocupe.

Inclinei-me para a frente. Que ridículo. Jade estava pedalando no cemitério à noite debaixo de uma tempestade por causa de uma coisa que *John* tinha feito? Ia ficar ensopada por nada.

Sem mencionar a frase que John dissera na noite anterior que não saía da minha cabeça:

Aqui não é seguro para você.

— Eu não acho que... — comecei a dizer, mas fui interrompida pelo Sr. Smith.

— Tudo bem, Jade — disse. — Hoje são você e os oficiais Rodrigues e Poling?

— Até 1 hora da manhã — respondeu alegremente. — Eles estão com a viatura. — Fez uma cara engraçada para mim. — Que nem uns bebezinhos, supercômodos e quentinhos.

Não ri.

— Sério — repeti —, acho que você devia...

— Acho que não vão ver muita coisa acontecendo aqui hoje à noite por causa da chuva — interrompeu o sacristão —, mas os oficiais têm as chaves do meu escritório, caso precisem de alguma coisa, e, é claro, o chefe de polícia tem o número da minha casa. Divirta-se. E cuidado.

Ela sorriu e saiu pedalando. Olhei pelo vidro traseiro assim que o Sr. Smith apertou o botão que fechava a janela lateral.

— Por que o senhor não a *obrigou* a entrar no carro? — indaguei. — Isso é muito louco, ficar andando de bicicleta nessa tempestade...

— Vai ser a noite mais segura de trabalho para ela — disse —, com esse programa bobo que a sua escola tem. Colocando professores no mesmo patamar que a polícia. Não faz sentido para mim. Nada do que esses professores ensinam a vocês na escola hoje em dia faz sentido para mim.

— Ela não é professora — respondi ainda vendo Jade se afastar. — Ela é uma consultora. E é muito gente boa comigo. Que situação ridícula.

— Não importa. Ninguém vai sair em uma noite como esta. E como assim eu devia ter *obrigado* Jade a entrar no carro? Você é muito estranha. Como exatamente se *obriga* uma mulher como essa a fazer uma coisa dessas? Você mesma viu, ela está se divertindo. E não vai correr perigo, assim como você não correu nas *várias* vezes que andou pelo cemitério de bicicleta. Nada de mal vai acontecer com ela. John vai ficar de olho.

— John me disse que o cemitério não é seguro — expliquei. — Ele me disse isso ontem à noite. Mandou que eu não voltasse mais. Disse que, se voltasse, eu morreria para sempre. Foi quando chutou o portão.

O Sr. Smith deu uma risada.

— Isso é típico do John. Foi antes ou depois de jogar o colar longe?

— Não tem graça — disse, séria. — Por que diria que não é seguro se não fosse verdade?

— Ele quis dizer que não é seguro para *você* — falou o sacristão —, porque é óbvio que o estava irritando demais, e ele deve ter tido vontade de lhe esganar. Mas não quis dizer isso literalmente. Exagerou um pouco. John nunca matou uma mulher — não que eu saiba —, e se for começar agora, acho que não seria nem com você nem com sua consultora. Meu Deus, não ensinam *nada* a vocês na escola hoje em dia? Já ouviu falar em hipérbole? Sugiro que procure o significado dessa palavra, Srta. Oliviera, se pretende ter um relacionamento com um deus da morte.

Depois disso, desisti. Especialmente mais tarde, quando, após guardar a louça e tentar fazer o dever de casa — tinha que pelo menos *parecer* estar estudando —, vi no noticiário das 23 horas que Isla Huesos era o alvo certeiro do furacão que antes era incerto. Os meteorologistas ainda diziam que era apenas um alerta, portanto não havia necessidade de evacuar a região, mas a polícia encorajou os moradores de "áreas mais baixas e suscetíveis a inundações" a tomarem as devidas precauções. E, visto que as pontes que ligavam Isla Huesos ao continente seriam fechadas quando o vento forte chegasse, as pessoas que desejassem sair deviam ir logo, ainda mais porque iam abrir apenas um abrigo, em Key Largo.

— Mãe — falei, nervosa —, está vendo isso? Será melhor irmos embora ou alguma coisa assim?

Mamãe estava no laptop.

— Ah, querida — respondeu distraidamente —, é só um aviso. E vai atingir Cuba primeiro. Essas tempestades sempre acabam em Cuba. E nem cancelaram a escola amanhã. Se não cancelaram as aulas, é porque não é nada. Pode confiar em mim. Espero que tenha mesmo feito o seu dever de casa — sorriu para mim —, porque não há chances de você fugir da aula.

Desliguei a televisão me sentindo desanimada. Eu não estava *torcendo* que um furacão viesse e atingisse a minha escola. Só uma criancinha ia querer uma coisa dessas.

Quando acendi as luzes da garagem para pegar minha mochila e vi as madeiras que Seth tinha deixado lá, encostadas nos móveis que tio Chris tinha arrumado, fiquei sem saber como ia falar para Alex que eu estava no comitê da Noite do Caixão com aquelas pessoas que ele odiava tanto.

Eu estava me dando conta da realidade. Era muita coisa. Aquilo tudo. Eu ia receber umas pessoas na minha casa para construir um caixão que tinha a ver com um cara que governava o Mundo Inferior que nenhum deles sabia que existia e que ficava embaixo da ilha na qual moraram a vida toda...

Se um furacão viesse mesmo e destruísse tudo, pelo menos eu não teria que lidar com isso.

Mas não era essa a maneira de encarar meus problemas, sabia disso. Ligar para o meu pai e dizer que decidira aceitar a oferta do intercâmbio também não. Eu estava começando a achar que ir para a Suíça era uma oferta tentadora. Deixaria mamãe com o coração partido, mas tudo ficaria bem se conseguisse convencê-la de que estava indo embora para tentar entrar em uma boa faculdade. Seria melhor dizer isso do que a verdade... que precisava sair daquele lugar louco para o qual ela me levara, que por acaso ficava em cima do lugar que eu estava tentando esquecer desde que morri.

Cheguei a ligar para papai na garagem. Fechei a porta com cuidado para que mamãe não ouvisse.

— O que foi? — berrou papai. Atendeu no primeiro toque, como sempre fazia quando eu ligava.

Dava para perceber que estava em um jantar de negócios. Dava para ouvir sons de conversas e talheres batendo ao fundo. Papai nunca comia em casa. Por que comeria, se tinha sempre um cliente querendo levá-lo aos melhores restaurantes de Manhattan?

— Pai — falei —, liguei em má hora?

— Jamais — respondeu. — Estou naquele lugar onde fomos, lembra, com a parede de garrafas de vinho que você disse que devia girar para que pudesse apontar e escolher uma? — Papai fez uma voz de raiva. — Mas eles não implementaram a sua sugestão! As garrafas ainda não giram!

— São uns imbecis — respondi. — Pai, preciso da sua ajuda. Tenho que sair daqui.

Ele pareceu ficar contente, como era de se esperar. Ouvi um estalo.

— Avião — disse papai a alguém. — Isla Huesos. Amanhã.

— É que tem umas coisas acontecendo — falei. — Mamãe é maravilhosa, entende...

— Ela está saindo com alguém? — perguntou papai casualmente.

— Hum — respondi. — O quê? Não. Claro que não. Mas...

— O quê? — Papai estava berrando. — Não. Pedi o Chateau La Mission Haut Brion 2005, e não o 2008. Se quisesse o 2008, eu pediria o 2008. Vocês estão tentando me matar?

Olhei para o diamante pendurado no colar. Sua cor havia voltado ao normal, cinza pálido nas pontas e azul-escuro no meio.

O que eu estava fazendo?

Não podia ir embora, pensei. Não *naquele momento.* Ir embora não seria diferente do que viver em um caixão de vidro.

— Pai — disse passando a mão na testa —, deixe para lá. Eu...

Papai voltou a falar comigo.

— Estão me dizendo que tem um furacão indo para aí. Você sabia disso? Eu *falei* para sua mãe que não voltasse para esse inferno no meio do nada.

Inferno. Pai, você não faz ideia.

— Tudo bem, pai — falei. — Mudei de ideia. Quero ficar.

— Pierce — respondeu —, fique tranquila. Posso ir de avião até aí. Fecharam só o aeroporto comercial. Tudo o que o piloto vai ter que fazer é pousar na base naval, depois posso pedir que um amigo meu pegue você e sua mãe.

— Olhe, pai, não precisa se preocupar. Só tive um momento de fraqueza. Tenho que ir agora. Mamãe está me chamando. Esqueça que tivemos esta conversa. Falo com você no nosso horário de sempre no domingo. — Desliguei.

Mamãe foi dormir depois do noticiário, como sempre. Tomei banho e lavei o cabelo, depois coloquei uma camisola velha e um short qualquer. A essa altura, a tempestade já tinha passado. A chuva tinha parado. Olhando pela janela do quarto, vi que o céu estava completamente limpo e estrelado. As luzes de energia sustentável que o paisagista de mamãe tinha colocado na base de algumas palmeiras no jardim estavam acesas e iluminavam os troncos. Mamãe tinha ficado preocupada com a "poluição luminosa", que podia confundir os pássaros em migração.

O paisagista olhara para mamãe e respondera:

— Senhora, acho que os pássaros vão ficar bem. E as lâmpadas de baixa voltagem vão permitir que veja se há vagabundos no jardim sem precisar de lâmpadas de alto consumo.

A palavra *vagabundos* me chamou a atenção.

— Pode fazer a instalação — eu tinha respondido com firmeza.

Olhei o jardim e vi que mamãe tinha deixado as luzes da piscina acesas. Um vapor saía da superfície azul-turquesa por causa da umidade deixada pela tempestade.

Havia alguma coisa pequena e preta flutuando no meio da piscina. Um corpo. E não apenas flutuando, mas lutando. O que quer que fosse — e era pequeno —, tinha pernas que se moviam em um esforço frenético para chegar às escadas antes de se afogar.

Mesmo que chegasse às escadas, não conseguiria se impulsionar até o primeiro degrau. Era muito pequeno para se salvar sozinho. Qualquer um veria isso.

Fechei a cortina.

Por que eu? Era tudo o que tinha a dizer. Só isso. *Por. Quê. Eu.*

Dei um suspiro e saí do quarto. Andei no escuro pelo corredor do segundo andar. Ouvi a respiração tranquila de mamãe do outro lado da porta aberta. Conseguia cair no sono mais rápido e dormir mais profundamente do que qualquer outro ser humano que eu conhecia.

Quando cheguei nas portas que davam para o jardim, digitei o código do alarme e saí.

Pisar no gramado era como pisar em uma sopa. Estava muito úmido.

Havia sapos coaxando em todos os cantos. Uma cigarra cantou. Em algum lugar atrás do muro espanhol de 4 metros coberto por buganvílias, um gato — provavelmente selvagem — fez barulhos. Ignorei tudo e andei descalça pelo caminho de pedras até a piscina, concentrada na minha missão. As pedras ainda estavam molhadas e cheias de caracóis. A luz que brilhava na base das palmeiras era suficiente para que eu visse os caracóis e não pisasse neles.

Além de deixar a luz da piscina ligada, mamãe também esquecera de desligar a cachoeira. A água jorrava de uma parede de ladrilhos azuis e verdes no final da piscina. Fui até a pequena casa na qual mantínhamos as boias e equipamentos de limpeza e abri a porta. Já tinha visto que a criatura que lutava na água era uma lagartixa verde clara. Estava quase sendo sugada pelo filtro da piscina.

— Aguente firme — disse a ela. Peguei um dos bastões longos que o cara da piscina usava para catar lixo. — Já vou pegar você.

Segundos depois, peguei a lagartixa e a deixei em um arbusto de hibiscos. Assustada, ela ficou parada sobre as folhas. Depois, como se percebesse que não ia morrer, deu um pulo para longe.

O aplauso pareceu vir do meio do nada. Fiquei tão assustada que deixei o bastão cair dentro da piscina. Ele atingiu a água com um baque e foi para o fundo.

— Incrível — disse John saindo do meio das sombras e batendo palmas para mim. — Você nem bateu a cabeça dessa vez.

E estão prontos para passar pelo rio,
Pois a Justiça celestial os incita,
Transformando seu medo em desejo.

DANTE ALIGHIERI, *Inferno*, Canto III.

— Sério. — Coloquei uma das mãos sobre o coração. Batia tão forte que achei que fosse ter uma parada cardíaca. — Você *tem* que parar de fazer isso.

— Perdão — disse ele abaixando as mãos.

Estava em pé do outro lado da água azul reluzente, alto e intimidante, como sempre, e ainda com as roupas pretas que costumava usar. Foi por causa delas que não o notei na sombra.

No entanto, tinha alguma coisa diferente nele. Primeiro, achei que fossem os olhos. Talvez estivessem refletindo a luz azul-clara da piscina, porque pareciam brilhar tanto quanto a água.

Depois percebi que era outra coisa.

E, quando me dei conta, fiquei engasgada.

— Espere — falei dando passos hesitantes em torno da piscina na direção dele, para ver melhor sua expressão. — Você acabou de falar o que eu *acho* que falou?

Ficou onde estava. Parecia estar cansado, como a lagartixa quando caíra sobre as folhas de hibiscos... E eu pensava "*O que aconteceu? Isto é uma armadilha?*".

— O quê? — respondeu, na defensiva.

— Você falou — afirmei, sem acreditar.

Quando cheguei mais perto — ele não se moveu enquanto andei descalça em torno da piscina até ficar a 30 centímetros dele —, vi que a palavra estava estampada em seu rosto, sob o brilho das luzes decorativas e dos reflexos ondulantes que a água da piscina fazia.

— Você acabou de pedir desculpas.

Ele se moveu desconfortavelmente. Seu olhar também. Olhou para a piscina em vez de olhar para mim.

— Estava apenas pedindo desculpas — disse com rigidez — por ter assustado você. Os aplausos foram um elogio pela evolução nas suas técnicas de salvamento desde a última vez que a vi...

— Não — falei com uma das mãos erguidas, palmas para a frente. — Pare. Pode parar. Precisamos conversar. Conversar *mesmo*. Prometo que não vou lhe xingar se você prometer que não vai tentar matar ninguém.

Ele olhou para mim. Li um leque de emoções em seus olhos naquele momento — raiva, vergonha, confusão, dor —, até que viu meu colar.

— Você está usando o colar — disse com uma voz que eu nunca tinha escutado antes.

— Estou — respondi. Meu coração ainda batia forte e alto. A maneira como ele me olhava não estava ajudando.

— Vi Richard pegando ele esta manhã — falou. — Vi você entrando no escritório dele hoje à noite.

Então ele *estava* lá. Eu devia ter percebido. Por isso o tempo estava tão ruim.

Foi quando entendi o que havia em sua voz... Aquela coisa que nunca havia escutado antes.

Medo. Estava com medo. Medo do que Richard Smith podia ter me contado.

— Sim — concordei. — John... — Dei uma olhada em volta. Apesar de tio Chris ter colocado todos os móveis de jardim na garagem, havia uma parte da laje da piscina que, graças ao calor implacável, já estava seca. — Venha aqui — falei esticando uma das mãos para a dele.

Ele deu um passo para trás — não exatamente afastando as mãos, mas sem me deixar tocá-lo. Por enquanto.

— Calma — eu disse com uma voz suave. Ele realmente *era* como a lagartixa, incerto quanto aos humanos. — Só quero me sentar em algum lugar seco. Gosto disso, lembra? De ficar seca.

Acho que ele não entendeu a piada. Continuou me olhando com suspeita quando o peguei pela mão e o arrastei até o lugar onde queria me sentar... E mesmo quando soltei sua mão e me sentei em um canto da piscina com os dois pés dentro da água fresca, ele ficou em pé olhando para mim como se não conseguisse entender exatamente o que estava rolando.

Decidi ignorá-lo. É assim que se faz com as coisas selvagens, foi o que aprendi no meu grupo voluntário de resgate de animais. Funcionava. Deixe que entendam sozinhos que você não é uma ameaça, que não está nem interessada neles, na verdade.

Aí, por fim, se tiver sorte, *eles* virão até *você*.

Foi o que John fez depois de algum tempo. Sentou-se de pernas cruzadas ao meu lado... mas parecia estar preparado para ir embora a qualquer sinal de perigo. O que era irônico, considerando que ele era um deus da morte.

Nem pensei em sugerir que tirasse as botas. Isso provavelmente acarretaria um apocalipse ou coisa parecida.

Em algum lugar do jardim, a cigarra que tinha silenciado voltara a cantar. Felizmente, o som da cachoeira era forte o suficiente para abafar o som dela e o dos sapos.

— O que Richard falou? — perguntou finalmente depois de um minuto de silêncio total. Parecia estar chocado, o que era compreensível. Eu não tinha berrado, nem xingado, nem jogado nada nele, o que era algo inédito. Devia estar se perguntando o que o sacristão tinha dito para causar essa mudança na minha atitude.

— Bem — respondi com calma. Não dava para acreditar que aquilo estava acontecendo. Não sabia ao certo *como* estava acontecendo. Se alguém tivesse me dito uma hora antes que aquilo ia acontecer, eu não teria acreditado.

No entanto, por algum motivo, tudo parecia ser natural.

Seja gentil. Fora o que Richard dissera.

Bem, era apenas a opinião de um homem.

— Disse que este colar matou milhares de pessoas — respondi.

John ficou tenso imediatamente, como se quisesse ir embora — ou me jogar na piscina.

— Cara — falei com uma voz ainda doce e colocando uma das mãos em seu joelho —, você perguntou o que ele disse. Estou apenas contando.

O toque funcionou. Ele ficou onde estava e a tensão foi passando.

— Não foi o colar — falou com o rosto franzido. — Você acha que eu lhe daria uma coisa que mata as pessoas? Por que faria isso? As Fúrias fizeram aquilo porque estavam com raiva, pois a pedra não estava sendo usada pela pessoa para a qual foi feita.

— E quem é essa pessoa? — perguntei.

John franziu o rosto mais ainda.

— Você sabe muito bem quem é. Richard disse que lhe contou. Você está *flertando* comigo?

— É claro que não — disse torcendo para que não conseguisse ver que eu tinha ficado encabulada. — Estou apenas tentando esclarecer os fatos. O Sr. Smith falou muitas coisas sobre as Fúrias.

Ele franziu a testa.

— Richard é obcecado por elas.

— Bem — prossegui —, elas parecem ser terríveis. Ele falou que são os espíritos dos mortos que não estão contentes com o lugar onde se encontram.

Ele franziu a testa mais ainda, olhando a piscina.

— É mais ou menos isso.

— E você me falou que são elas que se encarregam das punições se alguém quebra as regras no seu mundo. Foi assim que você ganhou isso? — Passei o dedo sobre uma cicatriz em sua mão, que estava perto da minha.

Pela primeira vez, não tirou a mão do lugar. Seu olhar deixou as águas e focou os meus dedos.

— Foi — respondeu, quieto.

— E agora há Fúrias atrás de mim — complementei.

O olhar acinzentado finalmente caiu sobre o meu rosto.

— Não há Fúrias atrás de você — disse. Parecia estar genuinamente confuso. — Por que haveria?

— Bem. — *Porque você me escolheu*, quis responder. Assim como Hades escolheu Perséfone. Achei melhor não arriscar, no entanto, para que não me acusasse de estar flertando de novo. — Porque você me deu o colar.

— E você jogou uma xícara de chá na minha cara — recordou — e foi embora. Tenho certeza de que até as Fúrias entenderam essa *mensagem*. Não vão perseguir uma pessoa que me odeia tanto quanto elas. Na verdade, as Fúrias provavelmente acham que você é uma forte aliada.

Tirei minha mão de perto da dele. Fiquei magoada... embora quase tudo que ele disse fosse verdade. A parte do chá era.

— Já falei, só fiz aquilo porque estava assustada. E eu não sou uma Fúria, mas acho que seria bom se você se cuidasse um pouco mais antes de se detonar. — Continuei explicando, pois ficou olhando para mim sem entender nada. — Você podia ser mais receptivo aos que chegam ao seu mundo, e podia parar de ficar matando pessoas inocentes o tempo todo, como quase fez com o joalheiro.

Ficou indignado.

— Não era *inocente*. Era um babaca. Não devia nunca ter tocado em você. Mereceu tudo o que teve.

Olhei para as estrelas, que brilhavam acima de nós, geladas e reluzentes. Não havia nuvens. Devido à distância entre Isla Huesos e o continente, dava para ver mais estrelas ali do que jamais vira no jardim em Westport. Às vezes, dava até para ver a Via Láctea.

— John — disse buscando ter paciência —, o Sr. Smith me falou que as Fúrias podem possuir qualquer ser humano, se seu caráter for fraco o suficiente.

— Podem — disse John, cético. — Mas quase nunca fazem isso, a não ser que seja para me punir. Então ainda não entendo por que você acha que estão atrás de você, visto que deixou bem claro que não quer nada comigo.

Parei de olhar para as estrelas e olhei para John. Ele era tão frustrante!

— Por que *mais* você acha que aquele senhor de idade estava tão interessado neste colar — indaguei —, se não fosse uma Fúria?

— Talvez porque fosse um *joalheiro* — sugeriu.

Tapei o rosto com as mãos. Como fazer com que me entendesse?

— E meu professor, o Sr. Mueller? — perguntei por entre os dedos. — Você está tentando me dizer que *ele* não é uma Fúria?

— Você admitiu ontem à noite que *se* colocou em perigo — disse John. Quando abaixei as mãos, vi sua expressão ficar mais obscura. — Foi até ele por vontade própria para montar uma armadilha. Ele não a perseguiu.

Quis corrigi-lo. O Sr. Mueller viera atrás de mim sim, por meio da minha melhor amiga.

Mas ele não a matara. Ela cometera suicídio.

Ainda assim...

— O que ele fez com Hannah foi errado — falei. — Alguém tinha que detê-lo.

— Mas você não queria que ele morresse, *queria*? — Sua expressão, sob a luz refletida na piscina, era de dor e surpresa. — Você sabe como você é, Pierce. Saiu da casa à meia-noite para pegar uma lagartixa que estava morrendo na piscina.

— Como sabe disso? — indaguei, curiosa. — A não ser que... — Parei de falar e olhei para ele, entendendo a situação, finalmente. — Peraí. Você jogou a lagartixa na piscina. Sabia que eu ia vê-la e que desceria para salvá-la, e aí poderia falar comigo. Não foi?

Nem se preocupou em dizer que não. Em vez disso, inclinou-se para a frente até que seu rosto ficasse a poucos centímetros do meu.

— Se Richard Smith contou coisas tão terríveis sobre o colar, como, por exemplo, que matou milhares de pessoas, e se as Fúrias viriam atrás de qualquer menina para a qual eu desse o colar a fim de me punir, versão na qual você obviamente acredita, senão não estaria me fazendo todas essas perguntas, então por que o está usando? Achei que me odiasse porque sou um imbecil.

Minha pulsação deu um salto violento. Foi por causa da pergunta — ele me enxergava como ninguém — ou por causa da proximidade?

— Odeio mesmo — respondi levantando-me. Queria que parecesse que estava indignada, mesmo que, por dentro, estivesse tremendo. — Na verdade, vou voltar para casa. No futuro, John, eu agradeceria se você ficasse no seu lado da ilha, e eu no meu. E também se parasse de tentar matar pessoas — e lagartixas — para chamar a minha atenção. Boa noite.

Não dei nem um passo antes que minha mão fosse agarrada. Ele me puxou de volta, da mesma maneira que eu o trouxera pela mão antes.

Nem se deu ao trabalho de se levantar. Simplesmente me puxou para seu colo.

Fiquei tão surpresa por estar ali que só consegui olhar para seu rosto, chocada, tentando entender o que estava acontecendo.

— John — comecei a falar —, você não pode simplesmente...

Ele me beijou. E tudo — o som da cachoeira, o coaxar dos sapos, o cantar das cigarras, a luz na base das palmeiras, o reflexo azul ondulante da piscina — desapareceu. Ficaram apenas John e a força de seus braços ao meu redor, seu cheiro de madeira queimada, seus cabelos macios em meus dedos, seu coração batendo contra o meu. Não dava para acreditar que aquilo estava acontecendo, nem que não tinha acontecido antes. Não acreditava que não tinha *permitido* que aquilo acontecesse antes, e não queria que parasse...

— Peraí — falei sem fôlego afastando meus lábios dos dele. — John. Espere. — Tive que colocar uma das mãos sobre seu peito para afastá-lo. — *Espere um minuto.*

— O quê? — Seu abraço não ficou nem um pouquinho mais frouxo. — Qual o problema?

Qual era o problema? Tudo. Nada. Não sei. Não dava para pensar. Senti como se a Via Láctea, acima de nossas cabeças como um jarro celestial, tivesse virado, jorrando sóis e planetas dentro da minha garganta. Parecia haver estrelas saindo dos meus dedos das mãos e dos pés e das pontas dos meus cabelos.

— Não podemos fazer isso — exclamei. Ele estava beijando meu pescoço.

— Podemos — respondeu. Seus olhos tinham um brilho que eu nunca tinha visto antes. — Podemos, sim.

— Não — disse. — Quero dizer, *eu* não posso. — Minha pulsação estava tão acelerada que achei que meu coração fosse explodir dentro do peito. Foi a mesma sensação que tive quando corri pelas escadas para fugir dele. Só que, dessa vez, *não* era por causa de uma injeção de adrenalina. — Tenho que pensar sobre isso.

Ele levantou a cabeça e olhou para mim.

— Já lhe dei tempo demais para pensar sobre isso — disse. — Quase dois anos. Você usou o colar esse tempo todo. Você o recuperou quando lhe dei a chance de se livrar de mim, quando o joguei fora. Você entende o que este colar é e *ainda assim* está com ele. Você sabe o que isso quer dizer, Pierce.

Entendi o que o brilho de seu olhar mostrava. Era triunfo.

Por isso meu coração estava batendo tão forte. Ele era fogo, e eu era inflamável.

Estava amaldiçoada.

— Só significa — expliquei tentando me livrar do abraço — que talvez você não seja tão imbecil quanto o acusei de ser.

Para meu alívio, ele me soltou. Não estava feliz com isso, como quando pedi que soltasse o Sr. Mueller. Mas soltou.

— Significa que você gosta de mim — disse.

— Gosto de todo mundo — retruquei. — Você mesmo disse. Sou uma pessoa atenciosa.

— Quando posso ver você de novo? — indagou.

É claro que ele percebeu. Meu sarcasmo era apenas um mecanismo de defesa para esconder o quão nervosa estava por causa da reação que meu corpo teve ao dele.

Eu já sabia que estávamos conectados pelo fato de não conseguir ficar longe do cemitério.

Mas tentava dizer a mim mesma que era porque tínhamos uma história mal acabada. E porque ele ficava tentando matar as pessoas por minha causa. Como ia descobrir aquilo tudo que Richard Smith tinha me falado no escritório sozinha? Ou *aquela* situação... aquela reação química imediata que ocorreu assim que nossos lábios se tocaram? Minha boca ainda estava dormente.

O que aquilo tudo significava? Aonde poderíamos chegar? Ele era um deus da morte. Eu era uma estudante.

Aquilo nunca ia dar certo.

Ele não tinha a mesma percepção pessimista que eu.

— Amanhã — falou levantando-se. Seu olhar parecia me consumir. — Vou me encontrar com você amanhã. Ao amanhecer.

— John — disse eu, sacudindo a cabeça. Aquilo estava indo rápido demais. — Não. Ao amanhecer não. É quando as pessoas normais ainda estão dormindo. E eu tenho que ir para a escola.

— No fim da tarde, então. — Os olhos acinzentados brilharam. — Encontre comigo aqui assim que cair a noite.

— John. Precisamos conversar sobre isso racionalmente. Você me avisou ontem à noite para não voltar ao cemitério. Que não era seguro para mim. Foi uma hipérbole? — Fui pesquisar sobre a palavra. Era uma frase exagerada que não devia ser levada ao pé da letra. — Ou falou sério?

Deu um passo à frente, passou um dos braços pela minha cintura, puxou-me para perto dele e me beijou de novo.

Era impossível pensar em cemitério ou em Fúrias ou em Noite do Caixão quando ele me beijava. Era impossível acreditar que alguma coisa ruim aconteceria no mundo. Só conseguia pensar nele.

Sua boca se arrastava pelos meus lábios, e não era nem possessiva nem doce... Era como se nossas bocas fossem uma só.

E ele tinha razão. Eram mesmo. Sempre foram.

Não dava para acreditar que eu não tinha percebido isso antes. Talvez tivesse.

Talvez esse tenha sido o problema desde sempre.

Quando finalmente ele me largou, senti como se minha pele estivesse emitindo o mesmo reflexo tremeluzente da água da piscina.

— Você definitivamente, com toda certeza, deve ficar longe do cemitério — disse com a voz um tanto rouca. — Isso não é uma hipérbole. Encontro você aqui amanhã às 19 horas. Não vou esperar nem um minuto a mais. Caso se atrase, vou atrás de você onde estiver. — Olhou o meu pijama e franziu o rosto. — Venha com o vestido que estava usando ontem à noite, aquele com botões.

E desapareceu.

Tal como as asas dos estorninhos
Que voam em bandos na estação fria,
Vai o estouro que os espíritos maldizem...

DANTE ALIGHIERI, *Inferno*, Canto V.

Na manhã seguinte, acordei flutuando.

— Você está de bom humor — disse mamãe enquanto eu colocava leite no cereal.

— O quê? — perguntei distraidamente.

— Está cantarolando — disse com um sorriso. — Parece estar de bom humor.

— Mãe — falei —, sabe aquele cara, o Tim?

Mamãe ergueu as sobrancelhas.

— O que tem ele?

— Você devia ir ao show dos barcos com ele. Acho que seria legal para você.

— Acha mesmo? — disse, surpresa. — O que causou essa mudança de pensamento?

— Ah — respondi —, não sei. Você devia ser feliz.

— Bem — respondeu mamãe —, obrigada, Pierce. Que generoso da sua parte me dar permissão para ser feliz. — Pensou um pouco. — Talvez dê uma ligada para ele mais tarde. Fiquei pensando que talvez os alunos do Novos Caminhos possam querer conhecer o laboratório marinho. Você sabe que fizemos várias melhorias em...

— Faça isso, mãe — respondi e bati levemente em seu ombro. Não estava realmente a fim de ouvir sobre as melhorias no laboratório marinho.

No carro, indo para a escola, Alex não estava tão contente com o meu bom humor.

— Ainda estou com raiva de você pelo que fez ontem — disse buzinando para uma galinha que não queria sair do meio da rua. Havia galinhas e galos por toda Isla Huesos. Corriam pela ilha livremente. — Não foi legal. Seth e aquelas pessoas não são maneiras. Você nem sabe.

— Sei, sim — respondi. Alex não sabia o que eu sabia, mas me ajudou a pensar em uma coisa: como ia me encontrar com John se os alunos da ala A estariam na minha casa construindo o tal caixão?

E tio Chris? Disse que ia me dar aula de direção depois da escola.

Eu não estava nem aí. As coisas iam se resolver de alguma maneira. Tudo sempre dava certo. Por que se estressar? Pela primeira vez em muito tempo, estava feliz. Não era o que merecia? Acho que sim.

— Você está escutando? — indagou Alex. Estávamos entrando no estacionamento da escola.

— Foi mal, o que você disse? — perguntei para ele.

— Nossa — disse. — Qual o seu problema hoje? Não tomou os remédios?

— Desculpe, Alex — falei —, estou escutando. É que... bem, tem uma coisa que eu devia lhe contar. Mas acho que você não vai gostar.

Estacionou e puxou o freio de mão.

— Juro por Deus, Pierce — disse —, se você falar para mim que está saindo com Seth Rector, jogo você para fora deste carro.

— Não — respondi. — Como assim? Não seja idiota. Mas aqueles caras meio que se convidaram para construir o caixão deste ano na minha casa.

Ele me encarou por um minuto inteiro. Cheguei a ficar com medo, achando que teria um ataque do coração. Seus olhos estavam começando a ficar vesgos.

— Olha, Alex — falei rapidamente —, não fique com raiva. Só falei para eles que poderiam seguir em frente se mamãe dissesse que sim, porque você viu como ela ficou feliz com a conversa sobre a Noite do Caixão no consultório do Novos Caminhos ontem. E aí eles simplesmente apareceram na minha casa com a madeira antes que eu conseguisse falar com ela. Mamãe os deixou entrar. Você sabe o quanto ela quer que eu tenha amigos aqui. Posso falar para eles tirarem a madeira de lá se isso o aborrece muito...

Ele já estava balançando a cabeça.

— Pierce — disse. — Pierce, Pierce, Pierce.

— O quê? — perguntei, ansiosa. — Por favor, não me conte nada sobre como queimaram a garagem do último cara que concordou em abrigar o caixão, porque já sei disso, Alex. Sei onde estou me metendo, tá? — Em um reflexo, toquei no colar. — Vai dar tudo certo.

Tudo daria *mais* do que certo. Ou pelo menos era o que eu esperava, mas não podia falar isso para ele, é claro.

Ainda balançava a cabeça, mas também sorria.

— Sabe de uma coisa? — disse, finalmente. — Você tem razão.

Olhei para ele sem ter certeza de que ouvira corretamente.

— O que você falou?

— Você tem razão. — Deu de ombros. — Vai dar tudo certo. Vai ser ótimo, na verdade. É até perfeito. — Esticou a mão direita. — Toque aqui, prima. Você é demais.

Olhei para sua mão, preocupada, mas estendi a minha e deixei que fizesse um cumprimento elaborado.

— Como assim? — perguntei enquanto entrávamos na escola com o resto dos alunos. — Como assim é até perfeito? Achei que você fosse ficar chateado comigo.

— É perfeito — disse Alex. Estava saltitando em vez de caminhando. — Não se preocupe com isso, está bem. Esqueça que me contou isso. Está tudo bem. E aí — disse para um cara que o cumprimentou com um "E aí, Cabrero".

— Mas... — Minha bolha de alegria não estava inteiramente quebrada, mas um pouquinho manchada. — Não estou entendendo. Achei que odiasse aqueles caras.

— Ah, odeio — disse —, mas aí é que está. — Jogou um braço em volta do meu pescoço. — Se o esconderijo é na sua casa, sempre vou saber onde estão. Porque você vai me avisar quando estiverem lá, certo?

— Claro — disse —, se você quiser. Mas por que você precisa saber quando estiverem lá?

— Não se preocupe com isso. É como falei. — Sorriu para mim. Parecia mesmo feliz. — Está tudo certo.

— Mas você não vai contar, vai? — Ainda estava com um mau pressentimento. — Não vai contar onde está a coisa, né? Porque isso seria ruim para nós dois, eu acho.

— Ah, não precisa se preocupar com isso, prima — disse dando uma piscada. — Nos vemos no almoço? Não vá se perder dessa vez. No mastro no meio da quadra. Não tem como ser mais simples do que isso, Pierce. Não sei nem como conseguiu errar ontem.

É. Nem eu. Tive medo da cafeteria.

Não teria o mesmo problema de novo. Hoje, não ia sentir medo de nada.

Com a minha felicidade de volta, flutuei pelas três primeiras aulas do dia. Estava no quarto tempo — era a aula que fazia com Kayla, que me cumprimentou com um sorriso e um "Ei! E aí? Então você e Alex fizeram as pazes, né? Acabei de vê-lo na aula de inglês. Por que ele está de tão bom humor?" — quando bateram na porta da sala.

Foi quando parei de fazer meu desenho de uma menina em um foguete em formato de caixão jogando flores para as pessoas. A professora chamou meu nome.

— É para você. — Ela me entregou um pedaço de papel rosado com meu nome escrito. — Querem falar com você no escritório.

O escritório do Novos Caminhos. Todos na sala começaram a vaiar, sabendo que eu provavelmente receberia uma suspensão. Apesar de não saber o que tinha feito de errado, juro pela minha vida. A não ser que...

— Podem parar — disse a professora... — não a conhecia há tempo suficiente para lembrar seu nome. — Leve suas coisas, Pierce. Está quase no final da aula. Provavelmente não vai ter tempo de vir pegá-las antes do almoço.

Peguei meus livros e minha bolsa. Kayla fez uma expressão de pergunta para mim. Dei de ombros. Não tinha ideia do que estava acontecendo.

Na verdade, tinha, sim, mas torci para que meu medo não se tornasse realidade.

O *que* John tinha feito dessa vez? Achei que tudo estava melhor. Melhor? Achei que tudo estava pelo menos bem.

Talvez tivesse me enganando. Talvez uma menina — ainda que fosse uma EQM — não pudesse ter uma relação normal com um deus da morte.

Mas por que ser punida por ter tentado?

Quando cheguei perto do escritório, vi pelas janelas que as coisas seriam piores do que eu havia imaginado. Piores do que as indicações das vaias na sala.

O comandante Santos estava lá junto com outros policiais.

Meu *Deus*.

Corri.

— O que foi? — perguntei assim que entrei no escritório. — O que aconteceu?

— Opa, calma — disse o chefe de polícia. Abaixou a xícara de café que estava tomando. — Quem é esta?

— Pierce Oliviera, comandante. — Tim estava mais pálido do que o normal. Sua camiseta estava amassada e saindo da calça na parte de trás. — É a menina do cemitério...

— Ah, certo. — O comandante indicou uma sala. — Venha comigo, mocinha.

O que estava acontecendo? O chefe de polícia queria falar comigo? Ia me acusar pelo portão do cemitério?

— Preciso ligar para a minha mãe? — indaguei sem me mover.

— Não sei — disse o comandante Santos erguendo as sobrancelhas grisalhas e grossas. — Precisa?

— Não, Pierce — disse Tim. Parecia estar exausto. — Não precisa. Está tudo bem. O comandante só quer fazer algumas perguntas.

Se não estivesse falando com a pessoa que ficara com meu celular no dia anterior, provavelmente insistiria que precisava de um advogado, no estilo Zach Oliviera. Tinha me esquecido de entregar o celular a Tim naquela manhã. Na verdade, tinha esquecido de trazer o celular para a escola, como descobri um pouco antes de ir ao escritório. Estava imersa em minha nuvem de alegria e amor.

No entanto, considerando que se tratava de Tim, o possível futuro namorado da minha mãe, concordei e segui o comandante Santos até uma sala que estava cheia de caixas de papelão e panfletos que diziam *Novos Caminhos: um novo caminho para um novo ser!*

Uma policial estava sentada à mesa de conferência dentro da sala escrevendo alguma coisa em um caderno. Olhou para mim quando entrei. Não sorriu.

— Qual o seu nome mesmo? — disse o comandante Santos para mim enquanto o seguia. — Pierce o quê?

— Oliviera — respondeu Tim, que veio atrás de nós. Vi que estava segurando o meu arquivo. No último ano e meio, tornei-me perita em ler meu nome de cabeça para baixo.

— Ah. — O chefe de polícia puxou uma cadeira. — Sente-se, Srta. Oliviera. — Pronunciou meu nome de forma errada. — Não vai demorar.

Assustada, mas certa de que alguma coisa ruim estava prestes a acontecer, sentei-me.

— Se for sobre o portão do cemitério — falei —, não tenho nada a ver com isso.

O comandante me olhou com surpresa por cima da xícara de café.

— O portão do cemitério — falou ao abaixar a xícara de novo. — E o que a senhorita sabe sobre o portão do cemitério?

— Nada — respondi. — É o que estou lhe dizendo Não sei nada sobre ele. Não sei quem fez aquilo.

— Aquilo o quê? — Vi o comandante trocar olhares com a policial, que havia parado de escrever no caderno e olhava para mim como se eu fosse uma criminosa que ela estava louca para deter.

— Chutar o portão — respondi. — E quebrar a tranca.

O comandante Santos respirou com tanta força que os pingos de café em sua barba voaram pelo ar. A policial suspirou e voltou a escrever. Tim, que estava sentado no final da mesa de conferência, abriu meu arquivo e fingiu estar ocupado lendo as informações. Não sei ao certo, mas acho que ouvi a policial murmurar *ala D*. Ela balançou a cabeça, incrédula.

— Senhorita... sei lá o quê — disse o comandante Santos —, a força que foi investida contra o portão na outra noite causando aqueles danos foi igual à força necessária para o lançamento de uma pequena granada. Sendo assim, já determinamos que não foi causada por um mero *chute*.

Olhei para as minhas unhas, que não tinham mais sinal de esmalte.

— Ah — comentei.

Quem era eu para dizer aos policiais que estavam errados... *de novo*?

— Não estamos aqui para falar sobre o portão, de qualquer maneira — disse com mau humor. — Oficial Hernandez.

A policial virou uma página de seu caderno e perguntou, com voz monótona:

— A senhorita possui uma bicicleta azul Sun Cruiser com cesta branca com flores, assento largo e roxo, tranca vermelha e número de série R-traço-cem-traço-sete-cinquenta-e-um-onze-setenta?

Olhei para eles em pânico. Minha mente ficou vazia.

— Não sei — respondi.

— Pierce — disse Tim, gentilmente. — Você tem, sim. Você e sua mãe registraram a bicicleta no seu nome na delegacia, para o caso de ser roubada.

Pisquei os olhos. Meu coração batia mais rápido do que nunca.

— É — disse. — Bem, tenho uma bicicleta azul com assento roxo, cesta florida e um cadeado vermelho e tal.

Foi registrada na delegacia para o caso de ser roubada. Mas não me lembro do *número de série* assim de cabeça. Quem fica decorando o número de série de uma bicicleta? Isso é... Quero dizer, isso é mais do que uma pessoa deve se lembrar...

— Quando foi a última vez que viu sua bicicleta? — interrompeu o comandante tomando um gole de café.

— Ontem à noite — respondi —, quando fui ver...

Parei. Meu sangue parecia ter se congelado nas veias.

Minha bicicleta. Eu a deixara presa na grade do cemitério quando fora ver Richard Smith.

— Ai, meu Deus. — Eu me levantei e quase derrubei a cadeira. — O que aconteceu com ele?

Estava morto. Eu sabia. Tinha sido a última pessoa a tocar no meu colar. E agora estava morto.

Eu devia ter adivinhado. Devia saber que nunca seria feliz. Que não conseguiria lidar com ele. Por que *eu* seria capaz de lidar com um deus da morte, com a droga do governante do Mundo Inferior? Quem eu estava querendo enganar? Não consegui manter a minha melhor amiga viva. Não conseguia fazer divisão não exata. *Não conseguia nem dirigir.*

— Fique calma, Pierce — disse Tim levantando-se e indo até mim. Eu já estava com a respiração ofegante. — Está tudo bem. Vai ficar tudo bem. É o que estamos tentando descobrir.

— Mas o *que* aconteceu? — Chorei. Já dava para sentir a histeria tomando conta de mim. — Ele estava bem quando o vi pela última vez. Estava bem quando me deixou em casa.

— Quem estava bem? — Tim olhou para o comandante, que parecia estar tão confuso quanto ele. — Sobre quem você está falando, Pierce?

— Sobre o Sr. Smith — respondi. O pânico começou a diminuir quando vi que não sabiam do que eu estava falando. — O sacristão do cemitério. Por quê? Esperem. De quem *vocês* estão falando?

— De Jade — informou Tim com calma. — Estamos procurando testemunhas que possam ter passado pelo cemitério ontem à noite. Ela não conseguiu chegar em casa depois do trabalho. Foi encontrada hoje de manhã dentro do cemitério. Morta.

Por mim se vai à cidade da dor;
Por mim se vai ao sofrimento eterno;
Por mim se vai às pessoas perdidas.

DANTE ALIGHIERI, *Inferno*, Canto III.

Fizeram o anúncio durante o almoço. Não o da morte de Jade, por que anunciariam *isso*? A escola de Isla Huesos não queria "glamourizar" a morte, assim como a Academia Westport para Meninas não quis.

Não, o anúncio dizia que o pedido de cuidado em relação ao furacão havia se transformado em uma notificação oficial pelo Centro Nacional de Furacões. Todos os eventos depois da escola foram cancelados, assim como as aulas no dia seguinte. Poderíamos ir para casa às 14 horas em vez de às 15h15.

— Por que não nos liberam logo? — reclamou Kayla enquanto comia salada. — Tipo, que diferença vai fazer uma hora a mais de aula se todo mundo está surtando porque tem um furacão gigante vindo para cá? Não vamos aprender nada depois dessa notícia.

— Verdade — concordei. — E teremos menos tempo para pensar na morte dela. Cancelem a escola logo para que ninguém nem fale sobre isso.

— *O quê?* — perguntou Kayla.

— Nada — eu disse segurando um *burrito*. Não dava para comer em um momento daqueles.

— Lembra que ela quase matou um professor? — perguntou Alex para Kayla. — Foi que nem essa situação com Jade.

— Não foi, não — falei. — Jade não bateu na *própria* cabeça com um objeto pesado.

Tim me contou que, pelo que a polícia viu — demoraram para achar o corpo dela e nenhuma testemunha apareceu —, ela foi vítima de um roubo aleatório. Assim que os médicos chegaram — ela foi encontrada por Richard Smith atrás de uma cripta quando foi trabalhar pela manhã —, levaram-na de helicóptero para o Ryder Trauma Center em Miami.

No entanto, não conseguiram salvá-la. A lesão no crânio — embora ela estivesse usando capacete — fora muito extensa.

— Sinto muito, Pierce — disse Tim acariciando as minhas costas. Comecei a chorar no escritório. — Sinto muito mesmo.

Não tanto quanto eu.

Nada de mal vai acontecer com ela. John vai ficar de olho.

Foi o que Richard Smith falou para mim no carro depois que Jade saiu pedalando na chuva.

Mas alguma coisa ruim *aconteceu* com ela. A pior coisa que podia acontecer com alguém.

Porque John não estava no cemitério para ficar de olho.

Estava comigo.

Foi o que falei para o Sr. Smith quando saí do escritório do Novos Caminhos. Liguei para ele imediatamente de um telefone público.

— É tudo culpa minha — disse chorando.

— Não vejo como isso é possível — respondeu. — A não ser que você a tenha atingido com um cano, pá ou sei lá o que usaram para matá-la, e depois tenha pegado a carteira dela e a bicicleta. E o rádio de polícia. Ele também desapareceu, o que acho muito estranho. Não dá para vender um rádio de polícia...

— *O senhor entendeu o que falei. John estava comigo quando ela morreu* — sussurrei ao telefone.

O sino tinha tocado, os alunos se amontoavam e olhavam para mim com estranheza, não só porque estava falando no único telefone público de Isla Huesos, mas também porque estava *chorando*.

— Não era seguro — lamentei. — John disse que o cemitério não era seguro.

Por que não falei para ele que ela estava lá? Tinha ficado muito distraída com os beijos...

— *Para você* — recordou Richard Smith. — Ele disse que não era seguro para *você*. Ninguém poderia prever isso, Srta. Oliviera, nem mesmo um deus da morte. Foi a hora dela. É um infortúnio, é claro, e espero que punam o culpado de acordo com a lei quando o encontrarem. Mas não dá para culpar John, muito menos você. Jade escolheu ficar lá. Conhecia os riscos do que estava fazendo. E a senhorita viu como ela estava se divertindo. John disse que ela se foi para um lugar melhor...

Desliguei na cara dele. Estava furiosa. Foi *nisso* que resultou a sugestão de Richard Smith, para eu ser "mais gentil". Uma pessoa da qual eu gostava — *de verdade* — estava morta.

Cuide-se antes de se detonar.

Sim, acho que lá no fundo eu sabia que a morte de Jade não fora minha culpa, nem de John... Mas quando uma coisa horrível acontece, é da natureza humana tentar achar um culpado. Queremos que alguém pague, mesmo que algumas coisas sejam *naturais*.

O problema, como dizia meu pai, é que, geralmente, acusamos a pessoa errada. Às vezes, até mesmo a vítima. Fazemos isso para nos certificar de que a tragédia não vai acontecer conosco. "Ah, essa coisa terrível aconteceu com aquela pessoa por causa disso e aquilo. Tudo o que tenho que fazer é evitar isso e aquilo, e aí a coisa terrível nunca vai acontecer comigo."

Morri tentando salvar um pássaro. Minha mãe culpa meu pai por isso, pois não consertou a cobertura da piscina e não notou que eu tinha me afogado. Na verdade, a culpa foi minha por ser tão desastrada.

No caso de Jade, assim que os detalhes de sua morte chegaram à cafeteria — o que pareceu acontecer assim que pisei na quadra —, todos diziam: "Bem, por que ela estava andando de bicicleta tão tarde da noite, e logo no cemitério? Não devia ter feito isso. É claro que morreu."

Como se fosse culpa dela.

Essa teoria só tinha um problema: alguém matara Jade. A polícia queria encontrar essa pessoa, ou pelo menos uma testemunha que pudesse dizer que a viu.

Quando as primeiras nuvens cinza começaram a chegar, as peças foram se encaixando. Mais tarde, ficaria perplexa por não ter desvendado tudo antes.

Mas era tão horrível. Quem poderia imaginar uma coisa tão horrível?

O negócio é que as pessoas morrem. Ora tropeçam e caem, batem com a cabeça dentro de uma piscina e se afogam. Ora são seduzidas pelo treinador de basquete e depois jogadas fora, aí chegam em casa e engolem um vidro inteiro de remédio. Ora são roubadas enquanto pedalam e não são encontradas a tempo, e então morrem.

A vida é assim. Não tem a ver com você, necessariamente.

— Tia Deb? — disse Alex atendendo o celular. Estávamos devolvendo as bandejas vazias. — Eu sei. Pierce esqueceu o telefone de novo, não foi?

No entanto, em certas ocasiões. tem a ver com você, *sim*.

O rosto de Alex ficou sem cor enquanto minha mãe falava. Ficou claro que ela não tinha ligado porque queria falar comigo.

Mas outras pessoas queriam.

— Oi, Pierce — disse Farah sorrindo e acenando. Seth e ela estavam andando juntos, abraçados.

— Ah — exclamei. Não dava para sorrir de volta, mas acenei. — Oi.

As nuvens emitiram ruídos. Que coisa mais estranha essa, fazer com que as pessoas comessem do lado de fora. O que fariam se chovesse, como seria o caso dali a poucos minutos, por exemplo?

— Pierce — berrou Bryce. Estava andando em direção à lata de lixo com uma dúzia de papéis de *burrito*. Cody estava com ele. — Pierce, Pierce, Pierce, Pierce! —

Berraram como se fosse uma música, tipo o Funk do Mueller.

— Meu Deus — disse Kayla para mim —, o que você fez com eles ontem, tomou sorvete ou transou?

Franzi o rosto.

— Eca. Cale a boca.

Alex desligou o telefone.

— Ei — falei para ele —, o que minha mãe queria?

— Ligou da delegacia. Acabaram de levar meu pai para ser interrogado — disse. Parecia que ia passar mal, como se tivessem acabado de dar um soco em seu estômago. — Por causa do assassinato da Jade.

Senti o chão sumir debaixo dos meus pés. Primeiro, achei que fosse por causa do trovão.

Só que não teve um trovão. Não naquele momento.

— Como assim? — perguntei com a mente rodando. — Mas como pode ser...

— Uma testemunha anônima ligou — disse Alex — e disse que viu papai dirigindo perto do cemitério ontem à noite com o carro da vovó. Eles acabaram de pegar o carro também. Estão fazendo testes em busca de provas. — Deu uma gargalhada diferente de sua risada habitual. — O carro da vovó. Levaram o carro da vovó. O que será que vão achar nele? Um monte de lã, com certeza.

— Alex — falei, nervosa.

Não era possível. Eram muitas coisas terríveis ao mesmo tempo. Por que, meu Deus?

Tinha alguma coisa errada. Não apenas errada, mas catastrófica, como se os planetas não estivessem alinhados.

Cuide-se antes de se detonar.

Assim que pensei nisso, um vento bateu. Foi tão forte que todos os que ainda estavam sentados almoçando tiveram que segurar os pacotes de comida para que não voassem. Farah e Nicole deram gritinhos e seguraram suas saias. Todos os caras na quadra viram, menos Alex.

— Ele nem saiu ontem à noite — falou com raiva. — Você o conhece. Ele nunca sai, exceto para ir nas reuniões com o advogado da condicional. Fica sentado na frente da TV vendo o canal do tempo e tomando...

— Guaraná — completei. — Eu sei.

Olhei em volta. Os raios já brilhavam no mar.

Não. Aquilo *não* podia estar acontecendo.

Ao mesmo tempo, o sentimento ruim que estava em mim desde que vira o comandante no escritório do Novos Caminhos me dizia que aquilo tudo *estava* acontecendo.

Não. Não era desde que vira o comandante no escritório do Novos Caminhos. Era desde que eu voltara do mundo dos mortos.

Se realmente quisesse ser honesta comigo mesma, teria que admitir que tudo começara bem antes disso.

— E você gostou dele? — perguntara vovó.

— Não sei — eu havia respondido.

Vovó sorrira.

— Vai gostar — havia respondido.

E colocou um cachecol em volta do meu pescoço. Um cachecol que fizera com as próprias mãos só para mim.

Vermelho. Com franjinhas.

Espere. Não foi assim que aconteceu. Eu estava ficando louca? Vovó tinha razão: eu tinha mesmo uma imaginação muito fértil.

— É só uma investigação com os suspeitos? — perguntou Kayla. — Vi isso em um filme um dia. Talvez só estejam interrogando seu pai porque já foi preso...

— Não — disse Alex com mau humor. Parecia querer dar um murro em alguma coisa, mas não tinha nada macio o suficiente para que pudesse bater sem se machucar, exceto talvez algum aluno da ala A que estava correndo porque ia começar a chover e o sinal tinha acabado de tocar. — Já falei. Alguém o viu. Uma testemunha. Alguém que conseguiu ver meu pai em um lugar onde ele não estava, dirigindo um carro no qual nunca entrou.

— Alex, cara — disse Kayla colocando uma das mãos sobre o ombro dele. — Sinto muito mesmo.

Comecei a me lembrar do tio Chris no dia anterior, quando me disse para nunca deixar que uma pessoa dissesse que não posso fazer uma coisa que quero.

Acho que isso não seria mais um problema.

— Me dê seu telefone, Alex — disse com uma das mãos estendidas.

— Por quê? — perguntou com suspeita, mesmo estando desesperado.

— Porque vou ligar para o meu pai.

Alex balançou a cabeça.

— Pierce. O seu pai *odeia* meu pai, lembra?

— Odeia nada — menti. — Me dê o telefone.

— Pierce — disse Alex —, acho gentil da sua parte. Mesmo. Mas você não vai querer se envolver nisso. Não é uma coisa com a qual você consiga lidar.

Tive que rir, mesmo que, no fundo, não quisesse.

— Alex — falei para ele —, acredite em mim. As coisas com as quais lido todos os dias são muito piores.

Essa frase veio acompanhada de um trovão tão alto que o resto dos poucos alunos que ainda estavam no pátio conosco saiu correndo para os corredores das salas de aula.

— Olhe — disse Alex em voz bem alta a fim de ser escutado em meio ao vento —, eu agradeço, Pierce, mas acho que seu pai já causou bastante estrago por aqui. Você não acha?

Kayla respirou fundo. Senti meus olhos ardendo. Estava começando a chorar... embora já tivesse ouvido aquilo outras vezes, até mesmo da minha mãe.

— Estamos atrasados para a aula — disse Alex, e passou por nós. — Encontro você no carro às 14 horas, se quiser uma carona para casa.

Saiu andando apressadamente para a ala D com a cabeça baixa e os ombros encolhidos. Parecia menor do que nunca — e havia crescido 5 centímetros durante o verão. Tio Chris havia me mostrado a marca na porta da cozinha com orgulho.

— Ele não falou por mal — disse Kayla para mim.

— Falou — respondi balançando a cabeça. — Falou, sim.

— Talvez sim — disse Kayla —, mas está chateado. Ué. — Estava olhando para alguma coisa atrás de mim. — A sua avó não é a senhora da Loucos por Costura?

— É — respondi. — Por quê?

— Porque ela está aqui.

Eu me virei e vi que Kayla tinha razão. Minha avó estava vindo na nossa direção no meio da ventania. Vestia um de seus modelitos artísticos: poncho bege, bata branca e Keds brancos sem cadarços.

No pescoço, trazia um dos cachecóis coloridos que sempre usava, todos feitos à mão por ela mesma. Nas pontas, franjinhas.

Vovó era meio famosa na ilha por esses cachecóis. Algumas pessoas os usavam como corda para ligar e desligar o ventilador de teto.

— Pierce! — Vovó acenou. Embora estivesse longe, a dois corredores de nós, dava para ouvir sua respiração. Vovó não era muito atlética. Não gostava de andar e preferia sair de carro. — Graças a Deus achei você. Ouviu o que aconteceu com Christopher? É horrível.

— Ela deve estar aqui para pedir para vocês irem para casa — sussurrou Kayla para mim. — Com exceção da hora do lanche, não deixam que os alunos saiam, a não ser que seja uma emergência familiar ou que algum maior de idade assine a saída.

— Ah — disse. — Mas Alex não falou que o carro dela foi detido?

Kayla deu de ombros.

— Deve ter vindo com o carro da sua mãe.

— Então por que minha mãe não falou para Alex que ela estava vindo?

Kayla olhou para mim.

— Garotinha — disse. — O que você está querendo dizer? Acha que sua avó veio aqui para lhe sequestrar?

E você gostou dele?

Não sei.

Vai gostar.

Coloquei minha mochila no chão e fiquei olhando para vovó, que estava quase no segundo corredor. As franjinhas de seu cachecol balançavam.

Da mesma maneira como as franjinhas do cachecol que eu usava no dia em que morri balançaram na água.

Estava bem ali, na minha cara, e demorei esse tempo todo para descobrir.

Que boba.

— Sua família é bem estranha, hein? — continuou Kayla.

— Kayla — respondi dobrando as mangas da camiseta —, faça um favor para mim? Vá para a aula.

— Hum — disse Kayla com uma risadinha —, tudo bem. Acho que não vamos nos ver no carro do Alex às 14 horas então?

— Se eu não estiver lá — respondi —, chame a polícia.

Kayla riu de novo. Devia achar que aquilo tudo era uma grande piada.

— Tudo bem, garotinha — disse e foi para a ala D. — Vou chamar. Eu e os policiais temos uma longa história.

O que Kayla não sabia — mas eu sim — era que o diamante dentro da minha camiseta, que tinha um tom lilás alegre sempre que ela estava por perto, ficou negro assim que vovó apareceu.

Sempre ficava daquela cor quando vovó estava por perto. Achei que era porque suas críticas me deixavam nervosa.

Agora sabia o verdadeiro motivo.

— Por que — perguntou vovó, ofegante, assim que chegou perto de mim — você não veio até mim quando me viu? Estou morrendo.

— Ajudaria — murmurei — se a senhora tirasse o cachecol.

— O quê? — Vovó tinha olhos azuis. Era a única da família com olhos azuis. Porque não era uma Oliviera, ou uma Cabrero. Eu estava apenas começando a descobrir o que ela era.

— Por que a senhora está aqui, vó? — perguntei.

— Ah — disse abanando-se com as pontas do cachecol —, estou aqui para buscá-la. Sua mãe quer que você vá para casa. Uma coisa terrível aconteceu. Seu tio Chris...

— Já sei — respondi sem rodeios. — Eles o levaram para ser interrogado.

— Ah — repetiu, surpresa. — Bem, se você já sabe, então por que está aí parada? Vamos. — Pegou no meu braço. Não me movi. Ela me puxou.

— E Alex? — indaguei.

— Ele já foi — disse vovó sem pestanejar.

— É mesmo? — disse. — Já foi? A senhora ligou para ele?

— Sim — respondeu —, liguei. Ele disse que não estava encontrando você. Agora vamos, não tenho o dia todo. Tenho que voltar para a loja. Vamos.

— Não — respondi balançando a cabeça. — Não com a senhora.

— Como assim?

Vovó era menor do que eu, porém mais larga. Portanto, seu centro de gravidade era mais baixo. Quando puxava, puxava com força.

Mas eu também sabia ser teimosa.

— Pierce! O que está acontecendo com você? — indagou. Seu toque era forte. Senti como se estivesse bloqueando minha circulação. — Já falei várias vezes para sua mãe deixar você longe de tanta cafeína...

— Ah, a senhora ia adorar isso, não ia? — A quadra. O vento. As franjinhas. Tudo estava começando a ficar vermelho. Mas não liguei. — Qualquer coisa que me faça esquecer. Mas sabe de uma coisa? Eu me *lembro*, mais do que a senhora pensa. A senhora me mandou para o cemitério no dia do funeral do vovô de propósito. Fez isso para que eu conhecesse John.

Ela piscou os olhos. Parecia não estar entendendo.

— O quê? — disse. — Não sei o que você está...

— Vovô não sabia do seu plano, sabia? — continuei, ignorando-a. — Richard Smith me contou que a senhora falou para o vovô que não acreditava em divindades. Mas a senhora *acredita*, não acredita? Não só acredita como me tortura com um deus da morte, não é? Porque é isso que as Fúrias fazem.

Vovó ficou da cor do poncho. O vento estava ficando mais forte. Seus cachos grisalhos balançavam, mas ela continuou segurando meu braço.

— Não sei onde você está aprendendo essas coisas — falou —, mas se tem conversado com Richard Smith, imagino o que tem escutado. Aquele homem é um lunático, obcecado com a ideia de que a morte é parte natural da vida, ou alguma besteira dessas, quando você, Pierce, devia saber mais do que todos nós o que realmente acontece quando morremos. Portanto, duvide do que ele fala. Vim aqui só para buscar você e levá-la para a sua mãe...

— Usando o carro de quem? — questionei. — Não foi com o da mamãe, porque ela acabou de ligar para Alex de onde estão com o tio Chris, e o seu carro foi detido. Falha sua, vó. E sabe qual foi a sua outra falha? Me matar.

Foi quando vi um rastro de alguma coisa estranha naqueles olhos azuis. Não era medo. Era muito primitivo para ser medo.

Era como...

Ódio.

— Ah, sei que a senhora achou que eu nunca fosse descobrir — falei ainda tentando livrar meu braço, mas ela continuou apertando. Sua expressão estava mudando. Agora *ela* parecia ser o bicho selvagem que achei que John era.

Todavia, os olhos dele, mesmo quando desesperados, nunca olharam para mim com tanto ódio. Nem uma vez. Seus olhos podem ter tido uma expressão morta, mas nunca duvidei que havia vida neles, em algum lugar. Não tinha tanta certeza com vovó.

— A senhora me mandou ao cemitério quando eu tinha 7 anos para que eu conhecesse John, não foi? Assim, quando morri, viria para o Mundo Inferior aqui em Isla Huesos, e não teria medo dele, e aí talvez ele me reconhecesse e me escolhesse para ser sua companheira, da mesma forma que Hades escolheu Perséfone. Certo?

Gotas pesadas e duras de chuva começaram a cair fazendo barulho no telhado de metal.

Ignorei a chuva. Toda a minha atenção estava focada na mulher à minha frente. Se é que era uma mulher. Tive a impressão de que não era a minha avó havia muito tempo.

— Foi por *isso* que a senhora perguntou se gostei dele naquele dia, e, quando falei que não sabia, disse que eu iria gostar. Admita. — Balancei a cabeça. Finalmente, eu havia encaixado peça com peça, mas ainda era difícil acreditar, porque era terrível demais. — Foi *você* quem fez meu cachecol, o de franjinhas vermelhas. Você me mandou o cachecol de presente de Natal. *Eu me lembro de tudo*. O que fez para que ele se enrolasse nas minhas pernas e me prendesse? Como sabia ao certo que eu o usaria perto da piscina, que cairia e me afogaria? Também feriu os pássaros? O da piscina em Westport, o do cemitério, aqui em Isla Huesos? *Que tipo de pessoa é você? Que tipo de pessoa assassinaria a própria neta?*

Foi aí que ela finalmente me largou e ficou em pé na minha frente, respirando com força.

Não porque era idosa e frágil. Longe disso.

Mas sim porque era uma Fúria e estava mostrando sua verdadeira face.

E era mais horrorosa e assustadora do que pude imaginar.

— Foi *você* — disse ela com os olhos em chamas. — Foi você quem arruinou tudo. Era para você ter *permanecido* morta. Mas é tão idiota que nem *isso* conseguiu fazer direito, não é?

Eu a encarei em estado de choque. Levei uma eternidade para entender tudo, e agora não estava acreditando que estava certa.

— Tentei falar para elas — continuou vovó com respiração ofegante. Lambeu os lábios rosados. Sua língua saiu da boca como a língua de uma cobra. — Tentei avisá-las sobre você. Quando Deborah nasceu, e era tão linda, esperta e perfeita, foi como um lance do destino. Tinha certeza que a nossa família conseguiria destruí-lo. Tinha certeza que ele se apaixonaria por ela assim que a visse. Mas ele não se apaixonou. Tentei de tudo. Devo ter passado mil horas com ela naquele cemitério andando para cima e para baixo por entre as criptas, tentando chamar a atenção dele. E você acha que ele sequer olhou para ela?

Vovó bufou. Seu olhar queimava em minha direção.

— Mas você? — deu uma risada. — Deixo você sozinha no cemitério por cinco minutos, e o que acontece? Mal posso acreditar. — Seu rosto se enrugou em um movimento que, se ainda lhe restasse algum traço de humanidade, poderia ser um sorriso. — Se soubesse que ele gostava de meninas burras e feias, não teria gastado tanto tempo obrigando sua mãe a fazer as lições de casa e ir à manicure toda semana.

Meus olhos se encheram de lágrimas. Eu sabia, é claro, que ela não era mais a minha avó.

Contudo, ser chamada de burra e feia por ela machucou mais do que devia.

— Matar você foi a parte mais fácil — continuou. — O problema é que não *fica* morta. Você tem muito mais do seu pai em você do que qualquer uma de nós previu.

— Quer saber de uma coisa? — respondi levantando o queixo. — Vou tomar isso como um elogio. — Apesar de saber que não foi sua intenção.

— Falei para elas que, por conta disso, não ia dar certo — falou com voz chiada, como se eu não tivesse dito nada. — Mas me escutaram? É claro que não. E agora, veja o que aconteceu. Se você não estiver morta ao lado de John Hayden, ele nunca vai saber o que é a felicidade. E se John Hayden não está feliz, então não temos como fazê-lo infeliz, temos? Mas essa é uma situação fácil de ser consertada...

Ela se jogou... bem em cima do punho que ergui na minha frente, exatamente como o motorista de papai me ensinara a fazer caso estivesse em situação de perigo.

Ela cambaleou e caiu para trás soltando um berro que não soava como nada no mundo. Era tão agudo que quebrou a penumbra avermelhada que tinha caído sobre a minha vista.

Foi quando John apareceu.

Veio do meio do nada vestindo seu jeans preto e camiseta. Ele se materializou na quadra da escola de Isla Huesos no meio de uma tempestade para intervir na briga de sua namorada com a avó Fúria, como se fosse uma coisa que fizesse diariamente.

— Vamos embora — disse para mim com a voz calma, abraçando minha cintura e me levantando para me levar dali.

Sem *Oi.*

Sem *E aí, Pierce. Bom golpe.*

Sem *Que bom ver você de novo. Foi mal pela conselheira que morreu ontem. Sim, estou vendo que sua avó é uma Fúria, mesmo que eu tenha dito que elas não estavam atrás de você. Acho que me enganei.*

Apenas *Vamos embora.*

— Volto para pegar você — gritei para a coisa que antes tinha sido minha avó. Acho que estava ligeiramente histérica. John me carregou para a entrada da ala B.

— Não — disse John com a mesma voz que usara na joalheria, como se estivesse recusando uma bebida. — Você não vai voltar para pegá-la.

— Como assim? — Tirei uma mecha de cabelo que havia caído no meu rosto para poder enxergar aonde estávamos indo. — John, sabe o que ela é? Uma Fúria. Você disse que não havia Fúrias atrás de mim, mas há sim! Minha avó é uma delas. E ela me matou! Ela fez o cachecol no qual eu tropecei quando morri. John, ela vem tentando atingir você desde que eu nasci...

Ele não me colocou de volta no chão, nem quando me contorci, antes de chegarmos em uma parte da escola que parecia ser distante o suficiente da minha avó escandalosa para que eu estivesse a salvo. Mesmo assim, quando parou e me deixou ficar em pé novamente, ele segurou um dos meus ombros contra um armário para que eu não me movesse.

— Eu sei — foi tudo o que disse com preocupação.

Eu o encarei, chocada.

— Você sabe? Sobre minha avó? *Como?*

— Não sobre sua avó — disse sacudindo a cabeça. — Se bem que faz sentido. Eu devia ter percebido. Você tinha razão sobre achar que as Fúrias estavam atrás de você.

— Eu sabia! — exclamei. — Meu colar fica preto sempre que estão por perto. — Levantei o pingente para mostrar a ele. O diamante ainda estava negro. — Ele ficou assim com o joalheiro *e* com o Sr. Mueller. Não importa o que você diga, John, mas acho que os dois também eram Fúrias. Esta pedra não erra nunca, eu é que não sabia como entender seus sinais. Que pena que não vem com um manual ou uma legenda, porque conhecer o significado das cores pode ser muito bené...

— Pierce — falou. Sua expressão estava mais triste do que nunca. — As Fúrias mataram Jade.

Meus olhos se encheram de lágrimas de repente. Larguei o colar. O diamante pesado bateu no meu peito.

— Ai, John, não. A minha *avó*... — Estava muito triste para terminar a frase.

— Não, não foi ela. Mas se o que você está falando é verdade, provavelmente foram amigos dela. Ela foi assassinada por três homens. Jade disse que não os reconheceu. Estavam usando máscaras.

— Por que Jade? — perguntei. — Ela nunca fez nada contra ninguém.

A não ser dar bons conselhos e boas balas.

— Você não está entendendo? — Seus olhos cinzentos estavam assombrados. — Jade morreu porque acharam que era *você*, Pierce. Você está sempre no cemitério de bicicleta...

Ergui meu olhar angustiado.

— John. Se o Sr. Mueller era uma Fúria, então não é a primeira vez que machucaram uma pessoa por minha causa. Porque... Hannah. E Hannah?

Olhou para mim sem saber o que dizer. A chuva havia aumentado. Era um dilúvio.

— Eu devia — confessei em voz baixa — ter deixado que você o matasse.

— Não — disse apertando meu ombro. — Você fez bem em me deter. Com o joalheiro também. Não são *eles* que matam, Pierce, são as Fúrias que os possuem. Eu me esqueço disso de vez em quando.

— Deve ter um jeito de impedir que matem mais pessoas, John — falei. — *Deve* ter um jeito.

— São incontroláveis — disse. — Você pode quebrar os ossos da mão, pode até matar o corpo em que estão, mas não adianta nada.

— Mas quando me defendi da minha avó agora há pouco...

— Se bater nelas adiantasse alguma coisa, você acha que ainda existiriam? — perguntou. Ficou olhando para o final do corredor como se estivesse esperando que minha avó aparecesse a qualquer minuto. — Acredite em mim, já bati em várias delas várias vezes, então já deviam estar extintas agora. Mas sempre voltam. Encontram um novo corpo para habitar, uma alma fraca para corromper.

— Então o que vamos fazer? — perguntei. Coloquei meu braço ao redor de seu pescoço, desesperada por algum tipo de conforto.

Ele colocou o rosto entre meu pescoço e meu ombro e me apertou forte como se estivesse lá nas ondas de novo, abandonado na tempestade. Como se eu fosse a única coisa sólida na qual pudesse se apoiar. Percebi que, em vez de eu encontrar conforto nele, ele é quem estava buscando conforto em mim. Isso me assustou mais do que tudo o que tinha acontecido até então.

— Não sei por que achei que, só porque você tinha escolhido não ficar comigo — disse com a voz abafada pelo meu cabelo —, estaria livre delas. Nesse tempo todo, não esteve a salvo nem dentro de sua própria famí...

— Shhh — falei. Não consegui deixá-lo terminar a frase. O que podia ter acontecido para que minha *avó* o odiasse tanto? — Vai ficar tudo bem. Vamos arrumar um jeito.

— Não. — De repente, ele se ergueu. Ainda me segurava pelo ombro. — Não vai ficar tudo bem, Pierce. Elas são as Fúrias. Estão na terra. E estão atrás de *você*.

— Mas o colar — disse apontando para ele. Queria que soubesse que eu conseguia me proteger. Eu *tinha* me protegido. Só não conseguia proteger os outros. — Com um pouco mais de prática, agora que entendo o que está acontecendo, tenho certeza que vou...

Fez que não com a cabeça.

— Pierce — disse —, tenho pensado nisso desde que encontrei Jade. E só tem *uma* coisa que posso fazer para lhe proteger das Fúrias.

Olhei para ele. Mal ousava ter esperança.

— Sério? O quê?

— Acho que você não vai gostar — falou.

— Por quê? O que é?

Ele me beijou devagar na testa e deixou que seus lábios acariciassem minha pele.

— Feche os olhos — pediu.

— Por quê? — perguntei, confusa.

— Apenas faça o que peço. Juro que não vai doer — prometeu.

Quando percebi o que ia fazer, dei um impulso para a frente. Ele me pegou de novo; dei-lhe um chute. Lutei contra seu abraço forte e pedi que me soltasse. Lutei para fugir.

— John — supliquei. — Não. Não faça isso. *Assim* não. É o que querem, minha avó me falou isso. Por favor, estou implorando...

Mas era tarde demais. Ele era muito forte. Eu não tinha como sair.

E, é claro, eu acabei piscando.

Um.

Dois.

Três.

"Ser nenhum havia perante mim,
apenas o eterno, e eu eterno permaneço.
Abandona a esperança, tu que chegas!"

DANTE ALIGHIERI, *Inferno*, Canto III.

Nada havia mudado. As cortinas brancas de pano transparente nos arcos balançavam ao sopro de uma leve brisa. As tapeçarias nas paredes lisas de mármore. O fogo na lareira. As frutas nas tigelas de prata reluzente na longa mesa. Até o céu era o mesmo. Ainda era rosado, um entardecer eterno.

E a cama. A cama ainda estava lá, é claro. Lençol branco, dossel, para duas pessoas.

Eu me afastei de seus braços assim que ele me soltou — o que aconteceu assim que chegamos lá.

— Não! — exclamei quando abri os olhos.

Não estava acreditando naquilo. Não estava acreditando que tinha voltado para o lugar dos meus pesadelos.

— Pierce — disse ele com uma voz tão calma que dava raiva —, não fique irritada. Você sabe que é o melhor a ser feito.

Não ficar irritada? O melhor a ser feito?

Até meu vestido era o mesmo.

Bem, talvez não exatamente o mesmo, mas, olhando para o meu corpo, vi que estava usando uma roupa bem parecida com a qual ele me vestira — com o poder da *mente* — na última vez que me levara para aquele lugar. Era longo, branco e esvoaçante. Quando toquei meu cabelo, senti alguma coisa me espetando.

— Flores? — Eu as puxei do cabelo e as joguei no chão. — Você está maluco? E pare de colocar roupas em mim! Posso me vestir sozinha.

— Achei que fosse gostar — respondeu magoado. — Você está linda.

Não tinha o que fazer a não ser berrar:

— Eu vou matar você!

Pensou um pouco.

— Tarde demais — informou.

Foi para o outro lado do cômodo até uma das prateleiras, pegou um livro, então foi até o sofá, sentou-se, abriu o livro e começou a ler.

Assim. Fim de papo. O que será que teríamos para o jantar?

Bem, se ele achou que eu ia aceitar aquilo, estava muito, muito enganado.

Passei por ele com as pernas tremendo até a saída pela qual fugira na última vez.

Ele não tentou me conter. Não emitiu qualquer som.

Eu devia ter suspeitado de alguma coisa, mas, evidentemente, não suspeitei. Tinha esperança. Ainda.

Lá estavam as escadas, exatamente como na minha memória. Olhei para trás e esperei que fosse dizer alguma coisa. *Pare. Espere. Vamos conversar sobre isso. As Fúrias. O que planeja fazer em relação a elas se escapar?*

Mas ele não falou nada.

Peguei a barra da minha saia desnecessariamente longa e desci as escadas, exatamente como na última vez.

A porta estava trancada. Lógico.

Devia ter adivinhado que ele pensaria nisso. Não seria enganado uma segunda vez.

Mesmo assim, joguei o peso do corpo contra a porta. Chutei e bati.

Quando ficou óbvio que ela não ia abrir, peguei a segunda escada, a que ia para cima. A porta também estava trancada.

Mas não desisti. Passei pelo corredor todo como um cachorro farejador usando fantasia e procurei por uma passagem secreta.

Não achei nada, apenas um banheiro elegante, com banheira e uma vista para um jardim lindo no qual as flores que ele havia colocado no meu cabelo cresciam.

Desci pela janela do banheiro e corri através do jardim, depois tentei passar por cima do muro. Quando cheguei ao topo, vi...

O lago. O mesmo lago no qual, um ano e meio antes, eu tremera com os outros mortos.

Não havia barcos, é claro. Apenas *as* barcas.

Estavam pegando passageiros no outro lado do lago, não no que eu estava.

Quando voltei ao quarto com a cama — derrotada, meu vestido rasgado e sujo por causa da subida no muro do jardim —, ele estava sentado exatamente no mesmo lugar lendo exatamente o mesmo livro.

— Espero que não esteja planejando me dar um chute — disse sem nem olhar para mim — com a mesma força que chutou as portas.

— Vou chutar — disse — se as próximas palavras que você falar forem *Pierce, você precisa relaxar*. Há quanto tempo você está planejando isso?

— Você sabe que é o único jeito — disse virando uma página. O fato de ter ignorado minha pergunta não passou despercebido. — Se quiser, podemos visitar os estábulos mais tarde. Tenho certeza que Alastor já superou sua animosidade contra você.

Sentei no sofá ao lado dele. Comecei a entender por que parecia sempre tão selvagem toda vez que nos encontramos no decorrer daquele último ano e meio. Eu estava me sentindo do mesmo jeito, como se as paredes do castelo estivessem começando a se fechar ao meu redor.

— John — disse tocando seu braço. — Estou morta?

Ele abaixou o livro e me encarou. Sua expressão era cuidadosa.

— Não, Pierce — falou. — É claro que não está morta. A razão pela qual eu a trouxe aqui foi protegê-la das Fúrias, que estão tentando matar você. Achei que tivesse entendido isso.

Fiquei sem fala.

— Então em Isla Huesos, eu só... desapareci?

— Acho que sim — disse depois de pensar um pouco. — Não sei ao certo. Nunca salvei uma menina que amo das Fúrias antes. — Ficou preocupado quando viu meus olhos cheios de lágrimas. — *Não chore.*

— Como não vou chorar? — perguntei para ele — Você acabou de dizer que me ama.

— Por que outro motivo você acha que isso tudo estaria acontecendo? — Deixou o livro de lado e me abraçou. — As Fúrias não estariam tentando matar você se eu não a amasse.

— Eu não sabia — confessei. As lágrimas corriam pelas minhas bochechas, mas não tentei me conter. A camiseta dele estava absorvendo o choro. — Você nunca falou nada sobre isso. Todas as vezes que nos vimos, você agiu de forma tão... selvagem.

— Como deveria agir? — perguntou. — Você ficava fazendo coisas do tipo jogar chá na minha cara.

Olhei para ele com os olhos úmidos.

— Isso não tem graça — disse. — Sabia que se eu não aparecer no carro do meu primo às 14 horas de hoje, minha amiga Kayla vai chamar a polícia? Vai mesmo. Que tipo de mentiras minha avó vai contar quando falarem com ela? Provavelmente vai dizer que você me matou e jogou meu corpo no mar. Minha mãe nunca vai se recuperar. — Comecei a soluçar, encostada em seu peito, só de pensar em minha mãe. — Ela não faz ideia de quem você é.

— Shhh — disse acariciando meu cabelo com sua mão áspera. — Não tem que ser assim. Richard sabe quem sou. Posso contar para ele. Posso pedir que fale com sua mãe, se você quiser, que ele me conhece, que fugimos juntos e que nos casamos. Posso até pedir que entregue cartas a sua mãe...

— John — falei levantando a cabeça —, em que século você parou? Ninguém mais escreve *cartas*, muito menos foge e se casa aos 17 anos. E se você der cartas minhas a Richard Smith para que as entregue a minha mãe, meu pai não só vai mandar prendê-lo por participar do meu desaparecimento, mas também vai levá-lo a algum lugar afastado para ser jogado ao mar. Você tem alguma ideia de *quem* meu pai é?

John estava beijando meu cabelo.

— Não me importo com seu pai.

— Mas deveria se importar, John — disse —, porque deixe eu lhe contar uma coisa. Não sou o tipo de menina que pode desaparecer no meio do nada sem que ninguém note. Há pessoas que ligam para mim. Talvez não tantas quanto eu achava, considerando que minha avó é uma Fúria, mas é um número suficiente. Não acredito que *você* faria isso. Especialmente sendo uma pessoa que tem uma noite *toda* dedicada a você porque seu corpo nunca teve um enterro decente. Não é? A Noite do Caixão é para você, não é? — Ele nem confirmou nem negou, apenas continuou me beijando. — Você tem que admitir, não é justo não permitir que eu tenha a mesma cortesia.

— Pierce. — Ele levantou a cabeça e fitou meus olhos doces e úmidos. Seu olhar não tinha nada de doce. Era rajado de tons de prata e mais determinado do que nunca. Sua voz era ainda mais dura. — Sei o que você está tentando fazer. E a resposta é não. Pode ficar irritada. Tudo bem. Já esteve irritada comigo antes e eu sobrevivi. Você está geralmente irritada comigo, então já me acostumei. Estou preparado para ficar aqui sentado com você irritada durante meses, se necessário. Durante *anos*, se for preciso. Desde que esteja em um lugar onde sei que posso protegê-la.

Ele apertou o abraço. Seus braços eram tão firmes quanto sua voz e seu olhar.

— Você não sabe do que são capazes. O que fizeram com Jade... aquilo não foi nada. Devem ter percebido que não era você. Se *fosse* você, o que teriam feito... nem posso contar porque seria impronunciável, de tão ruim.

Parei de chorar. Não só porque percebi que não ia dar em nada — ele estava me segurando —, mas porque alguma coisa em sua voz me fez esquecer minha própria dor por um segundo e pensar na dor de outra pessoa.

Na dele.

— Quando a vi lá deitada esta manhã — continuou —, pensei que era você por um segundo. *Se* tivesse sido você... bem, não sei o que teria feito.

Pensei ter visto alguma coisa — um filete de dor — em seus olhos. Era um traço que aparecia e depois sumia, como o peixe que às vezes vinha à superfície da água quando eu pedalava sobre a ponte na estrada.

As coisas pelas quais John havia passado — as coisas que sofreu, que *eu* o fiz passar — deixaram uma cicatriz. Por dentro, onde não dava para tocar.

Era outra coisa pela qual eu era culpada.

— Então você não pode tentar sair daqui de novo — disse com sua voz áspera. — Está entendendo? O resto não importa. *Você não pode sair dessa vez*. Não vai ser fácil, mas pelo menos posso protegê-la aqui. Lá fora, não posso.

Não sei o que me fez fazer aquilo.

Mas levantei a mão e fiz carinho em seu rosto. Deveria estar com raiva dele.

E estava.

Mas também tinha certeza de que, por mais que ele tivesse trancado as portas, tinha que haver outra forma de sair dali.

Sabia que ia encontrá-la. Tinha que fazer isso. Não para fugir de John, mas para voltar ao *meu* mundo e dizer a mamãe que eu estava bem. E para ajudar a provar que tio Chris era inocente. E para ter certeza de que vovó e o resto das pessoas possuídas pelas Fúrias seriam julgadas, ou pelo menos que não machucariam mais ninguém, incluindo John.

Porque, ao contrário do que ele e Richard Smith haviam dito, eu tinha certeza de que tinha que haver uma maneira de deter as Fúrias. Tinha que haver.

Até lá, era obrigação minha mostrar a John que eu sentia muito... muito mesmo pela dor que havia causado a ele e pela maneira como o machucara na última vez que estivera naquele quarto. Já havia pedido desculpas antes, no cemitério.

No entanto, dessa vez, quando toquei seu rosto que havia queimado com o chá um ano e meio antes, sussurrei "Me desculpe" com honestidade.

Ele pegou minha mão e a beijou.

— Por que você não dá uma chance dessa vez? — perguntou com aquele sorriso que tocava o meu coração. — Quem sabe? Você pode até começar a gostar daqui.

Sorri para ele... e dei uma olhada involuntária na cama atrás de nós

Percebi, com pesar, que estava certo. Havia *sim* uma chance de eu começar a gostar dali.

E talvez tenha sido isso — e não ele — o que eu mais temera esse tempo todo.

Nota da autora

O que realmente acontece depois que morremos? É uma pergunta à qual todas as culturas do mundo já tentaram responder, desde os astecas até os cristãos e muçulmanos de hoje. Cada uma desenvolveu uma mitologia que fala sobre um mundo após a morte pelo qual as almas devem passar. Foi quando estudei esses mundos (quando estava no ensino médio) que me interessei por deuses da morte, principalmente pelo mito de Hades e Perséfone. Foi quando surgiram as raízes da história que deu origem a este livro.

Apesar de este romance ser uma ficção, vários aspectos da história são baseados em fatos reais. Em geral, vinte por cento das pessoas que relatam um encontro com a morte também falam sobre experiências de quase-morte, que abrangem um leque de sensações. Estar tão perto da morte é geralmente mais estressante para essas pessoas do que a experiência da quase morte em si. É claro que esse não é o caso da nossa protagonista, Pierce Oliviera.

Durante a Revolução Francesa, Luís XVI e Maria Antonieta perderam suas joias, que viraram propriedade da nação. E o depósito real foi saqueado logo depois. Várias joias foram recuperadas, mas não todas.

O cenário de *Abandono* é parcialmente baseado na ilha Key West, cujo nome original em espanhol era *Cayo Hueso* (*cayo*, em espanhol, significa "pequena ilha" e *hueso* significa "osso"). Acredita-se que Key West seja um erro de pronúncia de *Cayo Hueso*.

O nome foi dado por Ponce de León, que, dizem, procurava pela fonte da juventude quando descobriu um depósito de ossos humanos nas praias de Key West enquanto mapeavam a área em 1515. É provável que os ossos pertencessem aos habitantes originais da ilha, os índios calusa. Foi uma flecha envenenada dos índios calusa que matou Ponde de León em 1521.

Em 1846, um furacão de classe 5 conhecido como o Grande Furacão de Havana destruiu quase todas as construções de Key West (que era a maior cidade da Flórida, pois tinha localização ideal para o comércio entre as Bahamas, Cuba e Nova Orleans). O número exato de mortes é incerto.

Sabe-se que o furacão destruiu o farol e o hospital naval de Key West, jogando a maioria dos caixões no mar. Foi por causa desse furacão que o cemitério de Key West foi transportado para sua localização atual na Passover Lane e que as criptas acima do solo são obrigatórias.

Dizem também que é por isso que a Semana do Caixão — durante a qual os veteranos da escola de Key West constroem um caixão e o escondem para que os calouros o encontrem — tornou-se um ritual anual (mesmo que malvisto por muitos).

Cada capítulo deste romance começa com uma citação de *A divina comédia*, de Dante Alighieri, ou *O inferno de Dante* (no qual Dante descreve sua ida ao Mundo Inferior, guiado pelo poeta Virgílio), porque muitos dos personagens de *Abandono* foram abandonados de alguma forma. Talvez alguns tenham até abandonado toda a esperança.

Se lhe interessa ler mais sobre o Mundo Inferior grego, recomendo *Mitologia*, de Edith Hamilton. O Mundo Inferior de John Hayden é o mesmo Mundo Inferior dos deuses gregos? É uma pergunta a ser respondida em outros livros.

Estou muito animada com esta série, espero que vocês também. Mal posso esperar para compartilhar a continuação, *Submundo*, com vocês.

Meg Cabot

Este livro foi composto na tipologia Palatino LT Std,
em corpo 11/15,75, e impresso em papel off-white,
no Sistema Cameron da Divisão Gráfica
da Distribuidora Record.